新潮文庫

無伴奏

小池真理子著

JN266489

7616

無伴奏

あのころを共に過ごした友人のＭ・Ｉ、そしてあのころの
作者を知っているすべての人々に本書を捧《ささ》げる。

序章

幼かったころ、私は自分が住んでいる街が、永久に変わらなければいい、と本気で願っていたことがあった。

たとえば、チュウインガムを買うとシールをくれた駄菓子屋や、プールの帰り、友達と腰かけてアイスキャンディを舐《な》めた橋桁《はしげた》。冒険ごっこに興じた防空壕《ぼうくうごう》の跡。年に一度、決まって人が電車にはねられて死ぬので、幽霊が出ると噂《うわさ》されていた無人踏切。大人たちに遊びに行ってはいけないと言われていた工場廃屋と草ぼうぼうの空き地……。そうしたものが、ある日突然、なくなってしまったら、自分はいったいどこに行けばいいのだろう、と不安だった。街が変わってしまうことを想像して、夜、眠れなくなり、自分でもわけがわからずにすすり泣いてしまうこともあった。

だが、そうこうするうちに、自分がその街を出て行かなければならなくなる時が必ずやってきた。父親の仕事の関係で、私は一つの街に長い間、住み続けることができなかったのだ。

街が変わってしまう前に、街に別れを告げる運命にあった私は、だからこそ余計に、街が不変不動のものであるという錯覚を抱くことになった。街が変わってしまう、ということが私には信じられなかった。街はいつまでたっても、私の中であのころのまま息づいていた。

ものごとが変化していくことを認めず、駄々っ子のようにしがみつこうとするのは、幼稚なセンチメンタリズムにすぎない。そのことはよくわかっている。だが、いまだに私は、自分が暮らした街がそのままの形でどこかに存在している、と密《ひそ》かに信じているところがある。馬鹿《ばか》げた妄想だとわかっていても、そう信じたいと思っているところがある。

疲れすぎて眠れなくなった日の夜など、私は、かつて自分が暮らしたいろいろな街のことを思い描いてみる。おかしなことに、記憶の中にある風景にはすべて色彩がない。駄菓子屋も空き地も無人の踏切も、小川にかかっていた朽ちかけた橋も、現実感の乏しいモノクロフィルムのようになって蘇《よみがえ》ってくる。

私はその懐《なつ》かしい映像の中に身を委《ゆだ》ねる。どこに行けば、あの街があのままの形であるのだろう。どこに行けば、あのころ遊んだ友達と当時のままの姿で会えるのだろう。そんなことを本気で考える。そしてそんな馬鹿げたことを大真面目に考えている自分が情けなくなって、苦笑する。私は言いきかせる。あんた、幾つになったの？いい加減にしたらどう？

だが、記憶は万華鏡《まんげきょう》の中のガラス片のように、次々と形を変えていく。ガラス片は、明るくなったり、暗くなったりを繰り返しながら、急速にある一つの形に向かって移動していく。

やめよう、やめなければいけない。そう思うのだが、記憶の万華鏡を握る手は、意に反してなかなか離れてくれない。

すると、出番を待ちかねてでもいたかのように、ふいに万華鏡の底に、あの街の風景が映し出されてくる。風景は、強烈な魔力を秘めながら、私を意識の底に連れ去ろうとする。

私は目を閉じ、見まいとして顔をそらす。だが、いくら目を閉じても、いくら身体《からだ》をよじらせても、記憶は刻一刻と鮮明な画像となって蘇ってくる。二十年前のあの痛ましかった事件のすべてが、見えてくる。

その街……仙台には、私が生まれて初めて愛した人が暮らしていた。愛されていない、ということがわかっていたくせに、私は彼が好きで好きでたまらなかった。

堂本渉《わたる》。それがその人の名前だった。渉さん、と私は彼を呼んでいた。ワタルさん……私は今でも、地面に穴を掘って、気が狂ったようにその名前を叫び続けていたい衝動にかられることがある。

街は当時、死に向かう祭りの真っただ中にあった。街はいろいろな意味で、熟しきっていた。腐って落ちる寸前の木の実のように、人を眩惑《げんわく》してやまない匂《にお》いを放っていた。

街の記憶を蘇らせながら、私は布団《ふとん》の中で頭を抱え、こみあげてくるものを抑えきれなくなって、奥歯を嚙《か》みしめる。

二十年間という長い歳月を、私はあの事件から逃げながら生きてきた。逃げて逃げて、逃げまくり、あげくに、やっと忘れ去ることができた、と思われた瞬間もあった。だが、それも錯覚だったのだろう。私がかつて過ごしたたくさんの街の記憶と共に、あの事件は決して消えない痣《あざ》のようになって、心の襞《ひだ》の間に眠っていた。夜な夜な、事件にまつわるすべての記憶が私を苦い感傷で包み込むようになってから、もう数年がたつ。それは甘美だが、耐えがたい責め苦だった。

もう一度、あの街を訪れてみよう。そう決心したのは、ほんの十日ほど前のことだ。おねしょに悩む子供みたいに、いつまでも一つのことにこだわり続け、密かに人知れず苦しみ続けるなんて、馬鹿げている。自分らしくない。そんなふうに思ったのだ。私は、渉の実家に電話をし、渉の姉だった堂本勢津子《せつこ》の勤め先を聞き出すことに成功した。電話口での応対はよそよそしかったが、私は勢津子の勤め先を聞けただけで、満足した。

勢津子に会いたかった。勢津子に会えば、少しでも楽になれる、と思った。あの街で私を知っている人は、勢津子しかいないのだ。そう思うと、矢も楯《たて》もたまらなくなった。

上野から新幹線に乗り、仙台に着いたのは、二時間後だった。

二時間！　二十年もの間、自分が逃げ続け、こだわり続けてきた街に、たった二時間で着いてしまったわけだ。仙台駅の真新しい駅舎から外に出るなり、私は切ない可笑《おか》しさを覚えて、ひとり、笑った。

街はすべてが変わってしまっていた。昔のビルは建て替えられ、地下鉄ができ、かつて見たこともなかった大きな銀行や映画館、デパートなどが、駅前から延びる大通りをはさんでひしめき合っていた。

二十年の歳月が街にもたらした変化はあまりに強烈だった。そこには昔を思わせるものは何ひとつなかった。私はもう一度、溜息《ためいき》まじりに、ひとり、笑った。

青葉通りにあるホテルを出たのは、夜九時ころである。外は秋の匂いに満ちており、風はひんやりと冷たかった。半袖《はんそで》の麻のスーツから剝《む》き出しになった腕に鳥肌がたった。涼しすぎるせいだけではなさそうだった。私はひどく緊張していた。

国分町は、ホテルから歩いてすぐのところにあった。昔は飲み屋や連れ込み旅館、小料理屋にまじって、地味な喫茶店も見られたものだが、今は大きく様変わりしており、瀟洒《しょうしゃ》なビルが軒を連ねる高級歓楽街となっている。着飾ったホステスや男たちが群れをなしている中、私はバー「勢津子」を探して歩き続けた。

店を探すのは骨が折れた。ビルというビルには、クラブやバーの看板ネオンが無数に並んでいた。その中の一つに、必ずバー「勢津子」の看板があるはずなのに、それを見つけるためには、一軒一軒、ビルの前に立ち、空を仰いで、そこに「勢津子」の文字があるかどうか、確かめていかなければならない。

派出所で「勢津子」の入っているビルの所番地を聞くこともできたし、電話ボックスに入って、番号案内で「勢津子」の電話番号を聞き、店に電話して場所を聞くこともできた。だが、私はいずれの方法も取りたくなかった。店は自分で探そう、と思った。とりわけ、店に直接電話をして、勢津子の声を聞く気はなかった。そんなことをしたら、意味もなく急に怖くなって、逃げ出したくなるに決まっていたからだ。

酔客にまじって何度も通りを往復した末、私はやっとバー「勢津子」の看板が出ている六階建てのビルを見つけた。表通りから少しはずれたところにある、少しくたびれた感じのするビルだった。赤や黄色の派手なネオンがつけられている中、「勢津子」の小さな看板は、鮮やかな花壇の中に咲く慎《つつ》ましい一本のれんげ草のように、小ぢんまりと控えめな淡い水色のネオンを放っていた。

店は地下にあった。私はエレベーターを使わずに、非常階段を使って地下に降りた。

地下の一番奥まった一角に、意外なほど古めかしい質素な木製のドアがあり、そこが「勢津子」の入口だった。その前に立ち、ためらっていると、隣の店のドアが開き、足取りの怪しくなった酔っぱらいがホステスに伴われて出て来た。開かれたドアの奥から、騒々しいカラオケの歌声が聞こえてきた。赤毛のホステスが興味深げに私のほうを見た。

そのままビルの階段を駆け上がり、ホテルに戻ってしまいたい気持ちにかられた。このドアの向こうに勢津子がいる。彼女は私を見て、どんな顔をするだろうか。もう昔の忌《い》まわしい事件のことなんか、思い出したくないと思って、そしらぬふりをしてくるのではないだろうか。

赤毛のホステスが私のほうを見たまま、酔客に何か囁《ささや》いた。酔客はホステスを抱きしめ、げらげらと大声で笑った。私は目をそらし、思いきって「勢津子」のドアを開けた。

薄暗い小さな店だった。カウンターの他にボックス席が二つ。煤《すす》けた白いコテ塗りの壁に、何枚かのジャズコンサートのポスターが貼《は》られている。客はカウンターにいる二人連れの男だけだった。

私が入って行くと、客とカウンターの中の二人の女が一斉に私のほうを見た。若い女と中年の女が一人ずつ。中年の女が、明らかに堂本勢津子だとわかるまで、私はじっと入口に立ち尽くしていた。

「いらっしゃいませ」

勢津子は私だということがわからないらしく、半ばうわの空でそう言うと、すぐに視線をはずした。何かつまみを作っている最中らしかった。客が勢津子に向かって冗談を飛ばし、勢津子は首を傾けて優雅に笑った。私はボックス席に行き、静かに腰を下ろした。

音楽がかかっていたが、それが何の曲なのか、私の耳には入ってこなかった。私は背筋を伸ばしたまま、カウンターのほうを見ていた。勢津子はまだ客の冗談に合わせて笑い続けている。焦茶色《こげちゃいろ》のワンピース姿。髪は短いボブカットにして耳の下あたりで切り揃《そろ》え、耳元にはパールの小さなイヤリングが揺れていた。

勢津子は相変わらず美しかった。同性を憎悪《ぞうお》させるほどの美しさ。かつてその目が、その鼻が、その口が、どれほど私を嫉妬《しっと》させたことか。弟とよく似た彫りの深さが、どれほど私に馬鹿げた誤解を生じさせたことか。

ロングヘアの若い女が、気取った足取りで注文を聞きに来た。私は少しためらった後で、「コークハイを」と言った。女はきょとんとした顔で私を見下ろした。私は勢津子を意識しながら、もう一度、声を張り上げた。「コークハイをください」

コークハイというのが、どんな飲み物か知らなかったせいなのか、それとも店にコーラがあったかどうか、確かめるつもりだったのか、女は困惑した顔をしてカウンターにいる勢津子を振り返った。

勢津子が笑みをたたえたまま、女のほうを見た。その視線がわずかに揺れ、私の顔をとらえた。私は息を止めたまま勢津子を見返した。勢津子の口もとが小さな石のように強張《こわば》り、そのまま動かなくなった。

周囲の物音が一切、途絶えた。勢津子の目が一瞬、死んだように光を失った。形のいい赤い唇がかすかに開いた。私は微笑《ほほえ》もうとした。うまくいったかどうか、わからない。だが、ともかく微笑もうと努力したのだ。

勢津子がゆっくりとカウンターから出て来た。客が彼女に向かって口々に何かつまらない冗談を飛ばした。だが彼女は振り返らなかった。

彼女は私のそばまで歩いて来ると、ふいに立ち止まり、前歯で激しく唇を噛んだ。長い睫《まつげ》が風に揺れるすすきの穂のようにわなないた。

「響子ちゃんね」と彼女は言った。「野間響子ちゃんね」

私は子供のようにこっくりとうなずいた。何を言えばいいのか、わからなかった。私は大きく息を吸い、テーブルの下で両手をきつく握りしめた。

「コークハイを頼んだんですけど」と私はぎこちない笑顔を作りながら言った。「もう、そんな古い飲み物、作ってもらえないかもしれませんね」

勢津子はふっと泣きそうな顔をして微笑んだ。「できるわよ。いくらでも作ってあげる」

私はうなずいた。「昔、よく飲みましたよね。よかったら、二人分、作ってください。勢津子さんの分も」

勢津子の唇がわずかに震えた。彼女はしばらくの間、私を見下ろしたまま、じっと立っていた。元気でしたか、と私は聞いた。

勢津子はうなずいた。「響子ちゃんは？」

元気です、と私は答えた。勢津子は何度も小刻みにうなずき、小指の先で目尻《めじり》を拭《ぬぐ》うと、やがて晴れ晴れと笑いかけた。

彼女がカウンターに戻ってコークハイを作り始めると、私はバッグの中から煙草《たばこ》を取り出して火をつけた。少し手が震えていたが、困るほどではなかった。店内には、ローリング・ストーンズの『アズ・ティアーズ・ゴー・バイ』が低く流れ始めた。

二十年前、友達だったエマは、ミック・ジャガーが好きだった。猿みたいな顔はいやだけど、と彼女は言った。「声と雰囲気がいいじゃないの。きっと中年になっても、ミックってカッコいいんだわ。祐之介《ゆうのすけ》さんと渉さんもそうよね。ミックみたいに雰囲気あるもの。そう思わない？」

私は答えに詰まった。何故《なぜ》なのかはわからないが、私にはどうしても渉や祐之介が中年になった姿が想像できなかったのだ。

あのころ、私は何も知らなかった。知らずにいられた。だが、エマが私にミックの話……渉や祐之介が中年になった時の話……をした時、すでに私の中では、何かが密かに警鐘を鳴らし始めていたのかもしれない。

ミック・ジャガーは中年になった。そして彼は、今でも同じ雰囲気で同じ歌を歌う。

一方、渉と祐之介はセピア色に変色した写真の中で、彫像のように微笑んでいるだけだ。

彼らが今も仙台にいたならば、私は彼らが中年になった姿を見ることができたはずである。少し頭の毛が薄くなった彼らの姿を見、おおかたの男たちと同様、人生における守りの態勢に入った彼らの言葉を聞くことができたはずである。

だが、事件は一九七〇年の冬に起こった。そして、彼らは途方もなく大きな秘密を抱えたまま、その冬を最後に私の前から姿を消してしまった。

1

高校時代の最後の年を私は伯母と共に暮らした。仙台の支店に赴任してから一年半しかたっていないサラリーマンの父が、東京本社に転勤になったせいである。

転勤が多かった父のせいで、私はそれまで六回も転校を繰り返していた。小学校を三回、中学校を二回、高校を一回……である。

「響子」という名前が子供には難しい字だったせいか、小学校時代の初登校の日には、教師が必ず黒板に私の名を大きく書き、右側にふり仮名を打った。

大勢の子供たちの好奇心たっぷりの視線を浴びながら、自分の名前を背に教室に立つというのは、恥ずかしいというよりも、なんだか屈辱的な感じがした。それでも私は、母に言われた通り、なるべくニコニコし、「よろしくお願いします」と頭を下げた。ちょっと気のきいた自己紹介をつけ加えることも忘れなかった。

転校間もないころは、誰もが親切だった。なのに誰もが親しくうちとけてこない。

新入りが歯を剝《む》いたら、すかさずコテンパンにやっつけてしまおうと狙《ねら》っている猿の群れさながらに、みんなが私を遠巻きに眺めた。

自分は面白い子なんだ、決して気取り屋なんかじゃないんだ、ということをわかってもらうためには、道化の演技をしなければならないこともあった。私は文部省推薦の童話に出てくる気のいいおどけたカワウソみたいに、時々、くだらない冗談を言ってみんなを笑わせた。面白い話をしているのにみんなが笑ってくれない時は、仕方がないから自分で笑った。

不思議だったのは、どこに転校しても、必ず友達ができたことだ。たいてい、気ばかり強くて風が吹くとすぐに崩れてしまうタイプの優しい子ばかりだった。自信たっぷりの、特権意識をひそかに持つ優等生は私に近づかなかったし、逆に劣等感を剝き出しにしたような子も私とは縁がなかった。

クラスの中で自分が異端者に感じられる試練の日々がかろうじて終わるのは、転校して三ヶ月ほどたってからだ。だが、半年たち、一年が過ぎ、やっと次の転校生を迎え、ほっとしたころ、私は今度はさよならの挨拶《あいさつ》をするために壇上に立たされる。そしてその数日後、別の土地の別の学校の教室で、「野間響子」と書かれた黒板を背に、ニコニコして頭を下げるのだ。

そうした少女時代が私にどんな影響を与えたのかは、よくわからない。人はよく、転校を数多く経験した子供は強くなる、と言うが、果たして本当にそうなのか、疑問だ。私に関していえば、強くも賢くもならなかった。早く親と離れて自由に暮らしたいと思うようになっただけだ。

父は家族意識がことのほか強く、両親がそろっていないと子供は必ず不良化する、と固く信じているような人間だった。その父が、あの一九六九年の春、長女である私を仙台に一人残していく決心をつけたのは、ひとえに伯母のおかげだったといっていい。

伯母は若くして夫を亡《な》くし、仙台市内の住宅地でピアノ教師をしながら暮らしていた人だった。当時で五十歳くらいだったろうか。ふだんでも和服を着る習慣のある人で、飼い犬の散歩をする時も掃除をする時も、着付け教室の手本のように着こなした和服を脱いだためしがない。時折、遊びに行くと、決まって服装が派手だの、高校生のくせにパーマをかけるのはよくないだのと注意され、おまけに庭の草むしりをやらされた。

亡き夫との間に子供はなく、たった一人で尼僧《にそう》のように規則正しい清潔な生活を送っていた伯母の孤独など、当時の私には想像もできなかった。だから、「響子ちゃん、おばさんと一緒に暮らさない？　そうすれば卒業するまで仙台にいられるじゃないの」と伯母に言われた時、私は黙っていた。いくら、仙台にいられるからといって、伯母と同居するなんて考えられなかった。服装や髪型に文句を言われ、休みの日に草むしりをやらされるくらいだったら、学校に寝泊まりしていたほうがまだましだった。

だが、父にとって、仙台の伯母はもっとも信頼していた姉でもあった。伯母が私の家を訪れ、冗談とも本気ともつかぬ言い方で「響子ちゃんを預かってもいい」という話をした時、父は珍しく乗り気になった。

「姉さんのとこは子供もいないし、ちょうどいいかもしれないね」

母もそれに加わった。「卒業まであと、たった一年だもの。響子が喜ぶわ、きっと。ね？　そうでしょ？　響子」

「その代わり、厳しいよ」伯母は私を睨《にら》みつけ、わざとらしく低い声で言った。「パパやママみたいに私は甘やかしませんからね」

「預かってくれるなら、厳しく管理してくれなくちゃ困るよ、姉さん」父は大真面目《おおまじめ》に言った。「こんな時代だからね。ちょっと目を離すと子供たちはとんでもないことになる」

大人たちは口々に、最近の高校生はひどい具合になった、と言い合った。仙台の県立高校は大学紛争のあおりを受けて、ほとんどが騒然とした雰囲気に包まれていた。父は、子供のくせにヘルメットをかぶってデモに出て、機動隊に石を投げるような奴《やつ》は全員、逮捕して銃殺刑にすべきだ、と言った。伯母は、髪を伸ばした高校生たちが、喫茶店で煙草《たばこ》を吸いながら共産党の本を読み合っているのを見た、と言って眉《まゆ》をひそめた。

響子、おまえはマルクスの本なんか持ってやしないだろうな、と父がさりげなく私に聞いた。持ってないわ、と私は言った。「私の本棚、知ってるでしょう?」

父は、そうか、と言って目をそらした。

父も母も、私が伯母と住むことを望んでいる、と勘違いしていた。表向き、私は伯母とそつなく関わっていたし、伯母の清廉《せいれん》潔白な暮らし向きについて悪く言ったことがなかったせいだろう。

父は私に条件を出した。決してデモや集会に出ないこと。浪人せずに東京の大学に合格すること。無断欠席しないこと。夜七時の門限を守ること。この四つの条件を守る限りにおいて、伯母のもとで暮らすことを許す、と。

結局、仙台に残るためにそれ以上の方法は見つからなかった。卒業まで居候《いそうろう》させてくれそうな友達の家もなくはなかったが、父を怒らせることになるとわかっていながら、友達とその家族に迷惑をかけるわけにもいかなかった。それに私は友達は好きだったが、その家族はみな嫌いだった。東北地方の人は、たいていおやつに自家製漬物を大量に皿に盛り、客をもてなす。漬物をポリポリかじる他人の親に、「響子ちゃん、あんまりお父さんたちに心配かけるでないよ」などと説教されるのは真っ平だった。

伯母のところに残るしかないとわかると、私は父の出した条件を受け入れたふりをした。私は少しずつ荷物を伯母のところに運び続けた。荷物は大した量ではなかった。数枚の気に入った洋服、パジャマ、下着、それに大切にしていた何枚かのレコード、本……それで全部だった。勉強机とベッドは、父の会社の若い男が車で運んでくれた。

ひと通り、引っ越しがすんでからは、毎日のように仲間たちと学校をサボって公園で行われる反戦フォーク集会に参加したり、ジャズ喫茶に行って煙草を吸ったり、安い映画館のはしごをしたりした。親から離れて暮らせるという意識が、何か生活に変化をもたらすと思っていたのだが、私の生活は変わらなかった。

両親の引っ越しの日の前日、私は当時通っていた高校で秘密裡《り》に結成されていた制服廃止闘争委員会の委員長に選ばれた。宮城県は公立私立を問わず、大半の高校が男女別学である。女生徒ばかりの牧歌的な学校生活が気にくわず、どこかで聞きかじってきた反抗的意見ばかり唱えていた私は、ただのおとなしい転校生から、いつのまにか活動家高校生になり変わっていた。委員会の設置を呼びかけたのも私だった。

だから委員長になったのは自然のなりゆきだったのかもしれないが、いざ選ばれてみると鬱陶《うっとう》しさだけが募った。黒と言われたら、白と答えるような、ただのはねっ返りでいることを面白がっていただけの人間に、組織を率いていく才能などないことは、自分でもよく承知していた。私はただ、角襟ブラウス禁止、ノーソックス禁止、パーマ禁止、リボン・カチューシャ禁止……などという、馬鹿《ばか》げた校則に縛られて、毎日、流行遅れの、アイロンのあてすぎでテカテカに光った制服を着るのがいやだっただけだ。

委員長以下、数名の役員がすんなり決定された。親友のジュリーは書記長になった。メンバーの中には、中核系のセクトに所属している子もいたが、大半はそれまで何ら政治的活動をした経験がない、ごく普通の生徒ばかりだった。私は彼女たちから拍手を送られた。私が形ばかり委員長としての抱負を述べると、彼女たちは口々に「異議なし」と言った。

討議を終えた後、私はジュリーとレイコと三人でいつものラーメン屋に行った。味噌《みそ》ラーメンを啜《すす》りながら、ほんとは委員長なんてやりたくないの、と私がもらすと、二人とも「わかるよ」と交互にうなずいた。

「でも選ばれちゃったんだしね。やらなくちゃね」

「そうだよ。響子が適任なんだからさ。頑張れよ」ジュリーが言った。

「きっと途中でいやになるよ、私」

「いやになったら、その時はその時。また考えればいいじゃない」とレイコ。

「今度の全校集会であたしが壇上占拠するんだからさ。響子は後ろで糸を引いてればいいさ」とジュリー。そうよ、とレイコも言った。「ヤバイことはジュリーに任せりゃいいのよ。この子、案外、そういうことに強いから」

「ジュリーが委員長になればよかったんだわ」私は言った。本気でそう思った。ジュリーは充分、その資格がある子だった。サラサラの髪の毛をグループサウンズみたいにマッシュルームカットにした彼女は、いつも男言葉で話をし、そのせいか性別を超えた迫力を感じさせた。彼女の怒りや苛立《いらだ》ちは、常に静かな無言の圧力として表現される。嫌いな教師の試験ともなると、必ず白紙で提出したし、そのことで怒り狂った教師に「立ってろ」と怒鳴られると、不敵な笑みを浮かべ、ポケットに手を突っ込んだまま何時間でも廊下に立ち続けた。他人の悪口を言う時は本人を目の前にしてズケズケ言った。誰かに媚《こ》びることもなく、愚痴を言うこともなく、相手に調子を合わせることもなかった。私はジュリーが大好きだったし、信頼していた。

「あたしはダメだよ」と彼女は短く笑った。「あたしはいい加減で人徳がないしさ。リーダーになるには、響子みたいな人間が一番いいんだよ」

「私だっていい加減よ」私は少しむきになった。誰が一番、いい加減に生きているか、というつまらないことで競い合っていた時代だ。人徳があるだの、まともで人間的だの、と評価されることを私は意味もなく嫌っていた。

「まあ、いいってことよ」ジュリーは味噌ラーメンのつゆを啜り、テーブルの上にあった紙ナフキンで乱暴に鼻をかんだ。「あたしがついてるってば。面白くやろうぜ」

私たちはジャスミン茶《ティ》を飲んでからラーメン屋を出、次にジャズ喫茶に行って煙草を吸った。ジュリーは今後の委員会の運営について熱っぽく喋《しゃべ》り、レイコは目を閉じて何か別のことを考えているように時々、溜息《ためいき》をついた。

三月になったというのにひどく寒い夜で、ジャズ喫茶の煙草の煙に包まれたぬくもりの中から出て行く気がしなくなった。私たち三人の話題は制服闘争のことから、次第に男の話になっていった。レイコは特定の男の名前はあげずに、頭の悪い男は最低だ、とけだるい調子で言い、私は私で、つきあったことがある一つ年上の高校生との関係が続いていたら、今頃自分はどうしていただろうか、などということについて喋った。男の話になると、ジュリーは決まって、ふん、と鼻を鳴らし、「どいつもこいつも馬鹿ばっかり」と言うのだが、その時もそうだった。

「馬鹿ばっかりでさ。話になんないよ。今んとこ、興味ないね、男なんか」

私たちはそれぞれ、独り言のようにそんな話を繰り返し、品のない冗談を言い合ってげらげら笑ってから、やっと腰を上げた。

帰宅したのは十時を回ったころだった。引っ越しの荷物がはみだしている冷え冷えとした玄関先で、父が腕組みしながら立っていた。私はできるだけ陽気に「ただいま」と言った。父の顔に気の毒なほど醜いひきつれが走った。

「何時だと思ってるんだ！　そんなに外が好きなら一人で暮らしなさい！　今後、一切、面倒は見ん！」

そんなふうに怒鳴られたのは初めてではなかった。初めて怒鳴られた時は身体《からだ》がすくんだが、何回か繰り返されていくうちに、父の怒鳴り声にも慣れてきた。私はひるまなかった。「いい子」で通っていた当時のクラスメートの一人の名前をあげ、彼女の家で勉強していたのだ、と嘘《うそ》をついた。

信じてもらえないのは明らかだった。父の両腕がわなわなと震えた。ひっぱたかれるかな、と覚悟したが、父は何もしなかった。母が心配そうに父の背後に立った。父はこめかみをピクピク震わせたが、それ以上、何も言わずに奥に引っ込んでしまった。

その晩、父とは口をきかなかった。積み上げられた引っ越し用のダンボール箱の隙《すき》間《ま》に布団《ふとん》を敷き、私はまだ小学校五年生だった妹の部屋で横になった。

「パパ、すっごく怒ってたよ」妹が囁《ささや》いた。だろうね、と私は言った。

「玄関に鍵《かぎ》をかけて中に入れるな、ってママに言ったの。ママが、こんな寒い日に外にいたら凍え死んじゃうから、って言っても全然、聞かないの。パパとママ、それから喧嘩《けんか》になったんだよ」

「夫婦だもの。喧嘩くらいするでしょ」

「お姉ちゃん、ほんとはどこ行ってたの?」

「ジャズ喫茶」と私は寝返りを打ちながら言った。「煙草吸ってアンポの話してたのよ」

ふうん、と妹は言った。妹はアンポフンサイ、トーソーショウリ、と言いながらデモの真似《まね》ごとをしてみせるのが好きだった。家に私の仲間が遊びに来た時にそれをやると、みんなが大笑いし、自分を注目してくれるからだ。妹は〝アンポフンサイ〟というのが一つの言葉だと思い込んでいたのだが、何を意味するのか質問してきたことはなかった。

彼女がいつ、その言葉の正確な意味を理解したのかは定かではない。彼女も今はもう三十を過ぎ、結婚して二人の子供がいる。私はあれ以来、妹とアンポの話なんかしたことがない。彼女もまた、自分が姉の友達の前で〝アンポフンサイ〟とデモの真似ごとをして喝采《かっさい》を浴びたことなど、とうに忘れてしまっているのだろう。

引っ越しのために、可愛《かわい》がっていたピッちゃんという手のり文鳥を近所の家にあげなければならないことが辛《つら》かったらしく、妹は布団の中でピッちゃんの話ばかりしていた。

「ねえ。あのおばさん、ピッちゃんに間違ってホウレン草なんかあげたりしないよね。ピッちゃんはホウレン草を食べるとお腹《なか》をこわすんだよ。食べるのは鳥の餌《えさ》とキャベツと小松菜と、ええとそれから、ハコべのつぼみだけで、絶対にホウレン草をあげちゃだめだ、って言ったんだけどさ。でもあのおばさん、頭が悪いからきっと忘れるんだよ。ホウレン草を……」

もう寝なさい、と私は言った。「お姉ちゃんが時々、ピッちゃんの様子を見に行ってあげるから。その時、ホウレン草のこと、もう一度、言っておいてあげる」

妹は大人びた溜息をついて「うん」と言った。洟《はなみず》をすする音がした。泣いているのか、と思ったが、まもなく静かになった。私は目を閉じた。

両親と妹は、翌日の午後、仙台を発《た》った。季節はずれの大雪が降った日で、私と伯母は駅まで見送りに行った。父は私に「身体に気をつけるんだよ」と言った。前夜の諍《いさか》いのことが気になっていたらしく、その日、朝から父はことのほか優しかった。うなずく代わりに私はお小遣いを要求した。父はポケットをまさぐり、千円札を二枚くれた。ありがとう、と言うのが照れくさかったので、私は「儲《もう》かった」とだけ言った。父は情けない顔をして笑った。

彼らの乗った特急列車が発車してしまうと、私と伯母は仙台ホテル二階のパーラーに寄ってケーキを食べた。伯母は私の高校生活についてあれこれ熱心に質問をした。私はついこの間まで、風紀委員長をしていたのだ、とんでもない嘘を言い、放課後は毎日、クラブ活動があるから、帰りは遅くなると思う、とつけ加えた。

「確か、響子ちゃんは合唱部だったわよね」

「そうよ」

「毎日、クラブで何をしているの？」

クラブ活動など、半年ほど真面目《まじめ》に参加したことがなかった。私はもっともらしく言った。「いろいろ。コンサートの練習とか、発声練習とかね。私はソプラノの班長なの。時々は日曜日も練習するのよ。顧問の先生が熱心なの」

「あんまりクラブに夢中になると、お勉強のほうが遅れるんじゃない？」

「平気よ。これまでだってうまくいってたんだから」

「いくらクラブ活動が大変でも、門限は守ってちょうだいよ。わかってるでしょ？」

「大丈夫よ、おばさん」と私は言い、もし門限を破ったら、どうするつもりなのか聞いた。伯母は眼鏡の奥の小さな目を一瞬、光らせ、かねてから用意しておいた答えのようにひと言、「締め出します」とだけ言った。

「締め出す、って、そしたら私、どこで寝ればいいの？　友達のところに泊まってもいいわけ？」

「とんでもない。そんな不良みたいなことはさせませんよ。うちの庭に物置があるでしょ。モグが犬小屋に使ってる物置よ。そこに鍵をかけて閉じ込めます」

私は噴き出したが、内心、むっとしていた。「いやあだ。子供じゃあるまいし。いいわよ。鍵なんかかけなくたって、私、物置に寝るわよ。毎日、寝てあげたっていいわ」

「そんなに強がりを言っていいの？」と伯母は妙に真面目な声で言いながら、身を乗り出した。「あなた、何も知らないくせに」

「知らない、って何を？」

ふふ、と伯母は意味ありげにふくみ笑いをした。「今だから言うけど……あんたのお父さんにもこの話はしてないわ。実はね、あの物置では、昔、人が首吊《くびつ》り自殺をしたのよ」

私は軽蔑《けいべつ》をこめて笑った。伯母のやり方は呆《あき》れるほど子供じみていて卑怯《ひきよう》で、ばかばかしすぎた。

「ほんとのことなのよ、響子ちゃん」伯母はかすかに眉《まゆ》をひそめた。そのひそめ方は真に迫っていた。

「十年くらい前よ。私は意に反して腕に鳥肌がたつのを覚えた。死んだ主人の親戚《しんせき》のお嬢さんが、うちに一年ほど居候《いそうろう》してたことがあったの。当時、ちょうど響子ちゃんと同じ年くらいだったかしらね。その子、東北大学の受験に失敗して、一浪したんだけど。よほど神経が疲れてたんだねえ。ある朝、あの物置で首を吊ってたのよ」

伯母はそれが冬の朝だった、とつけ加えた。ものすごく寒い日で、死体の口から流れた粘液が凍っているのが見えた、と。

私は身震いしたが、負けなかった。「もしそれがほんとだったら、どうして、その物置をそのまま使ってるの？　犬小屋にしたりなんかして。気持ち悪くないの？」

「壊そうと思ったんだけど、その後ですぐ、私は身体をこわして入院したのよ。物置のことは気になってたけど、結局、そっちまで手が回らなかったわ。だから、モグを飼い始めた時も、あそこをモグの小屋にしたの。モグが霊を慰めてくれるような気がして」

私はかろうじて陽気に笑ってみせた。「かまわないわよ、おばさん。首吊り自殺があった物置に閉じ込められたからって、私、なんにも感じないもの」

おや、そうなの、と伯母は信用しない口ぶりで言った。「でも、あんなところに一晩、閉じ込められないほうが幸せよ。門限は守ることね」

その話を伯母としたのは、一度だけだ。私も伯母も、二度と物置の首吊り事件の話には触れなかった。伯母の話が真実だったのか、そうでないのか、いまだに私にはわからない。伯母の家の近所に古くから住んでいた住人に真偽のほどを問いただしてみればよかったのだろうが、そんなことをしようと考えたことはなかった。

私は犬小屋に使っている物置を時々、一人で掃除した。時折、天井を見上げては、いったいどの梁《はり》から首を吊ったのだろう、と考えることはあった。夜、暗がりの中で見上げる天井の梁は、闇《やみ》の中で蠢《うごめ》く魔物のように見えた。そこに死体がぶら下がっていたらどんなに怖いだろう、と想像し、突然、薄気味悪くなって逃げ出したこともある。だが、そんなことが何度もあったわけではない。昼間、明るいところで見ると、梁はどれも同じに見え、夕方には、古くなった板の隙間からもれる細い夕日が、物置の中に舞い飛ぶ犬の毛を埃《ほこり》と共に浮きあがらせているだけだった。

伯母の家は仙台市内の北四番丁というところにあった。黒塗りの板塀で囲まれた住宅が並ぶ細長い路地のつきあたりに位置したその家は、付近の家の中でもひときわ庭の広さと静けさを誇っていた。黒ずんだ古い格子戸《こうしど》がついた門をくぐると、すぐ左側には竹を組んだ中門がある。中門の向こうには芝生と花壇、木々に囲まれた庭が拡《ひろ》がっている。そして昼の間、庭で放し飼いにされていた柴犬《しばいぬ》のモグが、任務に忠実なガードマンよろしく、モグラやカエルを探してうろついているのだった。

かつて伯母の夫が生きていたころは、家は瀟洒《しょうしゃ》な数寄屋《すきや》造りだったらしいが、夫の死後、ピアノ教師を始めるにあたって、伯母は家を大がかりに改築し、和洋折衷の小住宅にしていた。外壁が淡いピンク色をした平屋造りの家は、なんだか個性がなさすぎてつまらない感じだったが、それでもほのぼのとした家庭的な印象を受けるのは悪くなかった。

部屋は全部で六つあった。防音装置を施したピアノ室、それに続くサンルーム、茶の間、伯母の居室、桐《きり》の和簞笥《わだんす》が置かれただけの四畳半、応接間……である。

私は玄関のすぐ脇《わき》にある応接間をあてがわれた。応接間といっても、使わなくなった扇風機や贈答品のカルピスの箱などが積み上げられている納戸《なんど》のような部屋だったから、伯母としてはそこを使ってくれるのはかえってありがたいくらいだ、と言った。部屋は悪くなかった。六畳くらいの小さな洋間で、東側と南側が窓になっていて明るい。それに南側の窓の向こうは屋根がついた小さなテラスになっていた。夏の昼下がりなどには籐椅子《とういす》を出し、テラスで本が読めそうだったし、何よりも、伯母に干渉されない独立した部屋であることがありがたかった。

東側の出窓からは、あの物置が見えた。花壇や芝生の向こうにひっそりと佇《たたず》む古い物置は、見つめているとそこだけが異質な感じがした。私は窓を開けずにすむよう、出窓の部分に本やノートを高く積み上げた。出窓のすぐ外にはあじさいの木があった。時折、夜になると門灯の光を受けたあじさいの葉の影が窓ガラスに奇妙にうすぼんやりとした陰影を作ることがあった。まるで浮遊する白い不吉なものが、窓ガラスに張りついてでもいるように。

私は伯母に頼んで、窓に厚手のカーテンを下げてもらった。そのわけは伯母には言わなかった。

いずれにせよ、そんなふうにして私の最後の高校生活は始まった。私は朝、きちんと起きて登校し、七時の門限を守って伯母の家に戻った。だが、六時限ある授業にすべて出席したことなど、ほとんどなかった。三日に一度は、私は親友のジュリーやレイコと示し合わせて早退した。

早退といっても、担任教師に届けを出してからおとなしく帰宅するわけではない。校内きっての問題児であり、市教育委員会のブラックリストに載っていたと思われる私たちが届けを出してまともに扱われるはずもなかった。

私たちがやったのは早退ではなく、正しく言うと〝脱走〟だった。学校はちょっとした刑務所か何かのように裏を小高い山に囲まれていて、出入り口は一つしかなかった。しかも外に出るためには、必ず職員室の窓の前を通らなければならない。職員室には、見張り役の教師が必ず一人か二人おり、いかに小さく身体《からだ》を折り曲げて通り過ぎようとしても無駄だった。

逃げるのなら、裏山をよじのぼって尾根伝いに進み、バス通りに出るしか方法はない。私たちはスカートがめくれるのもかまわず、ロッククライミングさながらに裏山の草深い斜面をよじのぼった。三人の中で一番、運動神経が鈍かったレイコは、よじのぼるたびに歌舞伎《かぶき》に出てくる童女のようなか細い悲鳴を上げた。私とジュリーは、彼女を黙らせるために、手を引いてやらねばならなかった。

バス通りに出るまで二十分以上かかっただろうか。枯草や土のこびりついた制服のスカートのお尻《しり》を互いに叩《たた》き合い、汚れを落としてからバスに乗る。バスはいつも空《す》いていた。私たちは最後部座席に腰をおろし、牢獄《ろうごく》からの脱出成功を祝って奇声を上げるのだった。

クラスメートたちは教師に密告せず、黙っていた。面白がっていたのかもしれない。中には脱走を手伝ってくれる者もいたし、いつ私たちが教師に呼び出され、停学をくらうか、と賭《か》けをする者もいた。

私たちは当時、他人ができないことをやることに命をかけていた。そんな私たちの幼稚なヒロイズムは他人を呆れさせはしたが、決して退屈させなかった。そのことだけは今でも自信を持って断言できる。

私たちはきっと、私たちにしかできないと思い込んでいた芝居を打ち続ける役者だったのだろう。良家の子女だの、模範的な高校生だの、いい子だのと言われることを何が何でも拒否する芝居。むろん、それが芝居であることに気づいたのはずっと後になってからだ。当時は、芝居だとは思わなかった。私たちは、滑稽《こっけい》なことに本気だった。短い時期だったが、私は自分がそんなふうにして生きたことがあるのを誇りに思っている。

学校を脱走した後で立ち寄るのは、たいてい公園や東北大学の学生食堂やジャズ喫茶だった。公園では毎日のように何らかの集会が開かれていたし、学生食堂では驚くほど安く食事ができ、ジャズ喫茶ではたいてい顔見知りの大学生、高校生たちと会うことができた。彼らは私たちに、どうすれば校内集会を開くことができるか、とか、アジビラの刷り方だとか、壇上占拠してアジ演説をする時の注意点だとか、そういったことを細かく具体的に教えてくれた。いろいろなセクトの男たちから、集会に参加するよう誘われ、実際に出かけたし、各種学習会にも顔を出した。よく喋《しゃべ》ったし、よく議論をした。まったく時間を忘れるほどに。

今でも私はあのころ、自分が彼らと何を一生懸命喋っていたのか、思い出せずにいる。何だったのだろう。何を言いたかったのだろう。何を訴えたかったのだろう。ベトナム戦争があり、安保があった。沖縄問題があり、東京からは随時、様々な活動家たちが仙台入りして私たちをオルグしていた。フォーク集会があり、アジ演説があり、街頭デモがあった。私は彼らの巻きおこす渦の中に自ら足を踏み入れ、似たような言葉を操り、似たような行動をし、似たような文章を書いた。私がやっていたことは、ほとんど真似《まね》っこ子猿のやることにすぎなかった。

本当はベトナムも安保も沖縄もどうだってよかった。マルクスもスターリンも革命もどうだってよかった。私は政治や革命のために自分を捧《ささ》げるのはいやだった。知識をひけらかし、無内容な討論を繰り返す連中が嫌いだった。活動家の学生に恋をし、恋をしたことと思想的同志になったこととを勘違いし、わざと汚れた服を着て、バリケード封鎖中の男に手作りの弁当を差し入れに行く女たちが嫌いだった。だが、同時に私は、無内容な討論を繰り返す連中と過ごす時間がいとおしかった。バリケードの中で活動家の恋人とセックスし、デモで負傷した恋人をかくまって手当てしてやる女たちに否応《いやおう》なく共感を持った。私は自分を嵐《あらし》の中に駆りたてていくことに満足を覚えていた。じっとしていられなかった。じっとして、音楽を聴き、好きな本を読み、受験勉強をして東京の大学を目ざしながら生きることができなかった。そんなことをしていたら、発狂してしまいそうだった。

どこに行けばいいのか、わからないまま、それでもなお、今ある自分から逃げ出したいと思っていた。逃げ出す、というただそのためにだけ、私は毎日、学校から脱走し、わけのわからないデモに参加し、聞きかじりの知識を披露し続けたのかもしれない。

真似っこ子猿。確かに私はそうだった。そのことを恥ずかしいと思ったことは数えきれないほどある。今になっても赤面するほどだ。だが私は決して他人にそのことを打ち明けようとしなかった。多分、多くの仲間たちが私と似たような思いを抱き、自己嫌悪《けんお》にさいなまれていたのだろうと思う。ジュリーもレイコも、その他大勢の愛すべき友人たちも、みんな。

そう思うと、少し救われる。少なくとも、やさしい気持ちになれる。

2

五月の連休中、母が私の様子を見に仙台に来て、伯母の家に二泊していった。ちょうど市内の勾当台《こうとうだい》公園で大がかりな反戦フォーク集会が開かれていた時である。私はどうやって家を抜け出そうかとやきもきしていた。

母も伯母も「あんな品のない歌を歌う人の気が知れない」と暗に私を牽制《けんせい》したが、私は、集会でギターをひいてる男の中に、ビートルズのジョン・レノンに似てる人がいるの、と嘘《うそ》を言った。「みんなの人気者なのよ。うちのクラスでも、その人をひと目見ようとして、集会に出る人が多いんだから。サインをもらった人もいるわ」

「そのジョンなんとかって人、芸能人なんでしょ?」クラシックしか知らず、ビートルズも三波春夫《みなみはるお》と同様、芸能人にしてしまう伯母が聞いた。私は噴き出したくなるのを抑えて「違うわ」と言った。「ミュージシャンよ」

「なんでもいいけど、ギターをひく人がその人に似てるっていうの？」

「そうよ。大学生なの」

「学生がサインするわけ？　ばかばかしいわね」母が言った。

「私はまだちゃんと見たことがないの。だから、今日、レイコと約束したんだ。見るだけ見てこよう、って」

「見るだけよ」と伯母がけがらわしそうに言った。「そんなものは見るだけで充分ですよ。いかがわしい歌なんか聴くもんじゃありません」

母はまだ何か言いたそうにしていたが、私はかまわずに家を出て、約束通りレイコと待ち合わせ、公園に向かった。レイコに、伯母がジョン・レノンを芸能人だと言ったことを話して聞かせると、彼女は道の真ん中で笑いころげた。レイコは滅多に笑わなかったが、笑うとなると、コロコロと鈴のような音をたてて笑う。私はなんだか楽しくなって、彼女と一緒になって笑った。

とびきりよく晴れた日の午後で、空は抜けるように青かった。公園を囲む背の高い杉の木が、緑色をしたソフトクリームのように見える。風は暖かく乾いていて、吸い込むとかすかに花の香りがした。

「それはそうと」と、レイコが笑いすぎて目に浮かんだ涙をこすりながら言った。「あなた、クラシックは好き？」

「嫌いじゃないけど。どうして？」

「今日、集会の後であなたを連れて行きたいと思ってる店があるのよ」

「クラシックの店？」

「正確に言うとバロック音楽専門の喫茶店。これがちょいとユニークでね。活動家のたまり場のようでいて、実はそうでもないの。もちろん活動家の数は多いわよ。現に私が行った時、ブントの連中が集まって何やらひそひそやってたもの。でもね、他に得体の知れない連中が幽霊みたいに座ってるのよ」

「どんな連中なの？」

「さあね。詩人、文学青年くずれ、それともただの貧乏なノンポリかしら。ともかく、みんな、じっと席に座って煙草《たばこ》吸って本読んでるのよ。可笑《おか》しいんだから。その店、汽車の座席みたいに椅子が並んでてね。他になんにもないの。ほんとになぁんにもないのよ。そこに幽霊たちが座ってるの。じっと黙って。そして大きなスピーカーから大音響でバロックが流れてるってわけ。あなた、後学のために一度は覗《のぞ》いてみても悪くないわよ」

「何ていう店？」私は聞いた。

「無伴奏」とレイコは答え、長く伸ばした美しい髪をたてがみのように揺すり、くすっと笑った。「いい名前じゃない？」

「確かにね」と私は言い、誰と行ったのかを聞いてみた。レイコは曖昧《あいまい》に笑っただけで答えなかった。

私たちが公園に着いたころ、集会はたけなわになっており、大勢の若者たちが芝生に入り込んで反戦フォークを歌っていた。ヘルメットをかぶった連中の一団が野外音楽堂でアジ演説をしている。彼らの怒号と『勝利を我等に』の歌とがごちゃ混ぜになって、あたりは騒然とした空気に包まれていた。私とレイコは、公園内にちらかっているアジビラを踏みつけながらジュリーの姿を探した。

大きな花壇では、色とりどりのパンジーの花が咲き乱れていた。そのパンジーの花の向こうで、黒いコットンパンツをはいたジュリーが私たちに向かって大きく手を振った。テンガロンハットを小脇《こわき》に抱えている。参加者たちから、闘争資金のカンパを集めているところらしかった。

「集まった？」ジュリーに近づき、私は聞いた。まあね、と彼女はうなずいた。「今日はすごいよ。みんな気前がよくてさ。三百円近く集まったんじゃないかな」

「コーヒー三杯分」レイコが鼻声で言った。

「馬鹿《ばか》。これはあたしたちの闘争資金なんだよ」

「そんな堅いこと言わないで。これで無伴奏のコーヒー代が出るっていうのに」

「なんだよ、無伴奏って」ジュリーが日差しの中で目を細めた。レイコがさっき私に説明したのと同じようなことをジュリーに教えた。ふうん、とジュリーは言った。

「行くのはかまわないけどさ。それじゃあ、もっとカンパしてもらってこようか。腹減ったんだよ。誰かラーメン代、カンパしてくれねえかな」

「レイコにカンパやらせれば?」私はジュリーに目配せした。「レイコなら、ラーメン代くらい集められるかもよ。レイコの腰のひとひねりは影響力大だからね」

ジュリーは、ひっひっ、と品のない笑い声を出して同意したが、レイコは大袈裟《おおげさ》に身をくねらせて後ずさりした。「いやよ、そんなの」

「平気。平気。まがりなりにも委員会のメンバーなんでしょ。委員長の命令よ。行っておいで」

「何て言って集めればいいの。わかんないわよ」

「だから、適当に言えばいいのよ。私たちはS女子高反戦連合の制服廃止闘争委員会の者だけど、闘争資金が不足してます、できたらカンパをお願いします、って。そのくらい言えるでしょ？」

「何に使うのか、って聞かれたらどうすんの？」

ジュリーが顔をしかめた。「トロイね、この子も。アジビラを印刷するのに資金が足りない、って言うんだよ。ほら、ブラウスのボタン、もう一つはずしてさ。オッパイ突き出して行って来いよ」

レイコは不愉快そうに頬をふくらませたが、私とジュリーはかまわずに彼女にテンガロンハットを押しつけた。レイコは何かブツブツ言いながら、やがて芝生の中に入って行った。頑張ってよ、と私は声をかけた。猫のように柔らかそうな背中が、パンジーの花畠《はなばたけ》の向こうに連なる人の群れの中に消えていった。

レイコは自殺未遂をしたことがある。私はその時の話を本人から打ち明けられた。高校二年の夏のことだ。

それまでレイコとは特別に親しかったわけではない。クラスの中に必ず、一人や二人、変わり者がいるものだが、レイコはそんな変わり者の一人にすぎなかった。ハッとするほど色が白く、大人びた顔立ちをした美人だったが、彼女には協調性とか、明朗さとか、努力とか根気とかいった、十代の若者に求められるすべての要素が欠落していた。

友達を作ろうとせず、休み時間はたいてい一人で本を読んでいる子だったが、かといって孤立していたわけでもなかった。そばにいられて邪魔になるタイプではなかったせいか、誰もが彼女のことを何となく受け入れた。彼女はいつも炬燵《こたつ》で丸くなっている猫のように、誰かのそばにいた。ほとんど何も喋らなかったが、いればいたで、不思議な存在感を与える子だった。

私がジュリーと馬鹿話をしていると、レイコがそばにいて、とろんとした目で私たちを見ていることもあった。口の悪いジュリーなどは、レイコに向かって「あんた、爬虫類《はちゆうるい》的な感じがするよ」と言ったりしたが、レイコはとりたてて反応もせず、うすら笑いを浮かべながら「そうお?」と言うだけだった。

爬虫類という言い方は当たらずとも遠からずだった。レイコは何かの動物的直感を持っていて、私という人間を、打ち明け話をする恰好《かつこう》の相手であると判断したのかもしれない。

ともかく私は、夏休み明けの二学期が始まったばかりの或《あ》る放課後、人けのない地学教室の片隅で、レイコの打ち明け話を聞いた。

「ハイミナールって知ってる?」と彼女は聞いた。知ってる、と私は言った。「睡眠薬でしょ？」

「そう。あなた、あれを齧《かじ》ったことある？」

「ないわ。飲んだこともない」

「そうよね。あなたには必要ないわよね」

私は黙っていた。レイコの口調には、ある種の翳《かげ》りが感じられた。地学教室の窓の向こうに見えるテニスコートでは、軟式テニスの練習をしている女の子たちの姿があった。私はレイコの次の言葉を待ちながら、白球が規則正しく空になめらかな弧を描くのを眺めていた。

「あれってね、ずっと嚙《か》んでると甘くなるのよ。不思議だわ」しばらくたってからレイコが言った。「たくさん口に入れて、ポリポリ音をたてて嚙んでいくうちに、甘くなるの。苦くなんかないのよ。ちっとも苦くなかった」

「不眠症にかかったの？」

あはは、と彼女は力なく笑った。「あなたって、いい人ね。あのお薬はいろいろな症状に効くのよ。参考までに教えてあげる。二度と目を覚ましたくない時とかね、何もかも忘れてしまいたい時なんかにも効果があるんだから。一度、お試しあれ」お試しあれ、とか、ごきげんよう、とか、××してみたらいかが、などと言うのがレイコの癖だった。ブルジョワの頽廃《たいはい》を描く小説に出てくるアンニュイな女主人公みたいなセリフ回しだったが、彼女が使うと不思議に厭味《いやみ》はなかった。レイコはくすっと笑い、つけ加えた。「もっとも響子は、二度と目を覚ましたくないなんていう時はないかもね。あなたはいつも溌剌《はつらつ》としてるから」

「あなた、ハイミナールで自殺しようとしたの？」

「そんなにびっくりした顔をしないでよ。今日び、自殺未遂で生き返った女なんて、珍しくも何ともないでしょ？」

「いつ？　いつそんなことをしたのよ」

「夏休みよ。暑くてうんざりする日の夜。でも目が覚めたらそばに父親がいるじゃない。その後ろには母親がいて、しくしく泣いてるの。口の中が臭くて、いやぁな匂《にお》いがしてたわ。看護婦が来て、怒ったみたいな言い方で『大掃除したからね』って言うの。『もう二度と胃の中を汚さないでちょうだいよ』って。私、笑っちゃった。ほんとに笑ったのよ。だって、なんだか可笑しいじゃない。胃袋が掃除機で掃除されたなんて、考えただけで笑っちゃう」

レイコはあまり可笑しくなさそうに笑った。

「何が原因だったの」私はそっと聞いた。さあね、と彼女は他人事《ひとごと》のように言った。

「退屈だったのよ、きっと。死にたくなっちゃうくらいに」

間違いなく何か具体的な理由があったに違いない、と私は思ったが、それ以上、聞かなかった。私たちはしばらくの間、テニスコートの白球を眺めていた。開け放した窓からは初秋の冷たさを帯びた風が入ってきた。

私が「もう身体《からだ》は大丈夫なの?」と聞くと、彼女はこくりとうなずいた。

「食欲は?」

「あるわ。ほんとにもう何ともないの」

「よかったね」

レイコは私を見つめ、いつものとろんとした目で、ふふ、と微笑《ほほえ》んだ。

それ以来、レイコは私やジュリーと急速に親しくなった。私は自殺未遂の話を口にしなかったし、レイコもまた何も言わなかった。時折、ひどく憂鬱《ゆううつ》そうに考え事をしている時があり、そんな時は何を問いかけても鬱陶しげに視線をそらすだけだったが、二、三日たつと、また元に戻った。

彼女が好きだったのはシャンソンとフランス映画と自殺について考えることで、時には美しい頽廃的な詩も書いた。私よりは数段、マセていたはずだし、実際、私生活においてはそうだったのだろう。だが、私生活についてほとんど具体的な話はしない人間だった。レイコと二人きりで話していると、時々、あまりにも話の内容が感覚的すぎて、漫画の吹き出しのように、彼女のセリフが宙に浮き、そのまま消えてしまうような儚《はかな》さを覚えることがあった。それは他者と一線を画すために彼女が仕組んだ精一杯の会話術だったのだろう。実際の彼女は、誰よりも傷つきやすく、誰よりも拠《より》所《どころ》を求めたがる、ナイーブな娘だった。

背中まで髪を伸ばした長身の男が、小柄な男二人と何やら討論している。レイコはその三人組に近寄り、心もとなげに私やジュリーのほうをちらりと見た。私とジュリーは親指を立てて、笑ってみせた。

レイコはおずおずと三人組に何か声をかけた。三人組はぱっと顔を輝かせて彼女を見た。彼女の白い顔が薔薇色《ばらいろ》に染まるのが見えた。彼女は美しかった。

レイコに何か喋《しゃべ》りかけられた三人は、うんうん、とうなずき、ズボンのポケットにそれぞれ手を突っ込んだ。テンガロンハットの中に、三つの手が投げ入れたコインが、日差しの中でキラリと光った。

レイコはひきつった笑みを浮かべた。長身の男は頭を掻《か》き、不精髭《ぶしょうひげ》の生えた口を大きく開けて笑った。

戻って来たレイコは、口をすぼめながら、くすくす笑った。頬はまだ薔薇色だった。

「見てよ。いっぺんに五百円。チビのほうの二人は百円ずつしか出さなかったけど、ノッポは一人で何と三百円も出してくれたわよ」

ヒャッホー、とジュリーは大声をあげた。「さすがだね。レイコも役にたつよ。あとで味噌《みそ》ラーメン、食いに行こう」

「ね、響子」レイコは興奮気味に私の腕をとった。「あのノッポ、ちょっといい男だと思わない？」

首を伸ばして私はその長身の男を見たが、ただの田舎者としか思えなかった。長髪にしているから、よく見えるが、髪を切ったら、羽をむしられた鶏のようになってしまいそうな感じだった。私は正直にレイコにそう言った。レイコは「そうかしら」と言い、しばらく男のほうをチラチラ見ていたが、やがて突然、興味を失ったように肩をすくめた。

それから私たちは小一時間ほど、集会の参加者たちと冗談を言い合ったり、歌を歌ったり、煙草《たばこ》を吸ったりし、たまたま出会った東北大学の文学部学生に頼みこんで、ビラ刷りの時は、文学部闘争委員会室を夜の間じゅう、貸してもらうことを約束したりした。

「ガリ版は勝手に使ってもかまわないよ」とその男は言った。「紙はそっち持ちにしてもらわないと困るけど」

「そうするわ」と私は言った。

「何枚くらい印刷するの？」

「全校生徒にばらまくから、最低でも三百枚以上は必要ね」

「三百……か。一晩で刷るなら、夜中過ぎまでかかるな。何だったら泊まってけばいいよ。汚いけどソファーも置いてあるしさ」

ありがとう、と私たちは口々に言い、そのまま公園を出た。

空気がむせかえるほど暖かく、少し歩いただけでうっすらと汗ばむほどの陽気だった。公園前の大通りを渡り、東一番丁の商店街に入る。連休の午後、家族連れで買物に出て来ている人々も多く、街はいつもよりも賑《にぎ》やかだった。

小さなレコードショップの前を通り過ぎようとした時、中からビートルズの『ヘイ・ジュード』が流れてきた。レイコが歌を口ずさみながら立ち止まった。見るともなしにレコードショップのショーウインドウを覗《のぞ》こうとしている彼女に、ジュリーが「早く」と声をかける。レイコは無表情にうなずき、まるで店じまいして家に引き上げる時の娼婦《しょうふ》のような足取りで、ダラダラと歩き始めた。

私は歩みを進めながら、ぼんやりと受験のことを考えていた。大学入試まであと九ヶ月。勉強などほとんどしておらず、それどころかちゃんと卒業できるかどうかも怪しい状態だった。

一応、門限を守って帰宅し、部屋にひきこもっていたので、伯母は私が深夜まで受験勉強に精を出しているものと思っていたらしかったが、実際、私は部屋で過ごすほとんどの時間をあれこれ考え事をすることに費やしていた。何をどう考えていたのかは、うまく説明できない。だが、考えていることの殆《ほとん》どが、とりとめのない散文のようなことだったのは確かだ。Aについて考え始めるとすぐにBが思い浮かび、結論も出ないうちにまたCがそれに重なる……といった具合に。

夜の間じゅう、小刻みに睡眠をとり、まとめて八時間眠ったことのない生活をしていたから、頭の中はいつも朦朧《もうろう》としていた。靄《もや》のかかったような頭の中を整理しようとして、いくつもの詩を書いたり、日記のようなものをしたためたりしていたが、そんなことをしても何の役にもたたなかった。ひたすら眠ってしまえばよかったのかもしれない。でも、私は深夜、自分の部屋で、あれこれと好きなLPをかけながら、自分がいまだ見ぬ世界に足を踏み入れるのを想像して過ごすのが好きだった。眠る時間どころか、目の前に迫った受験、高校卒業、大学入学……というワンセットになったお手軽な贈答品のような小箱を開けて、現実的な問題について考える時間すら、本当になかったのである。

藤崎デパートとアーケード街との境目で、一人の若い男が自作の詩集を地面に並べて売っていた。病的なほど白いツルツルした顔をしているのに、着ている白いシャツの襟元は黒ずんでおり、どことなく薄汚れた感じのする男だった。

私たちが詩集を眺めながら通り過ぎようとすると、男は無表情な顔をふとこちらに向けた。私は軽く微笑んでみせたが、彼は唇を少し歪《ゆが》めただけだった。

安っぽいワラ半紙を束ねてホッチキスで留めただけの詩集だった。表紙にガリ版刷りの堅苦しい文字で『篝火《かがりび》』とある。

コンクリートにチョークで「一冊百円」と殴り書きされているのを見ながら、私は立ち止まった。何故《なぜ》か知らないが、とびきり天気のいい連休の午後、集会に出ることもなく、かといって女の子とデートするでもなく、何の役にもたちそうもない詩集をこんなところで売っている男に対して、突然、湧《わ》きあがるような親しみを覚えたのだ。

私はショルダーバッグに手を突っ込み、財布を取り出した。一冊、ください、と言うと、男はうなずき、聞き取れないほど低い声で「どうも」と応《こた》えた。私は財布から百五十円出して彼に渡した。

「五十円はカンパします」

男は首をこくりとうなずかせただけで、礼は言わなかった。私は黙って詩集を一冊取り上げ、そのままショルダーバッグに放り込んだ。風にのって東北大学のほうからアジ演説をしている声がかすかに聞こえた。

「好きだね、響子も」ジュリーがからかうように言った。うん、と私は言った。

この時にふとした衝動で買った詩集がなければ、私は無伴奏で堂本渉と言葉を交わすことはなかったかもしれない。そう考えると不思議な気がする。人と人の出会いは幾千幾万とある小さな偶然の積み重ねの結果だと思うが、その直接的なきっかけになるものは、どうやらさらに些細《ささい》な偶然、見落としてしまうほどのありきたりの日常の中にこそ転がっているものらしい。

私はどんな詩であろうと、詩が好きだった。さらにいえば、あの時代に言葉を紡《つむ》いで孤独をいやしていた人々の吐き続ける汚物のような文章から目をそむけることができなかった。街頭詩人と出会えば、たいてい彼らの詩集を買ったし、今から思えばべたべたした自己愛の結晶のような同人雑誌を買ってほしい、と言われたら、素直にそうした。

私にその種の習慣がなければ、あの時も詩集など買わなかっただろうし、無伴奏の煙草の匂いがしみついたシートの上で、『篝火』などという名前の小冊子など開きもしなかったろう。『篝火』がなかったら、私は堂本渉と言葉を交わす理由を何ひとつ、持たなかったのだ。

レイコに連れられて私とジュリーが降りて行った地下のバロック喫茶は、戸惑ってしまうほど殺風景な店だった。六坪あるかないかの小さな穴ぐらのようなスペースに、安っぽいビニールレザーを張った椅子《いす》が前を向いて並んでいる。向かい合せに四人が座れるボックス席は奥に一つしかない。正面の壁には天井まである大きなスピーカーが組み込まれていた。煤《すす》けた薄茶色の壁には、絵一枚、掛かっているわけでもない。目に入るものといったら、列車のシートにうずくまるようにして座っている数人の客だけだった。

聴くだけでバロックとわかる荘厳《そうごん》な音楽が大音量で店内に流れていたが、地を這《は》うようなパイプオルガンの音は、奇妙なほど静かで、溜息《ためいき》ひとつついてもあたりに響きわたってしまいそうだった。

「何これ」ジュリーが大声で言った。しっ、とレイコがたしなめた。入ってすぐ右側にある壁には、「静かな声でお話しください」と書かれたボール紙が下がっている。

私とジュリーは互いに口をへの字に曲げ、レイコの後についていった。

空席は真ん中の列に四つ、右側の列に二つだけ。奥のボックス席は埋まっていた。

いずれにしても二人掛けだったので、三人一緒には座れない。私はジュリーとレイコとを二人で腰かけさせ、その真後ろの席に腰をおろした。

居心地がいいのか悪いのか、よくわからなかった。注文したコーヒーは苦いだけで、味がしなかったし、ジャズばかり聴きなれていた耳には、流れてくるバロック音楽はあまりにも整然としすぎており、時折、居室で伯母がかけている気取ったクラシック全集のレコードを思い出させた。

前の席ではレイコとジュリーが何やら筆談をし合っていた。ジュリーは時折、品のない笑い声をあげ、レイコはテーブルの上に突っ伏して笑いをこらえた。後ろのほうの席では、高校生らしき男たちがボソボソと低い声で何か喋っている。

レイコが筆談用のノートを私に回して寄越した。細いシャープペンシルの文字が、「ご感想は?」と聞いている。私は「悪くない」とだけ書いてノートを戻した。レイコは後ろを振り返り、ひそひそ声で言った。

「ね。ごらんなさいよ。この店の壁、みんな一箇所まぁるく黒ずんでるでしょ。あれは、客がみんな、頭を壁にもたせかけるから、ああなるんですって」

彼女が言う通り、それぞれの席の壁の一部には、ぼんやりと人の頭の跡らしき染《し》みが浮いていた。きったねえ、とジュリーが言った。「要するに頭の脂《あぶら》やフケの染みだろ」

しーっ、とレイコが唇を尖《とが》らせた。私たちは声をひそめて笑い合い、前を向いた。

私はバッグからさっき買ったばかりの詩集を取り出し、表紙を開いた。定規で計ったような小さな堅苦しい文字が、せせこましく並んでいる。擬制とか墓石とか懐疑とか無為とかいった言葉が、斜め右上がりの神経質そうな文字で書かれていた。詩人の名前は「T・TAMAZAWA」とある。

うまい詩なのか、下手な詩なのか、わからなかった。いつだってそうだった。私に詩のよしあしを読みとる力があった例《ためし》がない。詩ばかりでなく、私には何が優れていて、何が劣っているのか、判断する基準がことごとく欠けていた。私は青くさい言葉、てらった言葉、自尊心とコンプレックスの塊《かたまり》を表現する言葉……をじっと眺めているのが好きだった。箸《はし》にも棒にもかからない、愚かしい言葉の群れを眺めていると、安心できた。作品が愚かしければ愚かしいほど、その詩の作者を好きになった。自分がひねり出した小汚い排泄物《はいせつぶつ》を路上で売るなどという馬鹿《ばか》げた行為をする連中が、私はどうしようもなく好きだったのだ。

どれくらい時間がたってからだろう。店のドアが開き、誰かが入ってくる気配がした。それまで店内にこもっていた快く淀《よど》んだ空気が、ドアが開けられたせいで、一斉に外に向けて流れていくのが感じられた。私はドアのほうを見た。

女を先頭にして男が二人、店に入って来た。女はセシルカットにした栗色《くりいろ》の頭を大きく揺すりながら、挑発的な視線で店内をぐるりと見渡した。大きな目、小さな唇、全体的にアンバランスな魅力を持つ顔で、小柄だったが、ひどく目立つ女だった。

女はつかつかとジュリーとレイコの横の空席に歩いて来て、手招きした。背の高い男が女と並んで腰をおろした。もう一人の男は躊躇《ちゆうちよ》する様子も見せずに、私の隣の席に座った。彼が座った時、ふわりと干し草のような乾いた匂《にお》いがした。私は再び、詩集に目を落とした。

店内は静かだった。荘重な宮廷音楽が流れているだけで、誰も物音ひとつたてない。

隣の男はしばらくの間、黙って腕組みをしたままじっとしていたが、やがてコーヒーが運ばれて来ると、軽く咳払《せきばら》いをした。

「それ」と彼は私に向かって言った。「それ、もしかしたら玉沢の詩集じゃないのかな」

私は顔を上げた。隣の男は私に向かって柔らかく笑いかけた。「違いますか」

私は出来の悪い小学生のように、詩集の目次ページを開き、「T・TAMAZAWA」と印刷された箇所を見つけると、不器用に男に差し出してみせた。やっぱり、と男は、言って微笑《ほほえ》んだ。「玉沢ってのは、僕の大学の同級生なんですよ」そう、と言ってから、慌《あわ》てて私は「そうですか」と言い直した。男は明らかに私よりも年上に見えた。少なくとも高校生ではない、ということはすぐにわかった。

私の目と彼の目とが束《つか》の間《ま》、鈍い黄色の明かりの中で交錯した。眩《まぶ》しさのようなものを感じて、私はそっと目をそらした。

彼の顔を形容するのは難しい。私が一瞬、思ったのは、「ユダヤ人」という言葉だった。実際に誰かユダヤ系の人間と知り合いだったわけではない。ユダヤ人というのがどんな顔立ちをしているのかも、写真でしか見たことがなかった。だが、私はそう思った。おそらくそれは、彼のつややかな額にひと房、垂れた黒いウェーブのかかった前髪のせいだったかもしれない。あるいはまた、どこか日本人離れした彫りの深い目鼻立ち、きつく結ばれた真一文字の唇のせいだったかもしれない。それらは私がどこかの写真か映画で見たことのあるユダヤ系の男の美しさと瓜《うり》ふたつのような気がした。

「あいつ、どこにいました?」彼は皺《しわ》のよったショートホープのパッケージから煙草《たばこ》を一本取り出し、口にくわえてマッチで火をつけながら聞いた。私はどぎまぎしながら、子供のように壁に向かって指をさした。

「あっち……いえ、あっちの藤崎デパートの近くにいました」

彼はくすっと笑って、マッチを消し、灰皿に放り込んだ。「相変わらずマスターベーションしたものを売り物にしてるんだな。困った奴《やつ》だ。きみ、わざわざ買ったの？　百円も出して？」

ええ、と私は言った。「百五十円出しました。五十円はカンパのつもりで」

「へえ。変わった人だなあ。たかが甘ったれの街頭詩人に五十円もカンパするなんて」

「いいんです。どうせ、私たちもいろんな人をだまくらかして、カンパしてもらってはコーヒー飲んだり、ラーメン食べたりしてるんですから」

前にいたレイコが後ろを振り向き、にやりと笑った。この人たちがそうなんです、と私は前の席に向かって顎《あご》をしゃくってみせた。

「私の友達。三人で悪いことばかりしてるの」

彼は「高校生？」と聞いた。私はうなずき、指を三本立てた。「三年です。S女子高の」

「この人は野間響子さんっていうのよ」レイコが言った。「私たちの高校のゲバルトローザなの。よろしくお見知りおきを」

「ほう」と男は言い、興味深そうに目を丸くして私を見た。「こいつは驚いた」

それが単なる儀礼的な反応にすぎないことはすぐにわかった。まるで手柄をたてた子供をあやすときの大人みたいな口振りだった。そんなふうにされたことが気に入らなくて、私はぷいと顔をそむけた。

「ゲバルトローザか。凄《すご》いね」彼はとりなすように言った。

「ちっとも凄くなんかありません。単なる言葉の遊びです」

「S女子高にも反戦連合ができたわけか」

「それほどきちんとした組織じゃないんです。ただちょっと、制服を着るのがいやで、私服登校を許すように学校側に文句を言おうとしてるだけです」

「きみが委員長？」

「まあ、そんなところね」

「アジ演説もするの？」

「これからしなくちゃいけなくなると思うけど」

「委員長で、街頭詩人の詩集を買って、アジ演説をして、集会やデモに出て……か。さぞかし楽しいんだろうな」

「何がですか」

「毎日が、だよ」

私はわざと皮肉をこめて笑った。「子供相手に喋《しゃべ》ってるみたいね、あなたの話し方って」

「そんなつもりはない」彼は微笑み、少し悲しそうに目を伏せた。「すまない。気を悪くさせるつもりはなかったんだ」

あっさりとあやまられてしまうと、拍子抜けがした。私は詩集を閉じてバッグに戻し、煙草をくわえた。彼はすかさずマッチの箱を手渡してくれたが、私は「ありがとう」と言っただけで、自分の手持ちのマッチを使い、火をつけた。

いやな奴。そう思ったが、私は自分が何故《なぜ》、そんなふうに思うのかわからなかった。たかが初対面の男だった。しかも腹のたつことを言われたわけでもない。男はあくまで紳士的だった。闘争だの反戦だの、デモだの集会だの、という当時の若者なら誰だって罹《かか》っていたハシカのような伝染病に、その男が感染していないことは明らかだったが、そのことがどうして、そんなに腹立たしいのか、私にはわからなかった。

私は煙草をせかせかと吸いながら、黙っていた。彼はつとシャツのポケットから黒い万年筆を取り出し、キャップをはずした。水の入ったコップの下からコースターを引っ張り出し、そこに万年筆を走らせる。

カノン……彼はそう書いた。文字にはたちまちインクが滲《にじ》み始めた。青黒いインクが、「カノン」という文字を大きく太く浮き上がらせた。

男は通路をはさんで座っている連れのカップルに見えるよう、そのコースターを差し出した。面長の顔をした男が、それを見て無表情にうなずいた。その時、私は初めて、連れの男の顔を見た。ぞっとするほど冷たく美しい顔だった。不幸な顔……と言ってもいい。なめらかな皮膚、オールバックに撫《な》でつけられた茶色の髪、ナイフで切り裂いただけのように見える薄い唇。その顔には、人がおよそ表情と呼ぶものすべて見つけることができなかった。

隣にいたセシルカットの女が、「ワタルさんたら」とからかうように言った。「また、『カノン』？　よく飽きないわね」

そうさ、とワタルと呼ばれた男は言った。女はいたずらっぽく肩をすくめ、胡散臭《うさんくさ》げに私のことをちらりと見ると、そのまま前を向いてしまった。

ワタルと呼ばれた男がコースターを店の従業員に手渡した。熊《くま》のように大柄で口髭《くちひげ》をはやした男だった。男は黙ってそれを受け取り、カウンターの奥に姿を消した。

「いい音楽を聴かせてあげる」男はふいに私に言った。「今、パッヘルベルの『カノン』をリクエストしたから」

「パッヘルベル？」

「知らない？」

私は正直に知らない、と答えた。彼はまた少し目を丸くした。

「知らないとおかしいですか」私は聞いた。彼はかすかに笑みを浮かべながら、ゆっくりと首を横に振った。怖いほど黒々とした瞳《ひとみ》が私に釘《くぎ》づけにされた。私ははすっぱな不良少女のように顎を天井に向け、煙草の煙を大きく吐き出した。彼はそれ以上何も言わなかった。

やがてそれまでかかっていた音楽が終わり、レコードに針を落としたらしいかすかな滲み音がスピーカーから伝わってきた。『カノン』は静かで美しい曲だった。低く響きわたるような低音部に、ヴァイオリンの高音部が果てのない追いかけっこのように重なっては逃げていく。まるで、寄せては返す波のようだ。

身体《からだ》の芯《しん》が重く心地よく麻痺《まひ》していくような感覚にとらわれて、私は深く息を吸った。どこかで聴いたことがあったような気がしたし、初めてのような気もした。何か言わなければ、と思った。私は横を向き、男に「きれいな曲ね」と言った。言った途端、もっと気のきいた感想を言えばよかった、と後悔した。男は唇の端を形ばかり曲げ、軽くうなずいたが、もう、私のほうは見ようともしなかった。

『カノン』が終わると、ジュリーが後ろを向いた。「そろそろ行こうよ。腹減ったよ」私はうなずき、立ち上がった。男は私たちのほうを見ていなかった。通路をはさんだカップルの男と、何かぼそぼそと喋り始めている。セシルカットの女は、退屈そうに煙草を吸っていた。

面長の男が私たちを見た。それにつられて、ワタルという男も私たちを振り返った。「お先に」と私は言った。できるだけツンケンした口調で言ったつもりだったのだが、出てきた言葉は情けないほど子供っぽく聞こえた。

ワタルという男は「さよなら」と低い声でつぶやくように言った。優しくきれいな目が私を見た。私は目をそらした。

外に出てからレイコが「誰なの？　あの男」と聞いた。知らないわ、と私は言った。邪険な言い方になっていたことに自分でも驚いた。「どうせ、東北大の生っちろいエセインテリでしょ」

レイコは「ちょっといい感じだったわね」と言った。「もっとも私は、カップルで座ってた男のほうが好みだけど。響子はお隣にいた男のほうが好みでしょ？　なんとなくわかるわ」

別に、と私は言ってから「ラーメン食べよう」と大声をあげた。私たち三人は並んでいつものラーメン屋に足を向け、いつもと同じ味噌《みそ》ラーメンを食べた。ラーメンを食べ終えるころには、私はもう、ワタルという男のことは忘れていた。

3

今ではもうなくなってしまったが、mf《エムエフ》という名前の煙草が私の愛飲していた煙草だった。薄荷《はっか》の味がする煙草である。「薄荷味の煙草を吸う男は不能になる」とまことしやかに伝えられていた時代で、エムエフを吸っていたのは、大半が女だった。

私は十七歳になったころから、日に十本は煙草を吸っていた。煙草を吸うと動悸《どうき》が始まって胸苦しくなり、頭がクラクラする。それは漠とした死の感覚に似ていた。あのころ、煙草を吸っていた友人たちの誰もが、死の感覚を味わいながら張りつめた神経をなだめていたのだ、と思うとなんだか可笑《おか》しい。私たちは菓子箱の中のカリントウに次々と手を伸ばす飢えた子供のように、休むことなく煙草に手を出していたように思う。煙草は単なるアクセサリーではなく、過剰なエネルギーを鎮《しず》めるための特効薬だった。

エムエフを一箱買って、ジャンパースカートのポケットにしのばせながら、私は街を歩いていた。六月下旬の雨の日曜日だった。伯母には受験用の参考書を買いに行く、と嘘《うそ》を言い、昼過ぎに家を出た。することは何もなく、かといってじっとしていることもできなかった。私は傘をさしながら、街をうろうろ歩きまわり、書店で三島由紀《ゆき》夫《お》の文庫本を買うと、それを持ってまた、歩き続けた。

五月と六月は砂あらしのように過ぎていった。フォーク集会で知り合った学生に頼み込んで、東北大の文学部闘争委員会室を借り、アジビラを印刷し、早朝、こっそり学校内にしのび込んで、生徒たちの机の中にばらまいた。ビラは異変に気づいた学校職員によって半分近く回収されてしまったが、残る半分は生徒たちの手に渡った。教師たちは大騒ぎを始めたが、彼らが騒げば騒ぐほど、一般生徒の興奮をあおった。

私たちは体育館を占拠し、緊急の学内集会を開いた。アジ演説はジュリーが担当し、私やレイコや他の委員会のメンバーは、中に押し入ろうとする教師たちを拒んで入口に椅子《いす》やテーブルを積み上げ、バリケードを作った。

場内は騒然としたが、私たちは冷静だった。ジュリーはまことに見事なアジ演説を行った。私は今でも彼女が壇上でハンドマイクを握りしめながら居並ぶ生徒たちを前に喋っている姿を思い出すことができる。彼女は冷静で実際的で、そのうえ、迫力があった。相手に弱みを見せなかったし、自信たっぷりだったし、第一、文句のつけようがないほど理性的だった。

集会後、二、三日たってから、校長が東京にいる私の父に手紙を送りつけた。父からはすぐに伯母の家に電話があった。私は電話口に呼び出され、こっぴどく叱《しか》られた。もう娘とは思わん、と父は怒鳴った。私は「そうですか」と言った。傍で聞いていた伯母が、受話器をひったくった。何かの間違いよ、と伯母はムキになって父に言った。響子ちゃんがそんなこと、するわけがないじゃないの、と。

電話の向こうからは母の声も聞こえた。大人三人は、東京と仙台の二つの受話器を奪い合うようにして長い間、喋っていた。私は席を立って自室に戻り、レコードをかけた。伯母がやって来てドアをノックしたが、開けなかった。誰とも話をしたくなかった。

興奮のるつぼと化した学内集会は、私とジュリーの三日間の自宅謹慎という処分が出ただけで、呆気《あっけ》なく終わりを告げた。私たちはその三日間、わざと私服で登校し、みんなが授業を受けている間、校庭のベンチに座って空を眺めていた。教師たちは眉《まゆ》をひそめたが、何も言わなかった。昼休みにレイコが売店でカツサンドとオレンジジユースを買って来てくれた。私たちはそれを食べ、また午後の間じゅう、空を見ていた。

六月十五日の街頭デモで負傷したのも、そうした一連の出来事と無関係ではなかったような気がする。私は丸二ヶ月というもの、受験勉強と名のつくものは一切しなかった。投げやりに近かった気持ちの中に、或《あ》る種の隙《すき》が生まれたのかもしれない。

その日、デモを終え、みんなとインターナショナルの歌を歌っていた時のことだ。突然、けたたましい金属音と共に、機動隊の一群が私たちを襲撃した。隣にいた男子学生が「逃げろ!」と私の背を押した。私は夢中になって逃げ出そうとした。血が飛び、誰かの呻《うめ》き声が聞こえた。振り向くと、たった今私に「逃げろ」と言った学生が、頭を殴られ、口から血を流しながらしゃがみ込んでいるのが見えた。

次の瞬間、私の身体は大きく傾き、誰かに足をとられて地面に倒れ込んだ。気がつくと、ドミノゲームさながらに倒れた人々の、一番下に私はいた。

逮捕されたくない、という恐怖と、このまま死んでしまうのではないか、という不安とで小さくなって震えていた私は、無力でひ弱な一人の少女にすぎなかった。目の前をもの凄い勢いで逃げまどう学生たちの靴が見えた。機動隊員の持つジュラルミンの楯《たて》が見えた。靴や楯や血しぶきの向こうに街並みが見え、青い切れっ端のような空が見えた。私の目は涙で曇った。私は手放しで泣いていた。

背中と腕の痛みは長い間続き、どこかの骨が折れているに違いないとまで思ったが、それでもその痛みよりも、伯母に知られることのほうが怖かった。伯母が怖かったのではなく、伯母から父に告げ口されるのが怖かった。

私は勉強をしているふりをして自室にこもり、痛みをこらえてベッドでのたうちまわった。翌日、ジュリーに付き添われて、高校の保健室に行った。保健婦のおばさんは私の腕や背中の傷を見て、目を剝《む》いた。私とジュリーは「転んだんです」と言って笑ってみせた。

捻挫《ねんざ》した肘《ひじ》に湿布をしてもらい、鎮痛剤を飲ませてもらった。ジュリーはおばさんが目を離したすきに、鎮痛剤の錠剤を十粒ほどくすねて、私の制服のポケットに入れてくれた。

血のついたブラウスは細かく切り裂いて、伯母に見つからないよう、庭でゴミと共に燃やした。ひどく疲れたような気がした。

それ以来、私はあれほど何度となく参加していたデモにも出なくなった。怖くて怖くて、デモと聞いただけで逃げまわった。結局、私は聞いたふうなことを言っているだけの、ただのはねっ返り、ただの勝気な弱虫にすぎなかったわけである。うすうす知っていたとはいえ、それを正面から認めるのは腹立たしくもあった。だが、仕方がない。ベトナムや安保など本当はどうでもいい、と思っていた少女が必ず行き着く場所に、結局のところ私も落ち着いたわけである。

闘争委員会の委員長の座をジュリーに譲って、一切、そうした活動からは手をひいてしまおうか、と思い始めたころでもあった。私はとらえどころのない不安にかられながら、雨の日曜日、街を歩き続けた。

じめじめとした雨は、傘をさしているというのに、半袖《はんそで》のシャツの中にまでしみわたってくる。気がつくと、私は無伴奏の前に立っていた。

無伴奏にはレイコに連れられて行って以来、二度、足を運んだ。二度とも一人だった。店ではひたすら本が読めたし、第一、誰にも邪魔されずに考え事をしたり、ノートに思いついたことを散文のようにしてまとめたりすることができた。見知った顔と何回か出くわしたが、あまり喋《しゃべ》らなかった。何人もの人間の頭の脂《あぶら》が作り出した壁の染《し》みに、私は自分の頭をもたせかけた。黒ずんだ染みの中で、そうやってじっとしていると、不思議と気分が落ち着いた。

私は傘を閉じ、身体を丸めるようにして狭い階段を降りて行った。階段にまで煙草《たばこ》の脂《やに》の匂《にお》いが充満している。低くたれこめるようなチェンバロの響きを聴きながら、私は店のドアを開けた。

店内は煙草の煙が充満していた。数人の男たちが私のほうをちらりと見た。ざっと見渡した限り、知った顔はいなかった。席はほとんどが塞《ふさ》がっていた。入って左側の奥にあるボックス席しか空いていない。誰かと相席をするのもいやだったので、私はそのまま奥に入った。

前の席には男が二人、座っていた。一人がゆっくりと後ろを振り向き、微笑《ほほえ》んだ。私は顔が赤らむのを覚えた。本当に、何故《なぜ》こんなに顔が赤くなるのだろう、と不思議に思えるほど赤くなった。

あのユダヤ人……ワタルが私を見つめていた。私は手にしたままの傘の柄をいじり回しながら、微笑み返そうとした。だが、口もとは不器用に歪《ゆが》んだだけだった。私は目だけ動かして彼を見、彼の隣に座っていたオールバックの男が私を振り返って「やあ」と低い声で言うのをぼんやりと聞いていた。

「今日は一人？」ワタルが聞いた。

ええ、と私はうなずいた。「よく会いますね」

「といってもまだ二度目じゃなかった？」

「そうだったかしら」私はとぼけた。大人の女がやるようにとぼけたかったのだが、どうやら失敗したらしかった。男は断定口調で「二度目だよ」と言った。「五月の連休に会って以来、会ったことはないはずだもの」

「そうね」と私は慌《あわ》ててうなずいた。「そうだったわ」

「誰かと待ち合わせ？」

「いいえ」

「この店でやろうと思ってたこと、ある？」

質問の意味がわからなかったので、私は情けない笑みを浮かべながらパチパチと瞬《まばた》きした。彼は自分よりもずっと年下の妹か何かをあやすように、「たとえば本を読むとか……」と言った。「考え事をするとか、そんなことさ」

「いえ、別に」

「だったら、僕たちがいても邪魔じゃないよね」

「ええ」

「そっちの席に移ってもいい？」彼は私が座っている席を指さした。「退屈だったんだ。女子高のゲバルトローザさんとお喋りがしたい」

私が黙っていると、彼らはそれぞれのコーヒーカップを手にして、こちらの席に移動してきた。ワタルはきれいなエメラルドグリーンのサマーセーターを着ており、もう一人の男は真っ白のポロシャツを着ていた。ボタンを開けたポロシャツの胸もとに、金色の胸毛が見えた。二人は並んで私の目の前に座り、ペットショップのウサギでも眺めるような目をして私のことを珍しそうに眺めまわした。

「アジ演説は成功した？」ワタルが訊《き》いた。からかい口調でもなく、かといって真面《まじ》目《め》な口ぶりでもなかった。私は「まあまあです」と答え、注文を訊きにきた髭《ひげ》の男に「コーヒーを」と言った。髭の男は私の前に水の入ったグラスを置き、去って行った。

私は水を一口飲み、スカートのポケットから煙草を取り出した。

「高校三年だって言ってたよね」ワタルは私のためにマッチで火をつけようとしながら言った。「とすると十八？」

「十七」と私はぶっきらぼうに言い、火は自分でつけるから、と小声で言って断った。

「誕生日が十一月だから。まだ十八にはなってないの」

「エマと同じだな」オールバックの男が独り言のように言った。エマ、って？　と私は訊いた。男は「この前、僕たちと一緒にいた子だよ」と言った。「覚えてないかな。目の大きい人形みたいな子」

ああ、と私はうなずいた。セシルカットにして、はすっぱな感じで煙草をくわえていた女の顔が頭をよぎった。「あなたのガールフレンドね？」

男はうなずき、ふふっ、と意味ありげに笑った。

「お似合いだったわ」

「それはどうも」

男はワタルを見、ワタルは私を見た。

「きみの名前、教えてもらったはずだよね。きみと一緒にいた髪の長い美人から」

「あの人はレイコっていうの。もう一人はジュリー」

「そしてきみはキョウコさんだ。違った？」

あたってるわ、と私は言ったが、二ケ月も前に聞いた名前をまだ覚えてくれていたことが、急にくすぐったくなるほど照れくさくなった。私は、転校するたびに黒板に「響子」というふり仮名つきの文字を書かれ、その前に立ってぺこりとお辞儀をするのだ、という話を場違いなほどせかせかとした口調で話して聞かせた。二人の男は楽しそうに笑った。

二人とも、初めて会った時よりずっとくだけた感じがした。ことに胸毛のオールバックの男のほうは、表情が穏やかで、別人のように見えた。私はちらりと、この前会った時、この人はエマという人と喧嘩《けんか》をした後だったのかもしれない、と思った。

彼らは自己紹介をしてくれた。ワタルと呼ばれていた男は堂本渉といい、もう一人のオールバックの男は関祐之介と名乗った。ともに東北大学の三年生だった。高校時代からの同級生であり、毎日、何もせずに自堕落に暮らしているのだ、ということを彼らは他人事《ひとごと》のように淡々と語った。

「二人とも東京の出身なの？」私は運ばれてきたコーヒーに口をつけながら聞いた。

渉はゆっくりと首を横に振った。

「祐之介は東京だけど、僕の実家は仙台なんだ。中学を出るまでは仙台にいたけど、高校から東京に行ってね。叔父のところに下宿させてもらってた。大学でまた、トンボ返りしたわけだよ」

「こいつの実家、多分、きみも知ってると思うよ」祐之介が面白そうに言った。「きみ、甘いものは好き？」

ええ、と私は言った。

「千間堂《せんげんどう》の和菓子、食べたことある？」

千間堂と聞いて、私はすぐに藍色《あいいろ》の大きな暖簾《のれん》と店内一面に敷きつめられた御影石《みかげいし》、あたりに漂う香の匂いを思い出した。八幡町《はちまんまち》にあるその老舗《しにせ》の和菓子屋は、遠方からわざわざ買いに来る客のための待合室まで備えてあるような店だった。和菓子の味にも定評があり、仙台の人間でその店の名を知らぬ者はない。

「もちろん食べたことあるわ」私は身を乗り出した。「ねえ、もしかして、渉さんって、あの千間堂の息子さんなの？」

渉は黙っていた。実家の話はこれ以上、したくないと言いたげだった。それを察し、私は慌てて「そうだったの」と言った。「私、千間堂の黄身しぐれって好きよ。うちの伯母は栗《くり》かのこのファンだけど。伯母はピアノを教えてるの。時々、お茶会みたいにして教え子の親たちを家に招くんだけど、その時のお菓子はいつも千間堂に買いに行ってるわ」

渉は儀礼的にうなずき、ショートホープに火をつけた。額にはらりとかかった黒髪が神経質そうに揺れた。

「こいつは親とうまくいってないんだよ」祐之介が言った。「だから、今は僕のところに居候《いそうろう》してる。そして和菓子と名のつくものは一切、口にしない」

「でも、響子ちゃんが黄身しぐれが好きなら、大量に作って送らせることはできるよ」渉が言った。「ついでにきみのおばさんのために、栗かのこも」

ありがとう、と私は言い、笑ってみせた。渉は私のことをじっと見て、温かな微笑みを浮かべた。彼の視線は息苦しくなるほど魅力的だった。私は目をそらした。

私たちはそれからしばらくの間、音楽の話や小説の話をした。といっても、話していたのは大半が渉と祐之介で、私はもっぱら聞き役だった。彼らが口にする本の名前や作家の名前に対して、知ったかぶりをすることはいくらでもできたと思う。仮りに私が知ったかぶりをし、適当な意見を言ったところで、彼らは私が本当に知っているのかどうか、確かめもしなかったろう。

それまで、私は平気で学生たちを相手に、読んでもいない本を読んだと言ったり、考えてもみなかったことを咄嗟《とっさ》にとりつくろって感想を述べたりしていた。帰ってから急いで本屋に走り、一晩かけて話題にのぼった書物を読み、赤線を引っ張ってにわか勉強をする。時として、自分が咄嗟に述べた意見がどれほど見当はずれのものだったか、後になってわかり、泣きたくなるほど恥ずかしくなることもあったが、それでも私は負けを認めたがらなかった。

そうした子供じみた対抗心、愚かな自尊心を私は渉や祐之介の前で見せたくなかった。何故なのだろう。彼らの前で、私はまるごと自然な十七歳でいようと思った。初めて会った時、パッヘルベルの『カノン』を「知らない」と認めることができたように、知らないものは知らない、と答えようと思った。

私は彼らが怖かったのだろうか。そうだとも言えるし、違うとも言える。彼らは何もかもお見通しの皮肉屋にも見えたが、そのくせ、私がそれまで会ったことのある誰よりも寛大に見えた。彼らは不思議な人種だった。彼らは何ひとつ、闘争だのベトナムだの安保だの……といった話はしなかった。同じ時代を生きる若者なら、無言のうちに共鳴しあえる言葉がたくさんあったように思うのだが、彼らは何ひとつ、その種の言葉、その種の話題を持ち出さなかった。

彼らはガラス細工のように美しく繊細にも見えたし、同時に私の知らない大人の世界を山ほど知っているようにも見えた。彼らは育ちのよさと品のよさを感じさせる反面、どこかしら粗野で猥雑《わいざつ》な感じもした。

長い会話の中で、私は渉の現在の母親が継母であること、祐之介の父親が個人病院の院長であること、祐之介が父の反対をおしきって文学部に進んだこと……などを知った。あの時、私はどれだけ自分のことを喋っただろう。ほとんど何も喋らなかったような気がする。私はひたすら、うっとりしながら彼らの話を聞いていた。彼らの声は低く澄んでいて、店内に流れるバロック音楽と美しく調和した。私は時がたつのを忘れた。

三人のうちで一番先に腕時計を見たのは祐之介である。ちょうどその時話していた話題……確か、ボリス・ヴィアンについての話だったと思う……が途切れ、三人の間にわずかな沈黙が流れた時だった。そろそろ行くよ、と祐之介は渉に向かって言った。

渉も自分の腕時計を覗《のぞ》き込んだ。「もうこんな時間か。エマの奴《やつ》、怒ってるぞ、きっと」

「怒るもんか」祐之介は微笑んだ。「眠ってるよ、きっと」

祐之介は席から立った。「お先に失礼。きみは渉ともう少し、ここにいればいい」

紳士的な物腰の中に、一抹のけだるさが漂う言い方だった。私はわざとからかい口調で聞いた。「エマさんとデート？」

祐之介は私に向かって軽くウインクをし、「そんなところかな」と言った。「猫とデートと言ったほうがいいかもしれない」

「猫？」

「そう。放っておくとエマはすぐに寝てしまう。猫みたいだろう？」

私は笑いながらうなずいた。祐之介は渉の腕を軽く叩《たた》いて男同士の挨拶《あいさつ》をすると、そのまま振り向きもせずに店を出て行った。

祐之介が出て行ってしまうと、私は急に落ち着かなくなった。渉は彫像のようにどっしりと身動きひとつせず、じっと前を向いている。会話の糸口を見つけようとして私は焦《あせ》った。

「エマさんて、どこの高校？」やっとの思いで私は聞いた。二人きりになった時に第三者の話題を持ち出すのは悪くないやり方だと思った。エマの話題で話が尽きたら、次は祐之介の話を出せばいい。それも尽きたら、レイコやジュリーの話をする。あるいは伯母の話……。

「M女子学院だよ」渉はさほど興味なさそうに言った。

「きれいな人ね」

「そうだね」

「それにとても目立つわ」

「ああ。目立つだろうな」

「祐之介さんがエマさんと恋人同士になってから長いの？」

「まだ半年だよ」

「どうやって知り合ったの？　あの二人」

「さあ。どうだったかな。エマが彼を口説いたんだ。とても情熱的にね。そして彼はそれを受け入れた」

「ほんとにお似合いのカップルよね」

「みんなそう言うよ。絵になるって」

「ええ。私もそう思うわ」

会話が途切れた。渉はじっと私を見ていた。私は空になったコーヒーカップの把手《とって》をいじりまわしながら、彼に見られているということを意識して少し赤くなった。

「すぐに赤くなるんだね」

私はさらに赤くなりながら顔をあげた。

「熟れた桃みたいだよ。きみは正直なんだな。とても可愛《かわい》い」彼は静かにそう言った。

彼は平静で落ち着き払っていた。私は初めて都会に出てきた田舎の少女のように目を見張った。私はどうしたらいいのか、わからなくなった。

「ワインは飲める?」彼は聞いた。「飲めるんだね?」彼は繰り返した。ええ、と私は答えた。「少しなら」

「この近くに知ってる店があるんだ。静かで気がきいてる。音楽はボサノバで、簡単な料理も作ってくれる。可愛い桃みたいな女の子を連れて行くのには最適な店だと思うけど、どう?」

こっくりとうなずく代わりに、私は別のこと……それまで考えてもいなかったことを言った。「お友達への対抗心ね」

「どういう意味?」

「祐之介さんがエマさんとデートだから、あなたも誰かとデートしなくちゃ気持ちがおさまらないんだわ、きっと」

渉は晴れやかに笑った。笑い声はいつまでも続いた。少し咳《せき》こんでから、彼は目を細め、まだ笑い声を喉《のど》の奥に残しながら言った。

「おかしなことを勘ぐるんだね。まあいいや。きみの言う通りだとしよう。親友がデートに出かけた。僕は一人、取り残された。そこに桃みたいな女の子が現れた。女の子は可愛くて、正直で素直だった。それで僕は今夜の相手をその子に決めた。こういう筋書はきみは嫌いかな？」

「全然」と私はにこやかに言った。「むしろ、そのほうが趣味に合ってるわ」

「たいていの女の子は一晩だけの相手を頼むと、馬鹿《ばか》にしないでよ、って怒り出すよ」

「私って上品じゃないから」私は言った。「私、ワルなの」

彼は、ふふ、と低く笑った。「ちっともワルなんかじゃないよ。無理してワルぶらなくても、きみは充分、可愛い」

私はまた真っ赤になった。まるで故障した信号だった。私は深呼吸をし、何も聞かなかったふりをしてエムエフに火をつけた。

彼は面白そうに聞いた。「きみのおばさんはまさか門限を作ってるんじゃないだろうね」

「作ってるわ。伯母ではなくて、父が」

「何時までに帰らなければならないの？」

「七時。でも七時半までは大目に見てくれるの」

涉に子供扱いされそうな気がしていやだったが、彼は何も言わなかった。彼は腕時計を見た。「五時か。もう店は開いてる。すぐに行けば二時間はそこにいられる。どうする？」

私は真っ直《ま》ぐ《す》に前を向き、まるで発音の練習をする放送部の部員のようにきちんとした日本語で言った。「連れて行ってください」

彼は大きくうなずいて、レシートをわしづかみにすると、立ち上がった。私は慌《あわ》てて煙草《たばこ》の火をもみ消すと、彼の後を追った。

涉に連れて行かれたのは、無伴奏から歩いて五、六分のところにあるワインバーだった。開店直後のその店はひんやりと涼しく、静かだった。

アストラッド・ジルベルトのボサノバを聴きながら、私はよく冷えた白ワインを少し飲んだ。涉は饒舌《じょうぜつ》だった。何を話したのかはよく覚えていない。彼の語る言葉は、語られた直後から私の脳髄に染《し》みわたり、溶けていった。彼は疲れを知らないタイプライターのようだった。次から次へと彼の唇からは言葉が飛び出し、私のまわりに言葉の渦を作った。彼はよく笑い、よく食べ、そしてよく飲んだ。私は半ば呆気《あっけ》にとられ、半ばうっとりして彼を見ていた。彼は信じられないほど美しく、信じられないほど輝いて見えた。

何故《なぜ》、その時、渉が私を誘ったのか、あるいは何故、ワインバーであれほど饒舌になったのか、その本当の理由は私はずっと後になって知ることになる。だが、その時点で私は何も知らなかった。何も気づかなかった。

私は渉に気に入られたのだと思い込んだ。私はすでに、渉に恋をしていたのだ。

4

渉との出会いがきっかけになって、私は半年前に別れた人のことを時々、いたずらに思い返してみるようになった。一つ年上のKというその男は、ある過激なセクトの活動家で、私とは半年ばかりつきあいがあった。

学生運動を毛嫌いしていた父や母の手前、Kのことは「優秀な高校生」として紹介していたが、Kは自分が通っていた高校で派手な闘争を繰り拡《ひろ》げ、退学処分を受けて、大っぴらにセクト活動をするために東京と仙台を往復しているような男だった。

子供だった私はKのアウトサイダー的な考え方に対する興味から彼にのめり込んでいったのだが、実際のところ、Kが私をどう思っていたのか、よくわからない。彼はまるでポケットに納めた人形のように私を扱い、行く先々どこにでも私を連れて行った。彼は闘争に関する話のみならず、私生活の話もあまりしようとせず、読んだ小説の話や詩の話、映画の話、そしてどうでもいいような冗談話ばかりした。

彼は私の身体《からだ》を触るのが好きで、話している間じゅう、いつも私の身体のどこか……肩、腕、手、膝《ひざ》など……に触れていた。だがそれ以上のことは決してしなかった。たとえ夜の暗がりの中で二人きりで抱き合ったとしても。彼との接触には、不思議なほど性的な印象が薄かった。

一度だけ、わざと彼の手をつかんで乳房に押しあててみたことがある。デートの帰りに立ち寄った公園には、冷たい雨が降りしきっていた。水銀灯の濡《ぬ》れたような明りの中で、私は心臓をドキドキさせながら彼を見上げた。

ブラジャーを通して、小さな固い乳房に彼の湿った手の感触が伝わった。束《つか》の間《ま》、彼はじっとしていた。私は息を止めて彼の次の動作を待った。怖さと期待が入りまじって、気が遠くなりそうだった。

彼は短く笑った。そして言った。

「こらこら」

こらこら……じゃれつく子犬を諭すような言い方だった。途端に私の行為は何かとんでもなく馬鹿げた、間が抜けた行為と化した。

私は咄嗟《とつさ》に笑い返した。それっきりだった。私たちは今しがた起こった出来事を永遠に忘れてしまうために、一つ傘の下でふざけ合い、天気の話などしながら帰途についた。

キスをしたのは一度だけだ。広瀬川のほとりで凍えるような北風に吹かれつつ、彼はおずおずと私の唇に自分の唇を押しつけた。

滑稽《こつけい》なほど幼いキスで、私はふと、この人も女とキスをしたのは初めてなのではないだろうか、と思った。だが彼は「ごめんよ、響子」と言った。

おかしなことに、そう言われた瞬間、次に何を言われるのか、すぐにわかった。彼は私を抱き寄せ、風に荒れ狂う私の髪に頬を押しつけたまま、低い声で言った。

「好きな人ができた」

質問攻めにすべきなのか、それとも黙って身体を離し、さよならと言って歩き出せばいいのか、わからなかった。私は途方に暮れて長い間、じっとしていた。彼もまた、長い間、身動きひとつしなかった。私たちは抱き合ったまま、岩になってしまったかのように、その場でじっとしていた。

「東京の人なんだ」ややあって、彼はぽつりと言った。「俺より三つ年上で、東京の大学に通ってる。彼女の大学でロックアウトが行われた時、俺が手伝ったことがあるんだけど……その時に知り合った」

私はそっと身体をずらし、彼の腕から離れた。悲しいような、それでいてホッとしたような奇妙な気分だったが、腹立ちとか、嫉妬《しっと》とか、そういった種類の感情はなかった。

「東京に行くの？」私は聞いた。

彼は黙ってうなずいた。

「いつ？」

「明後日《あさって》」

二日後に東京に行ってしまうから、最後にキスのプレゼントをしてくれたのだ。そう思うと、私は自分が彼にこれまでどのように思われていたのか、なんとなくわかるような気がした。それでも別段、がっかりはしなかった。沈み込むような寂しさがあったけだ。

私は見送りに行く、と約束した。彼は驚いたように目を丸くした。多分、私が泣き叫び、恨みごとを言って彼を困らせるとばかり思っていたのだろう。私だって泣きたければ泣いていたと思う。だが、本当にそんなふうに取り乱すような気分にはならなかったのだ。

二日後の早朝、私はKを見送るために仙台駅に行った。粉雪が降り出した駅はとても寒く、私たちはかじかんだ手を重ねて温め合った。彼が乗った急行列車が駅を出て行ってしまってから、私は少しだけ泣いた。

Kは私とつきあっている時、「死体洗いのアルバイトをする」と言ったことがある。今から思えば、私と会わずにすませるための嘘《うそ》だったのだろう。だが、幼かった私にはその嘘は見抜けなかった。

当時の仙台では奇妙な噂《うわさ》が流れていた。ベトナム戦争で死亡した身元不明の遺体が日本に極秘に送り込まれ、東北大の医学生たちの解剖の材料になっている、というものである。その解剖のために、血膿《ちうみ》で汚れた死体を洗うアルバイトが求められており、採用されると死体一体につき、一万円になる……という話も聞いていた。普通のアルバイトで、一日あたり千五百円ほどの賃金だった時代のことである。一万という金は魅力で、多くの貧乏学生や、闘争資金を求める活動家たちが死体洗いのバイトをやっている、という話だった。

だから私は、てっきりKは本当にその死体洗いをするものとばかり思っていた。彼は死体を洗った後は一週間ほど、全身に死臭がしみついているからという理由で、私と会おうとはしなかった。ベトナムで死んだ兵士の死体を洗うアルバイトなんてあるはずがなかったというのに、私は納得して彼に従った。多分、その間に東京に行き、年上の女子大生と会っていたのだと思う。

Kとの淡い思い出を話すと、たいていの人は「それが初恋だったのね」と言う。だが、私のKに対する感情は、初恋と呼べるほど無垢《むく》なものではなかった。私は恋というものがよくわかっていなかった。Kのことは好きだったし、Kの考え方や感じ方の影響も数多く受けた。だが、あれは恋ではなかった。言ってみれば、勝手に成熟していく身体に頭が応じきれずにいる時、誰もが体験するアヴァンチュールのひとつにすぎなかったのだと思う。

だとすると、私にとっての初恋の相手は、堂本渉だったのだろうか。それもまた、違うような気がする。何故違うのかは、うまく説明できない。

だが、少なくとも渉に抱いた感情は、初恋などという薄ピンク色の真綿で包まれたものではなかった。真綿どころか、鋼《はがね》のような硬さで私は彼に接した。真綿みたいにしていたら、私は多分、ズタズタに切り裂かれてしまったかもしれない。

渉が居候《いそうろう》している祐之介の下宿に初めて招かれたのは、梅雨も明けかかった七月半ばのことである。北四番丁の伯母の家の近くからバスを乗り継ぎ、北山の輪王寺前に着いたのは土曜日の午後三時ころだった。

厚い雲の向こう側にある獰猛《どうもう》な夏の太陽が、いまにも雲を弾《はじ》き返そうと待ち構えているような日だった。渉は額を汗で光らせながら、停留所で私を待っていた。彼は身体にぴったりとしたブルーグレイのTシャツを着て、白っぽいズボンをはき、いつもに増して大人びて見えた。

私の顔を見ると彼は黙ったまま微笑《ほほえ》み、そのまま歩き出した。私たちは肩を並べながら、寺脇《わき》の坂道を上った。途中の酒屋で、渉は冷えたコーラとビールを三本ずつ買い、私はハート型をした不二家のアーモンドチョコレートを二枚買った。チョコレートが好きなの？　と渉は聞いた。私はうなずいた。彼は、病的なほど透き通る目をして私を見た。

静かな町だった。寺に接続した墓地を囲む木々の緑が目に眩《まぶ》しい。坂道には何を売っているのかわからないほど小さく古びた店がいくつかあったが、どれもひっそりと静まりかえっていて人の気配はしなかった。

「いいところね」私は言った。渉はうなずいた。「祐之介さんは今日はいるの？」

「いるよ」

「今日はエマさんとデートじゃなかったのね」

「エマはとっくに来て、部屋でレコード聴いてるよ」

「そうだったの」私はなるべく陽気に聞こえるように言った。エマが来ている、と聞いて失望したのを見抜かれたくなかった。

「エマは響子ちゃんに会うのを楽しみにしてる」

「私もエマさんに会いたいわ」

「じゃあ、ちょうどよかった」

本当のところ、私はエマにも祐之介にも会いたくなかった。できることなら、祐之介の下宿で、渉と二人きりで時間を過ごしたかった。だが、たとえ私が自分の望みを彼に打ち明けたとしても、渉は祐之介やエマを追い出そうとはしなかっただろう。つまり、私と渉はまだ、会うのは四度目で、友人カップルを追い出してまで二人きりになる理由を何ひとつ持っていなかったのである。

渉は会うたびに雰囲気が違っていて、賑《にぎ》やかによく喋《しゃべ》る時と、じっと黙り込んで考え事をしているように見える時があったが、その日の彼はどちらかというと無口だった。言葉少なに私の質問に答える彼と並んで歩いていた私は、突然、目の前に武家屋敷のような古い土塀が出現したので面食らった。

「これが大家の安藤さんの家だよ。祐之介の親父《おやじ》さんの遠い親戚《しんせき》にあたるらしい。安藤さんは歯医者でね。安藤歯科はあそこ」

渉の指さしたほうに目をやると、土塀が途切れたあたりに、『安藤歯科』と看板がかかっている平屋造りの建物が見えた。ちょうど通りのワンブロック分を一人の持ち主が住居と歯科医院に使っていることになる。歯科医院の建物は平凡なモルタル塗りで、これといった特徴は見られなかったが、住居にあたる屋敷部分は目を見張るばかりに贅沢《ぜいたく》なものだった。

背の低い土塀の向こうには、鬱蒼《うっそう》と生い茂る木々が拡がっている。門扉《もんぴ》はなく、玄関へと続く敷石は杉苔《すぎごけ》で美しく彩《いろど》られ、柔らかな「く」の字を描いて伸びていた。屋敷そのものがどれほど大きいのか、外からは想像もつかない。

「すごいお屋敷なのね」私は溜息《ためいき》まじりに言った。「こんな立派なお屋敷に下宿してるとは思わなかったわ」

「僕たちが住んでるのは母屋《おもや》じゃないんだ。おいで。もう一つ入口がある。そこから入ったほうが、母屋の人間に見られないし、第一、離れまで近い」

さっさと歩き始めた渉の後を追いながら、私は聞いた。「母屋には何人くらい住んでるの？」

「歯医者の先生とその奥さん。それにじいさんが一人。あとは通いの家政婦が来るだけ」

「子供は？　こんな広い家に三人しか住んでないの？」

「息子が一人いるらしいけど、東京で働いてるからあまり帰って来ない。安藤さんの家族と僕たちは滅多に顔を合わせないんだよ。必要もないからね。ごらん、ここから入るんだ」

土塀と歯科医院の間には、人一人がようやく通れる程度の細い小道があった。渉は先に立って小道に入り、みずみずしく緑をたたえた生け垣の隙間《すきま》にあるわずかな空間から、ひょいと身体を中にすべらせた。

「しょっちゅう、僕たちがここから出入りするものだから、生け垣に穴ができちゃったんだ。さあ、入っておいで」

彼は手をさしのべた。私は手を伸ばし、形ばかり彼の手につかまりながら、生け垣の内側へ飛び移った。彼の手は乾いていて、心もとないほど薄っぺらな感じがした。

竹林に囲まれ、草が伸び放題になっている庭が見えた。母屋から見ると裏手にあたる部分だった。お世辞にも手入れがいいとは言えなかったが、植え込みの間に大きな石がいくつか置かれ、羊歯《しだ》の茂みが石を被《おお》い隠しているところなど、風雅な感じがした。竹林や生け垣のせいで日当たりが悪く、あちこちに苔が密生している。木々の枝には、見事な蜘蛛《くも》の巣がいくつも張りめぐらされ、日の光の中で絹のような丸いタペストリーを揺らしていた。

蚊が耳もとで唸《うな》り声をあげた。私は蚊を追い払いながら、渉の後に従って、うねうねと連なる飛び石を渡った。

どこからかローリング・ストーンズの『サティスファクション』が流れてきた。大音響でもなく、かといって風にのって流れてきた感じもしない。ミック・ジャガーの太く低い声が静まり返った庭を這《は》うように流れる。私は顔を上げた。

背の高い孟宗竹《もうそうちく》の一群の向こうに、突然、小さな和風造りの建物が現れた。離れの茶室だった。ひどく古びており、外壁の塗装があちこちで剝《は》げかかっている。使われている木材も黒ずみ、風雪に耐えてきたらしい木目の部分は、奇怪な獣の目玉のように見えた。

渉は身を屈《かが》ませながら、にじり口の板戸を開けた。「頭をぶつけないようにね。靴はここで脱いで」

にじり口の下の沓《くつ》ぬぎ石には、男もののスニーカーと共に女ものの茶色のパンプスが並べて置かれていた。私は鼻の頭に浮かんだ汗を指先で拭《ぬぐ》いながら、渉が中に吸い込まれるようにして入っていくのを見つめていた。

茶道に関してはまったく知識がなかった私が、にじり口の持つ意味を知ったのは大人になってからのことだ。にじり口は、俗世間と区切りをつけるために設けられた茶室の入口である。身をにじらせて中に入り、俗世と訣別《けつべつ》するための、小さな穴。あの祐之介の離れにあったにじり口は、まさしくそうした意味で異界への入口だった。数えきれないほど私は、あのにじり口から部屋の中に身体《からだ》をすべらせたが、そのたびに畏《おそ》れのような感覚を味わった。異形のものが中に隠れひそんでいるのではないか、と不安に思いつつ、私は否応《いやおう》なくそこに近づきたいと願っていたのだ。

二十年たった今でも、あのころ感じていた畏れを昨日のことのように思い出すことができる。朽ちかけた茶室の一隅に、ぽかりと黒く四角い穴を開けたにじり口。その前に立ち、身を屈めて中に入ろうとする時、俗世の最後の響きのように、孟宗竹の葉がさわさわと鳴ったのを思い出すことができる。

「入っておいでよ」

中から祐之介の声がした。私は腰を屈めて中に入り、靴を脱ぎそろえてから、おもむろに正面を向いた。

ランニングシャツ姿の祐之介が床の間を背にして座っていた。そばには高宮エマが寄り添い、何か面白いことを発見した猫のように、目をキラキラさせながら私を見ている。二人の後ろの床の間には、大きなステレオやきれいに整頓《せいとん》されたレコードの束が見えた。ミック・ジャガーの声がそこから流れてくる。

私は正座をし、「こんにちは」と言った。祐之介は短くなった煙草《たばこ》をくわえたまま、「かしこまらなくてもいいよ」と言って笑った。「ここは単なる掘っ建て小屋で、茶室なんかじゃないんだからさ」

「バケモノ小屋」エマがつけ加えた。「でもちょっとは面白いでしょ？　あたし、ここが好きなの。なんだか別世界みたいだもの。きっとあなたも気に入るわ」

「もう紹介はいらないね」買って来たビールとコーラを袋から取り出しながら渉がエマに言った。「野間響子ちゃんだ」

「渉さんの彼女だもんね」エマはさも可笑《おか》しそうに喉《のど》の奥で笑った。「無伴奏で初めて見た時から、なんだか渉さんのお気に入りになるタイプの人だな、って思ったのよ。

大当たりよね。よろしく、響子。響子って呼んでいいでしょ。あたし、高宮エマ。エマって呼んでくれてかまわないわ」

よろしく、と私も言った。エマは初めて会った時と同様、栗色《くりいろ》の髪を短いセシルカットにし、身体にぴっちりとした黄色のTシャツ、オリーブグリーンのミニスカートをはいていた。ブラジャーをつけていないTシャツの胸がはちきれんばかりにふくらみ、ポツンと小さな可愛《かわい》い乳首が上を向いている。細いウエストと、どちらかというと少年のように引き締まった腰の上に、それほど大きな乳房がついているのは、どこかしら異様だとも言えたが、エマは乳房のことなんか考えたこともない、と言わんばかりに乱暴に立ち上がり、次の間から栓抜きとコップを持って来て私の隣にどかりと腰をおろした。

「響子、ミック・ジャガーって好き?」エマが栓抜きでコーラの蓋《ふた》を開けながら聞いた。好き、と私は答えた。エマの汗ばんだような体臭がふわりとあたりに漂った。

「ここでこうやって、ぼんやりしながらミックの声を聴いてるのって最高よ。だいたい、ここの住人お二人さんは、いつ来ても、クラシックばっかり流してて、退屈ったらありゃしないの。あたしがミックの大ファンなもんだから、このレコードだって、あたしが持って来たのよ。はい、コーラ。あ、それともビールのほうがよかった?」

私はコーラでいい、と答え、エマのついでくれたコーラのコップを受け取った。

茶室は四畳半だった。次の間は三畳。三畳のほうは大幅に改造されたらしく、ミニキッチンと小さなトイレ、それに造りつけの本棚、大型のクローゼットがついていた。天井は高く、中央の梁《はり》を中心に斜めに板が組まれている。安っぽい灰色のカーペットが敷かれた四畳半には、文机《ふづくえ》が一つある他に家具らしい家具はない。夥《おびただ》しい数の本がカーペットや机の上に積まれていたが、乱雑さが気にならない程度に、整理されてあった。

茶室の窓は二箇所で、どちらも竹を打ちつけた連子《れんじ》窓になっている。内側の障子紙は煙草の脂《やに》で黄色くなり、ところどころ破れた部分に雑誌のグラビアから切り取ったらしい写真が貼《は》られてあった。

私は開け放たれたままの窓のそばまで行き、外を覗《のぞ》いた。数メートル先に竹を編んだしおり戸があり、その遥《はる》か向こう側に、母屋のどっしりした数寄屋《すきや》造りの屋敷が見えた。梅雨の間じゅう、雨をたっぷりしみこませて茶色に変色したしおり戸のそばには、石燈籠《いしどうろう》があった。緑色の苔をつけた燈籠は、驚くほど大きく、いささか不気味だった。燈籠のてっぺんに雀《すずめ》が一羽飛んで来て止まった。雀はチッ、と鳴くと、羽をぶるっと震わせ、母屋の庭のほうに飛んで行った。

「ちょっと不気味な燈籠でしょ」エマが私の肩越しに外を覗きながら言った。「あそこの下には、絶対、死体が埋まってるのよ」

「死体？」

うん、そう、とエマは言い、子供を怖がらせる大人のような顔を作って私を見た。

「明治時代か江戸時代かはわからないけど、とにかく随分昔に、誰かが人を殺して、あそこの下に埋めたのよ。そうに決まってるわ」

「エマの口癖なんだ」祐之介が興味なさそうに言った。「死体が埋まってる埋まってる、って怖がるくせに、あの石燈籠が好きでね。暇さえあれば見てる」

私は笑った。暑くない？　と、渉が聞いた。

「大丈夫」と私は言った。「夏涼しくて冬暖かい、って感じがして素敵ね」

「冬はやっぱり寒いよ」祐之介がステレオのほうに身体を折り曲げ、ローリング・ストーンズのLPをプレーヤーから取り出しながら言った。「底冷えがする。暖房は炬《こ》燵《たつ》と電気毛布しかないからね。冬は炬燵の中にもぐったまま、冬眠するしかない」

「今年の冬はあたしも一緒に冬眠させて」

エマが大真面目《おおまじめ》に言った。祐之介は小さく笑っただけで応《こた》えなかった。

だめ？　そうよね、とエマは独り言のように言って、Tシャツの下から手を突っ込み、脇腹《わきばら》のあたりをポリポリと掻《か》いた。「あたしがここに来て冬眠したら、渉さんがいる場所がなくなっちゃうもんね」

「いいよ、エマ。きみがここで祐之介と冬眠するなら、僕は響子ちゃんの部屋に行くから」

顔が赤くなったのをみんなに見られなければいい、と願いつつ、私は「どうぞ」と言った。「伯母に知られないようにクローゼットの中に布団《ふとん》を敷いてあげるわ」

「クローゼットの中は寒い？」

「少しはね」

「寒くなったら、きみをだっこして寝よう。いいだろう？」

そうね、と私は目をそらし、微笑《ほほえ》んだ。エマがいささか品のない声ではやしたてた。

私は鼻の頭に汗が噴き出してくるのを覚えた。

バッグから煙草を取り出し、せかせかと火をつけ、煙を天井に向かって吐き出しながら、そっと渉のほうを見た。彼は、ビールのコップをもてあそびながら、じっとカーペットの一点を見つめていたが、私の視線を感じたのか、つとこちらのほうを向いた。それは冷ややかでもなく、かといって温かい視線でもなかった。言ってみれば、風に揺れる木の葉をぼんやり見る時のような、そんな無感情な視線だった。

私は彼が何か別のことを考えていることを感じた。こんなに近くにいるのに、遠い。そう感じた。私は煙草を肺の奥深くまで吸い込み、一息に吐き出した。

祐之介が黙ったまま、次のＬＰに針を落とした。ジェームズ・ブラウンの『マンズ・マンズ・ワールド』が流れてきた。私は渉が少し苛々《いらいら》したようにグラスの中のビールを一気に飲みほすのを見た。彼は手の甲で唇を拭うと、芝居がかったしぐさで背筋を伸ばし、ショートホープに火をつけた。祐之介はステレオにもたれたまま、静かに目を閉じた。

その日、私たち四人が何を喋《しゃべ》ったのか、はっきりとした記憶はない。だが、エマと喋ったことはだいたい覚えている。エマはあけすけで、ざっくばらんで、時折、とんでもない冗談を言い、声高らかに笑って私の腕を小突いた。白くて形のいい素足をミニのプリーツスカートから大きくはみ出させ、乳房を揺すって大声で喋る彼女は、誰の目から見ても祐之介を意識し、祐之介の関心をかいたいと願っている可憐《かれん》な少女に見えた。

時間がどんどん過ぎていった。あたりが薄暗くなってきても、誰も電灯をつけようと言い出す者はいなかった。喋り疲れたらしいエマがふっと口を閉ざした。私たちはそれぞれ黙ったまま、薄闇《うすやみ》の中でレコードを聴いていた。

「勢津子さんはこの夏、帰って来るのか」ふいに祐之介が渉に聞いた。渉は顔を上げ、祐之介を見た。

「帰って来るよ」

「例の恋人と一緒に？」

「さあね。どうだろう。最近、手紙が来ないからわからない」

「荒木さん……か」

それまでしどけなく床の間の柱に寄りかかっていたエマが「荒木って誰？」と聞いた。祐之介は「エマには関係ないよ」と一言、つぶやくように言い、煙草をくわえた。

「教えてくれたっていいじゃない。ねえ、誰なの？　渉さんのお姉さんの恋人？」

「そうだよ」渉が祐之介の代わりに答えた。「東大の大学院生でね。弁護士を目ざしてる」

「へえ。すごいのね。ハンサム？」

「七・三に髪を分けて、痩《や》せてて……でもエマの好みじゃないよ、きっと」

「お姉さんの好みそうなタイプ？」

「姉には好みのタイプなんかないよ。夢中になったら、それがその時の好みのタイプなんだ」

「あんな絶世の美女に夢中になってもらえるなんて、その荒木って人、幸せねえ」

涉の姉の話を聞くのは初めてだった。涉はそれまで一切、自分の家庭の話はしなかったし、私も聞かなかった。実家の千間堂にいる母親が実の母親ではない、ということは知っていたが、他にも複雑な事情があるらしいことは推察できた。

エマが私のほうを向いた。「ねえ、響子は勢津子さんに会ったことないの?」

「ないわ」私は微笑んだ。「そんなにすごい美人なの?」

「すごいなんてもんじゃないの。会ったらびっくりするわよ。女優さんみたい。色が真っ白でつやつやしてて、どの角度から見ても完璧《かんぺき》なの。スタイルだっていいし、センスは抜群。フランス映画から抜け出してきたみたいに見えるしね。そのうえインテリときてる。上智《じょうち》大の外国語学科。あの競争率を突破して現役合格しただけじゃなくて、今は大学院で優秀な成績。あれじゃ、そのへんの男なんか屑《くず》に見えると思うわ」

「涉さんに似てるの?」

エマはちらりと涉を見て、うーん、とわざとらしく唸《うな》った。「似てない、と言いたいところだけど、よく似てるわ。でも涉さんを女にしたよりも、十倍はきれいよ。あたしの言うこと、わかる?」

わかるわ、と私はうなずいた。涉はおかしくもなさそうにくすっと笑った。

「千間堂の看板姉弟なのよ、渉さんと勢津子さんは。しかもねえ、悲劇の姉弟。まるで小説みたい。ドラマチックなんだから。響子は千間堂のご両親のこと、いろいろ聞いてるんでしょ？」

私は渉を気づかいながら、ううん、と首を横に振った。あら、聞いてないの、とエマは目を丸くした。「ご両親が本当の親じゃない、ってことも？」

「やめろよ、エマ」祐之介が静かに言った。「くだらないよ、そんな話。どうだっていいだろう」

エマは肩をすくめた。「くだらないの？　そうかしら。小説を地でいくような話がどうしてくだらないの？　あたしはとっくに渉さんが響子にその話をしたんだと思ってたのよ」

「くだらないから教えてなかったんだよ」渉は胡座《あぐら》をかいたまま、自嘲《じちよう》的に笑った。「教えてあげてくれてかまわないよ、エマ。別に後生大事に秘密にしてるわけじゃないんだから」

エマは祐之介の顔を見上げ、祐之介が黙って窓の外を見ているのを一瞥《いちべつ》すると、大きく息を吸った。「祐之介さんたら、すぐ真面目になるんだから。いやんなっちゃう。どうってことないじゃない、こんな話。どこにでも転がってるような話だわ」

「そんなことを言う資格があるのか」祐之介は低い声で言った。「どこにでも転がってる話だ、ときみに言える資格があるのか」

「やあだ。怒らなくたっていいじゃないの。何をそんなに……」

祐之介は怒ったような手つきでステレオのボリュームを絞った。その時かかっていたラフマニノフのピアノ協奏曲が遠ざかり、やがて蜂《はち》の唸り声のようにざわざわと耳《みみ》障《ざわ》りな音となって薄闇の中を満たし始めた。

「いいか。エマ。他人の私生活のことなんか誰にもわかるはずがないんだ。わかるはずがないことをわかったふりをして、世間ずれしたマスコミみたいに茶化したりするもんじゃない」

「だってあたしは別に……」

「他人が抱えているものの中に土足で踏み込むことはやめるんだな。それが最低の礼儀だ。他は何をやってもいい。何を言ってもいい。自由だ。僕と渉を天秤《てんびん》にかけて、両方に言い寄ったってかまわない。だが、土足で踏み荒らすことだけはやめろ」

「祐之介さんたら……」

「まあいいじゃないか」渉は笑いながら身を乗り出し、祐之介の腕を軽く叩《たた》いてなだめた。「喧嘩《けんか》なんかしないでくれよ。こんなくだらないことで」

何か言うべきだと思ったのだが、何を言えばいいのかわからなかった。私はただ、間抜けな鳩《はと》のように目を白黒させながら、渉と祐之介とを見比べていた。

渉は私のほうを向き、いたずらっぽく溜息《ためいき》をついてみせた。「彼は僕の家庭の話となると、わがことのように反応するんだよ。家庭アレルギーがあるのは僕も彼も同じだけどね。裕福な医者の息子に生まれて、すくすく育ってきたはずの彼が、どうしてこれほどの家庭アレルギーになるのか、僕には永遠の謎《なぞ》だ」

エマはふてくされた顔をして私に煙草《たばこ》を求めた。私はエムエフを一本差し出し、マッチで火をつけてやった。

祐之介がステレオのボリュームを元に戻した。どんな表情をしているのか見極めようとしたのだが、暗すぎてよく見えなかった。

「僕の祖父は京都の出身だったんだ」渉が問わず語りに喋り始めた。穏やかな口調だった。穏やかすぎて、これから死んでいこうとする人の口調にも似ていた。「父方の祖父だよ。京都で小さな和菓子屋をやってて、親父《おやじ》も跡を継いだ。だから僕や姉は京都生まれということになる。ところが、親父は姉が五歳、僕が二歳の時に病死してね。もともと恋多き女だったおふくろは、一人で和菓子屋を切り盛りしてた時に、仙台の千間堂の主人と知り合い、恋におちた。周囲は反対したらしい。でも、おふくろは夢中だった。京都の親戚《しんせき》たちと縁を切ってもかまわないと思ったらしいよ。店をたたみ、再婚し、おふくろは仙台にやって来た。もちろん僕たちを連れてね。ところが千間堂というところは、おふくろにはまったく水が合わなかった。千間堂ってのは、古臭い倫理観と封建的な習慣を餡《あん》でこねて団子《だんご》にしたような店なのさ。それまで自由に小さな和菓子屋をやってたおふくろは、神経をずたずたにされたんだ。千間堂の主人……ああ、僕の今の親父だけどね、こいつがまた女狂いで、あっちこっちに女を作ってさ。おふくろは舅《しゅうと》だの姑《しゅうとめ》だの、わけのわからない親戚たちの間で苛《いじ》められて……。僕が九つの時だった。呆気《あっけ》なく逝《い》ってしまったよ」

「自殺」祐之介がぽつりと言った。その言葉に、ステレオから流れる低く不吉なピアノ音が不調和に重なった。渉はうなずいた。

「そう。家の裏に、材料置き場として使ってた大きな倉庫があったんだけど、そこの梁《はり》で首を吊《つ》った。大晦日《おおみそか》でさ。僕は姉と凧上《たこあ》げをしてたんだ。おふくろに買ってもらった凧だったよ。でっかい奴《やつ》でさ。ところがどういう加減か、凧が突然、やんでしまって、凧が倉庫の屋根に引っ掛かった。どんなに引っ張ってみても落ちてこない。梯《はし》子《ご》を持って来て倉庫の屋根によじのぼろうとした時、小さな窓から中が見えたんだ。わかるだろ？　初め、僕はおふくろがふざけてるのか、と思った。両手で天井の梁にぶら下がってるんだ、と思ったんだよ。でも違った。姉は馬鹿《ばか》みたいにわめき続けていたけど、僕は冷静でいられたよ。少なくともその時はね。黙って母屋《おもや》に歩いて行って、炬燵で売上げの計算をしてた親父の着物の袖《そで》を引っ張ってさ。祖母たちに聞かれないように、親父を倉庫まで連れてったんだ。後のことは覚えていない。覚えてるのは、姉が納戸《なんど》の箪笥《たんす》の後ろに隠れて泣いてたことだけだ。姉はずっと泣いていた。よくあれだけ泣けると思うくらいに」

私は膝《ひざ》の上でこぶしを握りしめた。伯母の家の物置で首を吊ったという若い女の話を思い出し、その話と渉の母親の話がごちゃまぜになって、一瞬、区別がつかなくなった。

渉は片手で首筋を掻いた。「自殺だってことが世間に知られるとまずい、っていうんで、千間堂の連中には親父から固く箝口令《かんこうれい》が布《し》かれたよ。そのせいか、噂《うわさ》もたたなかったな。そういうことに関しては、親父は策士なんだ。噂をばらまきそうな従業員には、金を包んだし、そうでもない連中の前では、最愛の女房を失った男の芝居をしてみせてた。おふくろの葬式が済んで半年もたたないうちに、親父は新しい女房を迎えた。それが今の継母さ。千間堂に和菓子を買いに行くと、店先で厚化粧して客を迎える色ババアがいるだろう。あれがそうさ」

私は黙っていた。答えるべき言葉がなかった。沈黙が拡《ひろ》がり、あたりの薄闇は何か途方もなく重たいインクのように青黒く感じられた。

五分たち、十分が過ぎた。誰も何も言わなかった。エマがつとトイレに立った。それを合図にするかのようにラフマニノフのレコードが終わりを告げた。祐之介はプレーヤーの中のLPを取り出すと、重々しい手つきでジャケットの中に納めた。

エマが戻って来ると、祐之介が彼女を手招きした。エマは、黙ったまま祐之介のそばに行き、ふわりとミニのプリーツスカートを拡げて座った。

「さっきはごめんよ」祐之介はエマの耳もとで囁《ささや》いた。「つい……」

「いいのよ。祐之介さんは渉さんのこととなると、すぐにカッカきちゃうんだから。もう慣れてるわ」

「そういうわけじゃない」祐之介は彼女の肩を抱きよせた。「ちょっと苛々してただけだ。悪かった」

祐之介は両腕でエマの上半身を抱きかかえるようにした。エマの身体《からだ》が大きく傾いた。彼女は一瞬、照れくさそうな顔をして私のほうをちらりと見た。私は見て見ぬふりをした。

薄闇がたちこめる室内に、やがて恥ずかしくなるほど大きな衣《きぬ》ずれの音が響きわた

「いやだ。祐之介さんたら。酔っぱらってるの？」エマが、たいしていやでもなさそうに言った。祐之介は何も答えなかった。唇が吸い合わされ、唾液《だえき》が混じり合い、かすかな喘《あえ》ぎ声と共に息が吐き出された。祐之介の手が、エマのTシャツをめくりあげた。エマが小さく叫びながら身もだえした。白く巨大な乳房が、灰色の点描画のようになった薄暗い室内に浮き上がった。

私はどぎまぎしたが、何も感じていないふりをしながら、自分の両手を眺めて、爪《つめ》のまわりにできたささくれを引っ張った。たとえ目の前で二人がセックスを始めたとしても、動じないふりをしていたかった。人前で抱き合ったり、キスをしたり、さらにもっと性的なことを感じさせる行為に走ったりする人間を見て、いちいち顔を赤らめ、「やあだ」と黄色い声を張りあげる、ただの女子高校生ではないのだ、ということを渉にわかってもらいたかった。

渉は壁に寄りかかりながら、宙の一点を見つめていた。彼は身動きひとつしなかった。私は彼が怒っているのかもしれない、と思った。いくらなんでも、母親の自殺の話をした後で、わざとらしくペッティングのまねごとなど始めなくてもいいじゃないか……祐之介に向かってそう言いたげに見えた。

「私たち、お邪魔みたいね」私は小声で言った。渉は眼球だけ動かしてじろりと私を見た。たじろいでしまいそうになるほど、冷ややかな視線だった。私は口を閉ざした。あん、いや……エマが途切れ途切れに言った。みんなが見てる。見てるじゃないの。見るつもりもなく、また、聞くつもりもなかったのに、小さな四畳半の茶室の隅で、これから行われようとしている愛の行為は、いやでも私を刺激し、同時に打ちのめした。私はそれまで、ただの一度も男に乳房を愛撫《あいぶ》されたり、スカートの中に手を突っ込まれたり、エマのような声を上げたりしたことはなかった。それはよく通っていた名画座の汚いシートの上に座って見る、スクリーンの中の行為でしかなかった。ねえ……いや……エマがつぶやいた。「みんなが見てる」

衣ずれの音が激しくなった。祐之介の深い吐息がそれに混じる。私は後ろの壁のほうに腰をずらし、いつでも立ち上がって出て行けるよう、自分の煙草をポケットにねじ込んだ。

「あの……」私は中腰になった。「そろそろ失礼しようかしら」

渉が何か言うよりも先に、祐之介がエマの首筋にキスしながら、くぐもった声で言った。「渉。きみも席をはずしてくれないか」

それは性的なふるまいをしている最中の男の声にしては、ぞっとするほど冷ややかな言い方に聞こえた。一瞬の沈黙の後、祐之介はつと顔を上げて渉のほうを見た。その顔は、かすかに笑っているように見えた。「わかるだろ。エマが濡《ぬ》れてきたんだ」

エマが濡れてきた……私はその言葉を反芻《はんすう》し、真っ赤になった。まるで自分が性的な屈辱を受け、それなのになお、相手を求めて喘いでいる時のような、そんな恥ずかしさを感じた。それは怒りにも似た恥ずかしさだった。

私はすっくと立ち上がり、にじり口の戸を開けて急いで踵《かかと》を靴の中に押し込もうとした。片方の靴がはずみで遠くに飛んでしまった。私はかまわずに、裸足《はだし》のまま外に飛び出した。ストッキングをはいた足の裏に、湿った土の感触が拡がった。

後ろから渉が降りて来る気配が感じられた。外はまだほんのりと明るかったが、鬱《うっ》蒼《そう》とした木々に囲まれた裏庭には、光の余韻と呼べるものは何もなく、にじり口から降り立った渉の姿は、何かぼうっとした白い塊《かたまり》のように見えた。

風がやみ、ひどく蒸し暑かった。離れから聞こえてくるであろう、溜息や囁き、大《おお》袈裟《げさ》な衣ずれの音、さらに獣のような喘ぎ声が聞きたくなくて、私は全速力で飛び石の上を走り抜けた。竹林の葉が水墨画の絵のように仄暗《ほのぐら》く沈んでいた。あたりは恐ろしいほど静かだった。

渉が駆け足で追いかけて来て、後ろから私の腕を強く引いた。あまり強く引いたので、私は、反動で後ろ向きに倒れそうになった。涉の両手がすかさず私の身体を支えた。私は否応《いやおう》なく、彼と向き合う形になった。「怒ったの?」涉は低く囁くように聞いた。彼の顔は間近にあった。私は首を横に振り、「どうして?」と聞き返した。「怒ってなんかないわ」

声が少し震えていたが、私はそれをごまかすために、ひと声、不自然に笑った。その小学生の子供のようなかん高い笑い声を聞いても、涉は私の両腕を握った手を離そうとしなかった。私は表情を強張《こわば》らせ、その場で立ち尽くした。

どうすればいいのか、わからなかった。何か馬鹿な冗談でも言って涉を呆《あき》れさせ、さよなら、と手を振ってバスに乗り、伯母の家に戻って自分の部屋にとじこもってしまいさえすれば、いいのかもしれない、と思った。翌週の月曜日、ジュリーやレイコを前にして、茶室で友人の母親の自殺話を聞いた後、突然、セックスを始めた男女の話を身振り手振りを交えて聞かせてやっている自分の姿まで想像できた。

だが、私は身動きひとつできずにいた。涉が片手を離し、その手で私の顎《あご》を引き寄せるようにした。決して乱暴ではなかったが、優しいやり方でもなかった。あっという間に、私の顔はさらに彼のほうに近づけられた。次に何が起こるのか、容易に想像がついた。身体じゅうの汗が一斉に引いていくような気がした。私はわざと目を大きく見開いたまま、渉を見上げた。

彼はわずかに顔を傾けた。ぎくしゃくとした動きだった。覚悟のうえのキス……そんな感じだった。

彼の生温かい唇が、正確無比な動きの後で、私の唇の上にきちんと重ねられた。私は口を閉ざしたままでいた。彼は何度か自分の唇を軽く押しつけ、私の口を開かせようと努力した。だが、私は奥歯をぎゅっと嚙《か》みしめたまま、それに応《こた》えなかった。しばらくの間、彼は小さなついばむようなキスで私の口もとを塞《ふさ》いでいたが、やがて諦《あきら》めたのか、そっと唇を離した。

彼の手が私の頰を撫《な》で、唇をなぞり、そして汗ばんだうなじを軽く愛撫した。やぶ蚊がやって来て、ストッキングの上から足を攻撃し始めた。

離れの茶室のほうから、ほんのかすかに呻《うめ》き声のようなものが聞こえた。それがエマのたてた悦《よろこ》びの声であることを知ると、言いようのない嫌悪感《けんおかん》が私を襲った。私はやぶ蚊を追い払うふりをして、乱暴に渉の腕から離れた。何故《なぜ》かわからないが、何もかもが突然、いやになった。自分が惨《みじ》めで馬鹿げていて、そのうえとんでもない阿呆《あほう》になったように感じられた。

「対抗しなくてもいいのに」私はひきつった顔のまま、言った。渉は一歩、私のほうに近づいた。

「どういう意味？」

「お友達がよろしくやってるからって、私相手にそんなこと……。そんなことしたって、惨めでしょ？　そういうことをしたいんだったら、してくれる女の人はいっぱいいるわ」

本気で言ったつもりはなかった。私は渉が、祐之介に対するただの少年じみた対抗心から私を抱きしめ、キスをしたのだとは思っていなかった。どう考えても渉はそんなことで友達と競いたがるような人種には見えなかった。

渉は溜息《ためいき》をついた。いろいろな意味にとれる溜息だった。きみは子供なんだな、とか、ゲバルトローザにしては古くさいことを言う、とか、そういった種類の感想をもらされるものとばかり思っていた私は、彼が私の肩を抱き、そのまま歩き出したので拍子ぬけした。

苔《こけ》むした庭は空気がむせかえるほど湿っており、息苦しかった。渉は一言も喋《しゃべ》らずに歩き続け、庭の片隅の生け垣のところまで来ると、「送るよ」と言った。「家まで」

「まだ帰らない。約束があるの」

嘘《うそ》だった。約束など何もなかった。私はその土曜日、いさんで学校から帰り、私服に着替えて伯母の家を飛び出したことを後悔した。祐之介の下宿に招かれて、渉と二人きりになり、映画や小説にあるような平凡でロマンティックな愛の囁きを交わし合うことを夢見ていた自分の幼さを恥じた。

「響子」彼は生け垣の穴をくぐり抜けようとした私を引き止めた。私は振り向いた。暗がりの中で彼の白い前歯が光った。「怒ったりしちゃ、いけないよ」

「え？」

「祐之介はエマとしょっちゅう、ああいうことをしている。あれはとても……」彼は唾液を飲み込んだ。「何ていうか……とても神聖で自然な行為だ」

私は鼻先で笑った。「わかってるわ。どうしてそんな当たり前のことを言うの」

彼は黙りこくった。夏に向かう木々の樹液の匂《にお》いが甘やかに匂いたった。

「きみが好きだよ、響子」彼はぽつりと言った。私は緊張と期待と不安とで、喉《のど》が塞がるのを覚えた。

「大好きだ」

「そう。何故？」

「きみは理由を聞かなければ、男に好きだと言わせないタイプの女の子なのかい？」

ううん、と私は首を振った。塞がっていた喉に空気が入り込み、乾いた音をたてた。

「そういうつもりはなかったの。ただ……」

沈黙が流れた。私は鼻の奥がつんと熱くなるのを感じた。どうしてそんなふうに取り乱した気分になるのか、わからなかった。私は泣きそうになりながら、吐息と共に吐き出した。「いろんなことがあったものだから。短い間にいろんなことが……そのうえ、さっきみたいな話を聞いて、あの人たちがあんなことを始めたりするのを見て……私、なんだかわけがわからなくなってるんだわ」

「いろんなこと、って……たとえば何があったんだ」

考える間もなく、言葉が勝手に口から迸《ほとばし》り出てきた。「闘争委員会の活動で、自宅謹慎処分を受けたし、デモで怪我《けが》をしたし……その後、そんなことをしているのが怖くなって……ほんとに凄《すご》く怖くなったの。夢にまで見るわ。夢の中で私は、機動隊のジュラルミンの楯《たて》で身体を真っ二つに割られてしまうの。それなのに、意識だけははっきりしてるのよ。ぞろり、って音がして内臓がコンクリートの道の上に流れてくるの。それでも私は叫んでるのよ。いやだ、いやだ、って。こんなふうになっても家には帰りたくないんだ、って」

「わかるよ」

私は顔を上げ、洟《はなみず》をすすり、唇を嚙んだ。「ごめんなさい」私は小声で言った。「さっき聞いたあなたの話に比べたら……こんな話、子供だましみたいね」

「僕のことと比べる必要なんかないさ。きみが感じることがすべてだ」

「私、お嬢さん育ちって言われるのがいやだったの。両親がそろってる普通の家庭の子で、お金に苦労したこともなくて、育ちのいい素直な可愛《かわい》い響子ちゃん、なんて言われたくなかったの。きれいなことや立派なことよりも、汚いことや悪いことをしていたかったのよ。ただそれだけ。だから疲れるのね、きっと。とっても疲れるの。無理ばっかりしてるのよ。だから、頭がこんがらがって、自分の居場所がわかんなくなるんだわ」

「そんなきみが好きだよ」渉はつぶやいた。暗がりの中で、彼が微笑《ほほえ》んだのがわかった。私は全身の力を抜いた。

彼は私をそっと抱きくるめると、子供をあやすようにしてゆっくり左右に揺すった。彼のTシャツからは、煙草《たばこ》の匂いと共に甘い肌の匂いが立ちのぼった。彼の汗が私の顔や胸を濡らし、私の汗が彼の肩を濡らした。

「聞いていい?」私は彼の肩に顔を埋《うず》めたまま言った。彼がうなずくのがわかった。

「お母さんが自殺した時……誰を一番恨んだ?」

長い沈黙があった。彼はぽつりと言った。

「誰だと思う？」

「千間堂のお父さん？」

「違う」

「じゃあ、誰？」

一陣の風が吹いた。渉は静かに深呼吸した。私の背中にあてがった手にわずかに力がこめられた。「おふくろだよ」

「どうして？」

「男を見る目がなかったからさ」

私たちはいつまでも互いに身体《からだ》を揺らし合いながら、生け垣の穴を背にして立っていた。見上げると、渉の柔らかな髪の毛の隙間《すきま》を通して、ラベンダー色の空に浮かぶ月が見えた。

私はいつのまにか、泣いていた。

5

私のいたクラスは、進学クラスだった。大半が地元や東京方面の大学を希望しており、高校三年の夏ともなると、誰もが目を血走らせて予備校の夏期講習に通い始めた。授業中に机の下で『女学生の友』を開き、お定まりのロマンティックな恋愛小説を読みふけっていたような子が、代わりに受験参考書を開いているのを見るのは、なんだか辛《つら》いところがあった。

相変わらず何もせずにいたのは、私とジュリーとレイコだけだった。私たちはそれまでとさほど変わらない毎日を過ごした。変わったのは、制服廃止闘争委員会が実質的な闘争を中断したことくらいだった。もとはといえば、まがりなりにも委員長だった私が定期連絡会や討議会をなかなか開こうとしなくなったせいだが、そればかりでもなさそうだった。盛んに委員会に顔を出して無邪気に差し入れなどしていた二年生の中に、革マルの子が一人いて、同じく二年生の中核系の子と睨《にら》み合いを始めたのだ。

ノンセクトで始めた委員会にセクト間抗争の匂いが濃厚になり始めた途端、櫛《くし》の歯が欠けるようにメンバーは会を辞めていった。私は何度も、メンバーに相談を持ちかけられた。やめたいんです、と言って、校舎の裏庭で突然、泣き出した後輩もいた。中には明らかに作り話だと思われるような病気を理由に、わざとらしく肩で息をし、私を上目づかいに見上げてくる子もいた。滅多に風邪もひかないような子が、乾いた咳《せき》をしてみせ、実は喘息《ぜんそく》の発作が最近起こるようになって、と言い出した時はさすがに噴き出しそうになったが、それでも私は大真面目《おおまじめ》に聞いてやった。

私は、彼女たち全員に即座に「辞めてもいいわよ」と言った。当然だった。どうして私に彼女たちを引き止める理由があっただろう。辞めてもいいわよ……そう言いながら、そんなセリフを吐く立場に自分が立っていること自体、不自然で滑稽《こっけい》な感じがした。私にはリーダーになる資格なんて、初めからなかった。S女子高のゲバルトローザだなんて、とんでもない話だった。

私は彼女たちの脱会申し出を受け入れ、今後、一切、活動に引き戻すことはしないと約束した。彼女たちは喜んで去って行った。まるで草原に解き放たれた野生の兎《うさぎ》みたいだった。

あれから二十年。あんなことがあったと、彼女たちのうち、何人が覚えていることだろうか。日の当たらない北向きの暗い校舎の裏庭で、しくしく泣きながら、「悪い子」でいることに耐えられなくなった、と正直に告白したことをどれほどの人が記憶の隅に留めていることだろうか。

ひょっとすると、覚えているのは私だけなのかもしれない、と思う。まったく、どういうことのない闘争だった。その証拠に、S女子高では、二十年たった今でも、制服が残されている。

レイコは進学するのも就職するのも、つくづくいやになった、と言った。「可愛い奥さんになって、朝から晩まで家にいるの」というのがレイコの口癖だった「雪の降る日なんか、旦那《だんな》様を送り出してしまえば、あとは『おお寒い』って言いながら炬燵《こたつ》にもぐり込んで、夕方まで本を読んでいられるじゃない。御飯の支度と夜のお相手さえしてやれば、後はすべて旦那様が面倒をみてくれるのよ。そうやって、なんにもしないで、年をとっていくのって、案外、悪くない話だと思うわ」

そうしたセリフを聞くたびに、私やジュリーはチッと舌を鳴らして「軟弱！」と批判した。だが、私やジュリーからいくら馬鹿《ばか》にされても、レイコは自分の意見を変えなかった。

レイコは多分、正しかったのだと思う。悪くない話、というものは、案外、どこにでも転がっているものなのだ。皆より一足先に大人になった人だけが、その悪くない話を見つけ出し、身を委《ゆだ》ねていくことができる。何が正しくて何が間違っているのか、皆目、見当もつかなかった時代に、周囲の雑音にとらわれず、自分だけの〝悪くない話〟を見つけることができたレイコは、多分、私やジュリーなどよりもずっと早く大人になっていたのかもしれない。

彼女は一日じゅう、本を読んで暮らせるなら、誰とでも結婚する、と言った。ただし、結婚とは何か、結婚とはこうあるべきだ、などという屁理屈《へりくつ》は一切、言わなかった。レイコは猫のように、自分のしたいことをし、したくないことをしないでいられる人生を求めた。自殺未遂をし、始終、神経の爆弾を抱えながら生きていたのであろうレイコのことを考えると、彼女の賢明さに頭が下がる思いがする。レイコは皆の中で一番、間抜けで、一番、ひ弱で、一番、生き方が下手くそだったが、誰よりも自分に正直だった。

東京にいる父からは、予備校の夏期講習受講料として、まとまった金が伯母の銀行口座に振り込まれた。伯母はとっておきの薄墨色の絽《ろ》の着物を着て、私と共に予備校の窓口に出向き、てきぱきと受講の手続きをした。

「受験生に夏休みはないのよ」と伯母は言った。「毎日、こうして予備校に通うことがたるんだ精神をひきしめることになるんだから。響子ちゃん、頑張るのよ」

例の自宅謹慎処分の一件以来、父はしょっちゅう、伯母に電話をしてきた。伯母の私に対する態度は、それまでの友好的なものから一転して、上下をはっきりさせる冷ややかで事務的なものに変わっていった。私はただの一度も夏期講習には行かなかった。父はサラリーマンの一ヶ月分の小遣いを簡単に上回る額の金をドブに捨てたことになる。

良心の呵責《かしやく》などというものは一切なかった。私は夏期講習に通うふりをして朝早く、家を出た。行くところはたくさんあった。公園で午前中、ずっと噴水を眺めていることもできたし、書店で丸二時間、本の立ち読みをすることもできた。疲れると決まって無伴奏に行った。そして一人でコーヒーを飲みながら、本を読んだ。だが、本の内容などまるで頭に入ってこないことはわかりきっていた。私の全神経は、常に店のドアのほうに向けられていた。そのドアが開き、堂本渉が中に入って来る瞬間まで、私は目だけで活字を追っていた。

渉は時々、ふらりとやって来たが、たいてい祐之介やエマが一緒だった。私は彼が一人で来てくれればいいのに、と思いつつ、それでも失望した顔は見せまいと努力した。たった一度、ぎこちないキスと抱擁をしただけのことで、恋人気取りになり、男を鬱陶《うっとう》しがらせるタイプの女にはなりたくなかった。私はあくまでも自然に彼と接した。響子、好きだよ、と言われたことすら忘れようと思った。そんなことにこだわって、有頂天になったり、すぐに失望したりするほど、自分は子供なんかじゃない……そう言いたかったのだが、果たして成功したのかどうか。

渉はいつ会っても、冷静で、少し投げやりで、そのうえ、疲れているように感じられた。彼は全然リラックスしていないように見えた。むろん、私もそう見えたかもしれない。

いつかのように、渉が個人的に誘ってくれるのを期待したが、その夏、彼は一度も私と二人きりになろうとはしなかった。ごくたまに、エマが祐之介に目配せをし、何か誘うようなしぐさをする時があると、私はわくわくした。エマが祐之介を外に連れ出してくれれば、渉と自分は二人きりで残されるからだ。

だが、祐之介はいくらエマに誘われ、甘い声を出されても、私と渉を店に残して自分たちだけで外に出て行こうとはしなかった。外に出る時は、たいてい四人一緒だった。

東北三大祭の一つと言われている仙台七夕祭があった日の午後もそうだった。私たち四人は東一番丁の商店街に連なった巨大な七夕飾りの下を並んで歩いた。人ごみの中を四人がばらばらにならないように歩くのは、ひどく難しかった。エマは祐之介の腕にしがみつき、無邪気な奇声を発していたが、私はどうしても渉の腕に触れることはできなかった。渉もまた、私の身体には触れようとしなかった。

歩き疲れると、嵯峨露府《さかろふ》という名のケーキ屋に入った。エマは私にハリネズミの形をしたチョコレートケーキを勧めた。丸い背中の針の部分が薄くスライスされたアーモンドになっており、目が二つついている子供向けの動物ケーキだ。私とエマだけが、そのケーキを食べた。渉と祐之介は私たちを眺めていた。一口、食べる？ と私は渉に聞いた。渉は一瞬、押し黙ったが、やがて微笑みながら首を横に振った。

子供にケーキを食べさせ、そばでニコニコと見守っている父親のような顔つきだった。私はその顔つきが気にくわなくて、わざと祐之介に向かってスライスされたアーモンドを一枚、差し出してみせた。「祐之介さん、食べてみてよ。おいしいわ」

祐之介は私が差し出したアーモンドを指でつまみ、口に含んだ。エマが、ふふっ、と笑った。祐之介はうなずき、目を細め、そして、口の中に入れたものがアーモンドだったのか、ただの紙きれだったのか、もう忘れてしまったかのようにエマと私に向かって笑いかけた。

渉と祐之介の私たちを見る目はとても似ていた。私はふと、祐之介はエマのことを本当に好きなのだろうか、と思った。エマはその日、とても魅力的に見える白いミニのワンピースを着ていた。エマは可愛かった。なのに祐之介はエマを見ていないような気がした。祐之介の目は、エマでも私でもなく、どこか遥《はる》か遠い別の世界を見ているようだった。それは渉にも共通していえることだった。

私はハリネズミのケーキをむしゃむしゃと食べながら、前に並んで座っている二人の男を見つめた。二人はそうやって並んで座っていると、ミケランジェロの絵にある二人のアダムのように見えた。眩《まぶ》しかった。見ているのが辛くなるくらい、眩しいのに、それでも私は彼らを見ていた。目をそらしたら最後、彼らは一瞬にして消え去っていきそうな感じがした。

渉と祐之介がいったい何故《なぜ》、一緒に暮らし、友人同士でいるのか、私は疑問に思い始めていた。時として二人は、関係が冷えきってしまった夫婦のように見えることがあった。朝の食卓で、それぞれが子供相手にだけ喋《しゃべ》りかけ、沈黙の恐怖から逃れようとしているような夫婦だ。そして子供の役割をしているのが私とエマだった。

祐之介はエマや私に語りかけ、エマや私を通じて渉と会話する。渉も同じだった。二人が互いを相手に会話することは、日毎《ひごと》に減っていくように感じられた。どこへ行くにも二人は一緒の様子だったが、そこにエマや私がいなければ、会話など一切行われないのではないか、と思われるほどだった。

かといって二人が憎み合っているとか、蔭《かげ》でいがみ合っているといった雰囲気を感じたことは一度もない。憎み合っているのなら、一緒に住む必要はなかったのだから、それも当然だったろうが、そうだとしても、二人の間に男同士にありがちな根の深い憎悪《ぞうお》や嫉妬《しっと》、目に見えない皮肉をつゆほども感じなかったのは、私だけではなかったと思う。

二人はともかくいつもひっそりと一緒にいた。ことさら互いをかばいあう様子もなかったが、かといって、互いを無視している様子もなかった。冷ややかでありながら、互いを注目し合っている。そんな感じだった。そして私は、彼らの間に割って入っていけない自分を感じ始めていた。

ケーキを食べ終え、雑談を交わした後で、私たち四人は再び外に出た。喧騒《けんそう》の中を色とりどりの短冊《たんざく》をくぐり抜けながら、私はそっと渉の腕に自分の腕をかけた。一瞬、渉がびくっと反応するのが感じられた。だがそれだけだった。渉は私を肩ごしに見下ろし、にっこりと笑った。私も笑い返した。

「楽しい?」彼は聞いた。とっても、と私は息をはずませてみせた。そうしながら、目でエマと祐之介の姿を追った。エマがブティックのショーウインドウを覗《のぞ》きながら、祐之介の手を引っ張っているのが遠くに見えた。群れつどう人の波が、彼らの姿を一瞬にして隠してしまった。

ほっとする気持ちがあった。このまま、エマがあのブティックの中に祐之介を誘い込んでほしい、と思った。そうすれば、私は渉と二人きりで雑踏の中を歩くことができる。

「明日、姉が東京から帰って来るんだ」渉が言った。私は彼を見上げた。彼は額のあたりをかすめる長い金色の短冊を片手でよけながら、短く笑った。「二、三日前かな。東京の姉のアパートに電話したんだ。恋人と喧嘩《けんか》したらしくてね。泣いてるのさ。いい年をして困ったものだ」

「恋人って、荒木さんって人でしょ?」

「そう。姉が帰仙する時は、いつも荒木さんが一緒だったんだけどね。今回に限って一人らしい。響子、会ってみるかい?」

「会う、って、お姉さんと?」

「いやかい?」

ううん、と私は首を横に振った。「いいわ。もちろん」

「きみのことは姉に話してあるんだ。姉もきみに興味を持ってる」

私は耳が赤くなるのを感じた。唯一《ゆいいつ》の血を分けた肉親に、渉が私のことを話してくれていたのだ、と思うと嬉《うれ》しかった。会いたいわ、と私は言った。「お姉さんの都合のいい時にいつでも」

「わかった。姉と相談してまた連絡するよ」

祐之介も一緒に会うのだろうか。ふとそう訝《いぶか》ったのだが、私は聞かなかった。そんなふうに祐之介の存在を邪魔にしているということを渉に知られたくなかった。二人きりでいたい、何をするのにもエマや祐之介が一緒なのはいやだ。そう言いたい気持ちが極限にまで達したら、言えばいい。そう思った。まだ言う時機ではないような気がした。

後ろからいきなり肩を叩《たた》かれた。振り向いた私の目に、仙台べ平連のTという小肥《こぶと》りの男がにやにや笑いをしながら立っているのが見えた。Tとは何度もデモや集会で一緒になったことがある。東京と仙台を往復し、大がかりなデモがあると聞けば、いついかなる時でも助《すけ》っ人《と》に飛んでいくような、底の浅い、ただの目立ちたがり屋の男だった。

「久し振りじゃないか。元気？」Tは言った。

私はそっと渉の腕から手をはずした。「元気よ」

Tはちらりと渉を見、舌先についた両切りピースの葉をこれみよがしに指でつまみ出した後、ジーンズの腰のあたりで拭《ふ》き取った。

「最近、日和《ひよ》った、って噂《うわさ》を聞いてたけど、本当かよ」

「どういう意味？」

「制闘委を辞めたんだろう？　S女子高も野間響子が日和ったせいで、窮地に陥ってるっていう噂だぜ。せっかくいいところまでいったのに、なんでまた辞めたりしたんだよ。最近、ちっとも集会に来ないしさ」

私は、ふんと鼻を鳴らした。「大きなお世話だわ。第一、私はまだ制闘委を辞めたわけじゃありませんからね」

「まさか恋にかまけて、闘争から身を引くなんて言い出すんじゃないだろうね」Tは厭味《いやみ》ったらしく、喉《のど》の奥で、くっ、くっ、と笑い、下品な目つきで渉をちらっと見た。

「野間響子が恋にかまけて逃げ出した、なんて聞いたら、みんな悲しむぜ。東北大《トンペイ》の連中にもきみを引き抜きたがってる奴《やつ》が大勢いるんだから」

「タレントのスカウトでもあるまいし。引き抜くだの何だの、って言い方、やめてよ」

「まあ、いいさ。それはそうと、先の話だけど、10・21に向けて毎週土曜日に勾当台公園でフォーク集会をやるんだ。これまでよりも大がかりにね。たまには顔を出してくれよ。それに10・21のことでも、きみたち高校生といろいろ相談しなくちゃいけないし」

「わかったわ」私はそう言い、なるべく儀礼的に見えるように軽く会釈《えしやく》をした。「それじゃ、また」

Tは間抜け面《づら》をしたまま、ぼんやりと私を見返した。私はくるりと背を向け、渉の腕をとって歩き出した。背中に痛いほどTの視線を感じたが、振り向かなかった。Tは闘争の中で、男と女がくっついたり離れたりすることに、異常なほど好奇心を燃やしている男だった。バリケード封鎖された校舎の中で誰と誰がセックスした、という噂をまことしやかに流すのもたいてい、Tだった。Kと私がじゃれあう子犬のようにして歩いている時、通りの向こう側からTの品のない野次がとんできたこともある。Tが今後、私と渉のことをどのように周囲に触れまわるか、想像しただけで胸がむかついた。

「きみは有名人だったんだな」渉は驚いたように言った。「それに人気者だ」

「女の子がこういうことに足を突っ込んでいると、必ず馬鹿《ばか》な男があいう口の利《き》き方をしてくるの。私だけじゃないわ。みんな経験してることよ」私は笑ってみせた。

内心、Tにひどく腹をたてていたのだが、闘争にまつわる様々な不愉快な出来事について、渉相手に具体的な話をする気になれなかった。そんなことを共有できる相手なら、いくらでもいた。渉とはそんな話はしたくなかった。渉と話すべきことは、もっと他に山ほどあるような気がした。

「なんだか恥ずかしいわ」私は正直に言った。「渉さんの前で、私、いつも子供っぽいことばかりしてるみたいで」

「何が子供っぽいんだい？」

「うまく言えないけど。渉さんにとっては私たちがやってきた制服廃止闘争だの、街頭デモだの集会だの、って子供の遊びみたいに見えるんじゃないか、って思うの」

「そんなことはないよ。ただ、僕がそういうことをやらないだけだ。だからといって、行動に駆りたてられる人間のことを子供だとは思わない」

「それじゃ、どう見えるの？　異人種？　宇宙人？」

「羨《うらや》ましいと思うだけだよ」

私たちは東一番丁のはずれまで来ていた。夏の猛々《たけだけ》しい夕日が、舗道に私たちの長い影を作っていた。私は信号の前で立ち止まりながら、彼を見上げた。「羨ましい？　どうして？」

オレンジ色の夕日が彼の長い睫《まつげ》を金色に光らせた。彼は私の質問に答えずに、目を瞬《しばた》いた。

「きみは人生が好きかい?」

「人生、ってどういう意味の? 生きること? それとも人生そのもののこと?」

「人生そのもののことさ」

「生きることは好きとは言えないけど」私は言った。「でも人生は好きだわ。どう説明したらいいのか、わかんないけど……たとえば、誰も起きていない夏の朝とか、雪が積もった夜だとか、嵐《あらし》の日とか……そんな時、好きだな、って思うことがある。ただのセンチメンタリズムよね、きっと。でも本当にそう思うの。胸が詰まって泣きたくなるくらいに。自分がここに今、在るって思うの。それだけで充分だ、って」

「素敵だね」彼は微笑《ほほえ》み、私のほうを見た。「きみの人生は素敵だ。きみ自身も」

皮肉は感じられなかった。信号が青になった。私たちは黙ったまま横断歩道を渡った。私たちの傍を二人の子供の手を引いた母親が駆け抜けて行った。向こう側の舗道に到着した母親が、どすんと踏み板を踏み込んだ時のように大きな音をたて、「一等!」と笑いながら言った。小さな男の子と女の子も口真似《くちまね》をして「一等!」と言った。黄色い風船が女の子の手の中で揺れた。女の子の口のまわりは、チョコレートだらけだった。

渉はその女の子のほうをちらりと見ると、誰にともなく微笑みかけた。「残念だけど」と彼は笑顔のまま言った。「僕は僕の人生があまり好きじゃないんだ」

市役所の四角い建物が見えてきた。建物の前には巨大な噴水があり、夕日を受けて虹色《にじいろ》の飛沫《しぶき》が靄《もや》のようにあたりを被《おお》っているのが見えた。私たちは噴水に向かってゆっくりと歩みを進めた。

「渉さんのように言う人はいっぱいいるわ」私は精一杯、大人ぶって、なんでもなさそうに言った。「ただのニヒリズムの典型じゃない」

そうだね、と渉は無表情にうなずいた。「困ったもんだ」

私は途中でそっと後ろを振り返ってみた。祐之介やエマの姿は見えず、商店街のごった返した雑踏が遠くに見えるだけだった。

堂本勢津子に初めて会ったのは、その日から一週間後の午後のことである。私と渉は東一番丁の角にある画材屋で待ち合わせた。彼はそこで、一冊のスケッチブックを買った。絵を描くの？　と私は聞いた。彼は照れくさそうに微笑んだ。

私たちは、そのまま歩いて仙台駅前のビルにある大きな書店に行った。書店で勢津子と会い、仙台ホテルの二階で冷たいものを飲む、というのが、その日の計画だった。木蔭を選んで歩いているのに、照りつける夏の日差しとむしむしする湿度の高さとで、全身に不快な汗が噴き出すような日だった。だが私はうきうきしていた。祐之介はその前日から一週間の予定で東京の実家に帰っていた。上京する前に、エマが一緒に行くと言い出し、祐之介が一緒には連れて行けない、と断ったせいで二人は大喧嘩をしていたようだったが、結局、エマは一人、仙台に残った。そのエマも、どこで何をしているのか、連絡は寄越さなかった。

渉と二人きりになれる。そう思うと胸が弾んだ。祐之介やエマのいない一週間をどのように過ごそうか、と私は密《ひそ》かに予定をたてていた。渉の姉を紹介してもらい、その後でまた二人きりになって広瀬川を散歩する。次の日は青葉山を歩き、私の知っているすべてのジャズ喫茶に渉を連れて行く。さりげなく伯母に紹介する、という名目で伯母の家に招き、私の部屋に彼を入れる。一緒にレコードを聴く。お菓子を食べ、紅茶を飲む。伯母に隠れて煙草《たばこ》を吸う時に使っている桃の缶詰の空き缶を見たら、渉がどんなに可笑《おか》しそうな顔をするかも想像できた。

まるごと一週間、渉を独占するつもりでいた私は、その日ひどく饒舌《じょうぜつ》になっていた。そのころ流行《はや》っていた『受験生ブルース』を口ずさみながら、私はジュリーやレイコのことを彼に詳しく教え、自分たちが一日に夜食もいれて六食分の食事をとること、それでもお腹《なか》がすいてすいて仕方がないのだ、ということを大袈裟《おおげさ》に喋《しゃべ》った。渉は額に汗を光らせながら、楽しそうに笑った。そう、渉は本当に楽しそうだった。それまで見たこともないくらいに。

仙台駅前にある丸光《まるみつ》デパートの角に立った時、横断歩道の信号が赤に変わった。私は喋るのをやめて前方のビルの一階にある書店の入口を見つめた。

ガラス扉の外側で、一人の若い女が立ってこちらをじっと見ていた。驚くほど大きなストローハットを被《かぶ》っている。着ているのはひまわりの花がプリントされたサマードレスで、ドレスは細いウェスト部分から下が華やかにふくらんでいた。白いハイヒールをはいた踵《かかと》をひょいと上げ、女は帽子の鍔《つば》に手をかけて背伸びするようにこちらを窺《うかが》った。帽子の下で、こぼれるような豊かな黒髪がさざ波を作った。

「姉だよ」渉が弾んだ声で言った。私が何か言おうとして口を開きかけた時、横断歩道の向こうでその美しい人が大きく手を振った。白くて長い五本の指が、映画の高速度フィルムのようにして、ゆったりと夏の光の中にゆらめいた。数台のバスが車道を走り抜けた。その人の姿が、波間に揺れる藻のように見え隠れした。バスが走り去った後、またくっきりとした映像が私の目に戻った。そこだけが花だった。そこだけが光っていた。

きれいな人ね。そう言おうとして私は口をつぐんだ。文字通り、私は言葉を失っていた。

信号が青に変わり、私たちは並んで横断歩道を渡った。書店のガラス扉の前で、私たち三人は向き合った。「はじめまして」勢津子は弟に私を紹介されると、微笑みながら帽子に片手をあて、高貴な人がやるように斜めに顔を傾けた。彼女がその時、化粧をしていたのかどうか、どうしても思い出せない。私が見ていたのは、当時流行っていたつけ睫でも、柳のように細く描いた眉《まゆ》でもなかった。人形のように非のうちどころなく美しい小作りな顔、そして薔薇色《ばらいろ》に輝く口もとの笑みだけだった。

私は圧倒されながら、ただ馬鹿みたいに微笑んでいることしかできなかった。突然、私は自分が汗にまみれた、薄汚いただの高校生であることを惨《みじ》めに思った。本当に惨めだった。逃げ出せるものなら、逃げ出してしまいたい、とすら思った。

可愛《かわい》い人ね、と勢津子は私を見つめながら言った。なめらかな潤《うるお》いのある声だった。

「渉のガールフレンドを紹介されるのは初めてなのよ。どんな方がいらっしゃるのかと思って、わくわくしてたの」

どうも、と私は言った。何か気のきいたことを言うべきだと思ったのだが、言葉が浮かんでこなかった。私は書店のガラス扉に映る自分の姿を見た。フレンチスリーブがついた格子《こうし》縞《じま》模様のワンピースが、幼稚園のお遊戯会で踊る園児のように私を子供っぽく見せていた。猿みたいだ、と私は悲しく思った。昼日中から街をうろついているために、私の顔は小麦色を通り越して、日焼けで赤黒くなっていた。おまけにマッシュルームカットにしたばかりの髪は、まとまりがよすぎて、頭に黒い鍋《なべ》を被っているように見える。

「寒かったの」勢津子はふいに私から視線をはずし、ちょっとささくれ立ったような表情を作ると渉に寄り添った。「早く来すぎちゃって、ずっと書店の中をうろうろしてたんだけど。クーラーが強すぎるのよ。お腹が痛くなったわ」

「そんな恰好《かっこう》をしてくるからだよ」渉が勢津子の剥《む》き出しの肩を指さした。「まるで水着じゃないか」

「服のせいじゃないわ」勢津子は爪先《つまさき》立ち、渉の耳もとに口を寄せた。さっき生理になったから……という言葉がはっきりと聞き取れた。

渉は「そうか」とだけ言い、心もとない顔をして姉を見下ろした。「痛み止め、飲んだ?」

ええ、と勢津子はうなずき、こめかみを人さし指で拭《ぬぐ》うようにすると、眩《まぶ》しそうに私のほうに目を向けた。私は黙っていた。

勢津子はそっと渉の腕に触れた。白い指先が渉の引き締まった腕に蝶《ちょう》のように儚《はかな》げにとまり、やがてその居心地のよさに安心したかのように、動かなくなった。私は目をそらした。勢津子と渉は、そのままの恰好で歩き出した。まるで私のことなど忘れてしまったかのようだった。

二人が並んで歩いていたのは、二秒か三秒の間のことにすぎない。だが、私には二分にも三分にも感じられた。照り映える夏の午後の日差しを全身に受け、二人が影絵のようにして私から遠のいていった時のことは未《いま》だに忘れられない。

渉が途中で足を止め、後ろを振り返った。「どうしたの?」彼は優しく訊《き》いた。「仙台ホテルに行くんじゃなかったの?」

そうね、と私は慌《あわ》てて微笑み、小走りに渉と勢津子の後ろに駆け寄った。勢津子が渉の腕にかけた手を離し、私のために場所をあけてくれた。私は渉と勢津子の間にはさまる形になった。そうした気のつかい方が、私には鬱陶《うっとう》しく感じられた。そんなふうにわざとらしく気をつかわずに、弟と腕を組んだまま歩いていけばいいのに、と思った。

私は早くも勢津子の中に何か汚点のようなものがないか、と意地悪く探し出そうとしていた自分に気づき、少なからず驚いた。勢津子の中に、女にありがちな、あのぞっとする悪《あ》しき性格の数々を見出《みいだ》せたとしたら、自分は救われるだろう、と信じたのだ。

汚い猿のやりそうなことだ、と思った途端、猛烈な自己嫌悪《けんお》にかられた。恥ずかしさが嫌悪感に拍車をかけた。私は押し黙ったまますむき加減に歩き続けた。

ほんとにお似合いよ、と勢津子は私と渉とを遠巻きに見比べながら、微笑ましそうに言った。

渉が私の肩をふわりと抱き、「最高だろ」と勢津子にウインクしてみせた。勢津子は大きくうなずき、「渉にはもったいないわ」と言った。笑い声が弾《はじ》けた。

並んで立つと勢津子は私よりも少し背が高かった。襟ぐりの大きく開いたドレスの胸が、鋭角的な乳房の山をつくり出しているのが見えた。それは針金で固められたコルセットのように、人工的なふくらみだった。彼女はひどく痩《や》せていた。首から胸にかけての皮膚は病的なほど白かった。そばかすひとつないその白い皮膚は、なめらかすぎて、人間の肌のようには見えなかった。

この人は生理中なんだ、と私は思った。頭がくらくらした。高校でジュリーやレイコを相手に生理中であることを告げる時、「アレなの」とか「ナニが始まってさ」な

ど と言ってみせる自分のことを思うと、どうしても「生理」という言葉は生々しく感じられた。何故《なぜ》、勢津子が初めて会った人間の前で、弟に生理であることを告げるのかわからなかった。そしてそれを教えられた渉が、何故、痛み止めの薬の心配などしたのか、ということも。

勢津子との出会いは、私自身の中にある邪悪さを目覚めさせるきっかけになった。私は会ったその瞬間から、勢津子に嫉妬《しっと》していた。それは狂おしいほどの妬《ねた》みだった。渉は姉を私に紹介してからというもの、ことあるごとに彼女のことを話題に持ち出した。彼はふつうの若い男がするように、姉の悪口を言ったり、無視したり、都合のいい時だけ利用してみせる、といったふるまいは一切しなかった。彼はいつでも勢津子のことを「姉」と言い、一目おいているような話し方をした。彼は勢津子のことを正当に扱った。彼が勢津子のことを話す時は、目が輝いた。勢津子が仙台に帰って来る時は、彼はいつも陽気だった。

ずっと後になるまで、私は渉と勢津子が肌を触れ合わせたことがあるのではないか、と本気で疑っていた。その疑念は長い間、私を苦しめた。深夜、目を閉じると、渉と勢津子があの北山の離れの暗い茶室で抱き合い、唇を重ねている光景が浮かんだ。それればかりか、エマと祐之介のように、喘《あえ》ぎ声をあげながら、全裸で絡《から》み合っている光景まで想像できた。その時、勢津子が洩《も》らす溜息《ためいき》や衣《きぬ》ずれの音、勢津子の乳房に唇を這《は》わせる渉の荒い吐息まで聞こえてくる感じがした。

ただ、考えてみると、勢津子と渉が互いに身体《からだ》のどこかに触れたのを見たのは、初対面のあの夏の日だけである。時間にしてほんの数秒、勢津子が渉の腕に手のひらをふわりと載せただけだ。以後、私は一度も勢津子がそんなことをするのを見たことがない。渉が勢津子の肩や背中に手を触れたのを見た記憶もなかった。実際に目にしなかったことで妄想にかられていた私は、愚かな想像に自分を苦しめていただけなのだ。私が苦しむべきことはもっと他にあり、現にあの夏の日にも、静かにそのことが進行していたはずなのに、私は何も気がつかなかった。

仙台ホテル二階のコーヒーショップで、勢津子はホットコーヒーを注文し、私はアイスコーヒー、渉はビールを飲んだ。熱いコーヒーを飲んで少し気分がよくなったらしい勢津子は、しきりと私に質問をした。主に受験の質問が多かったが、だからといって彼女は私のことを幾つも年下の子供のようには扱わなかった。年上ぶったアドバイスも何ひとつしなかった。勢津子は笑みを絶やさなかった。彼女はあくまでも上品だったし、最後まで私をリラックスさせようという心配りをみせてくれていた。

小一時間ほどたつと、彼女は突然、口を閉ざした。ぜんまいの切れた人形みたいだった。尖《とが》った針のような神経の突起物が、猛烈な勢いで彼女の顔に穴を開けていくのが見えるような気がした。

勢津子は全身を硬くし、焦点の定まらない視線を窓の外に投げた。店内にプロコル・ハルムの『青い影』が流れていた。勢津子は目の前に私や渉がいることすら忘れたかのように、しばらく身動きひとつしなかった。

大丈夫？と渉が勢津子に聞いた。勢津子ははっと我に返ったようにして、渉を見、ついで私を見て軽く頭を横に振った。

「大丈夫よ」

「なんだよ。ぼんやりしたりして」

「あなたたちを見てたら」と勢津子は弱々しく微笑《ほほえ》んだ。「荒木さんのことを思い出してしまって……」

「心配することはないよ。そのうち、きっと電話がくるから」渉が言った。だといいけど、と勢津子は目を伏せ、小首を傾《かし》げた。

「ごめんなさいね、響子さん。今日は調子がひどく悪いの。今度お目にかかる時までには元気をとりもどしておくから、許してね」

いいえ、そんな……と私はまごつきながら言い、空になったアイスコーヒーのグラスをストローでいたずらにかきまわした。

勢津子は微笑んだ。「渉をよろしく」

私は顔を上げた。勢津子は目を細めて私を見た。「難しい子だけど、姉の私から見ると、なかなかいい男よ。これまでガールフレンドは一人もいなかったの。きっとよっぽどあなたのこと、気に入ったんだわ」

私は曖昧《あいまい》に微笑み、隣にいる渉の顔を見た。渉は大きくうなずいた。できすぎた芝居の一シーンのようだった。私は何も言うことがなくなって、煙草に火をつけた。勢津子も同じように、セブンスターを口にくわえ、マッチを擦った。マッチを擦る手がかすかに震えていた。
二、三口吸っただけで、彼女は煙草をもみ消した。指先が青白かった。
彼女は能面のように無表情な顔をしたまま、勢いよく立ち上がった。まるで突然、尿意が我慢できなくなった貴族の令嬢みたいだった。

「私、お先に失礼するわ」

「もう？」渉が聞いた。

「ごめんね。ちょっと眩暈《めまい》がするの」

薔薇色だった頬に、みるみるうちに青みがかった染《し》みが拡《ひろ》がっていった。鮮やかな黄色のひまわりがプリントされたドレスを着ていなかったら、きっと彼女は病人のように見えただろう。渉がすかさず立ち上がって、彼女に手を貸そうとした。いいの、と勢津子は渉を笑顔で制し、帽子を被《かぶ》った。「大丈夫よ。あなたはまだ彼女とここにいなさい。私は家に戻ってるわ」

「気分が悪いんだろう？　家まで送るよ」

「ほんとに大丈夫。タクシーで帰るから。それより、渉、家にはいつ戻るの？　大学も休みだっていうのに、ずっと祐之介さんのところにいるつもり？」

渉はシートに再び腰をおろし、「姉さんがいるのなら、帰ってもいいよ」と言った。いつ？　と勢津子は聞いた。いつでもいい、と渉は答えた。

勢津子は私に丁重な挨拶《あいさつ》をし、会えて嬉《うれ》しかった、と何度も言った。彼女は籐《とう》のバスケットの中から財布を取り出して、五百円札を一枚、渉に渡した。渉はありがとう、と言った。勢津子はもう一度、私と渉を見比べるようにして微笑んでみせると、ゆっくりした足取りで店を出て行った。

やがて大きな窓ガラスの下に彼女の姿が現れた。彼女は大きく私たちに向かって手を振ると、ホテルの前で客待ちをしていたタクシーの中に吸い込まれていった。

「姉はここ二、三日、ろくに眠ってないんだ」渉がぽつりと言った。「荒木さんと別れ話が持ち上がってね。ゆうべも電話でゴタゴタやったらしい」

「すごく身体の具合が悪そうだったわ。こんな時に約束したりして悪かったみたい」

「きみが気にすることなんかないよ。姉はきみに会いたがってたんだから。別れ話は姉の問題だ。僕らには関係ない」

「でも、どうして荒木さんと別れるなんてことになったの?」

「さあ、どうしてだろう。男と女のことはいくら姉弟でもわからないからね」

「渉さん、何も聞かなかったの?」

「姉は自分から話そうという気にならない限り、いくら聞いても答えない人なんだよ」

そう、と私は言い、窓の外を見た。「男と女のことって、当人同士だって、よくわかってないところがあるものね」

渉は目を細めて私を見た。「きみはそう思う?」

「ええ」と私は力をこめて言った。「私は自分のことだって、わかったためしがないわ」

「僕はきみのことはわかり始めているよ」

「嘘《うそ》よ。わかりっこない。自分でもわからないのに、他人に簡単にわかられてたまるものですか」

「お馬鹿《ばか》さん。何かというとすぐに突っかかる、そんなきみのことがわかり始めてる、っていう意味だよ」

隣に座っていた彼は、弾ける金色の午後の日差しの中で私の肩を抱き、可笑《おか》しそうに身体を揺すって笑った。私も合わせて笑ったが、二つの笑い声が、決して一つに混じり合っていないことだけはわかっていた。渉は相変わらず私から遠いところにいた。彼の手に抱かれた肩だけが、勝手に切り取られて炭火で焼かれたように熱く焦《こ》げた。私はせかせかと煙草《たばこ》を吸い、頭がくらくらするのを感じながら、それでもまだ笑っていた。

6

平穏であるということが、どういうことなのか、私にはよくわからない。波瀾《はらん》の予感をひた隠しにすること、そして、それを他人に気づかれずにいること……それが平穏ということなのかもしれないとも思うが、自信はない。第一、本当に平穏無事な状態なんて、あるのだろうか。

私はしばらくの間、わりと静かな日々を送った。夏の終わりに、予備校の夏期講習で大がかりな模擬試験が行われたが、私は伯母に試験の最中気分が悪くなって退席した、と嘘をついた。伯母がそれを簡単に信じてくれたため、夏期講習の費用を全部使い込んでしまったことはばれずに済んだ。

伯母は東京の両親に、「響子ちゃんが夏バテしたらしい」という電話をかけた。すぐに父から「身体には充分気をつけるように」と短く書かれた葉書が届き、母からは、スタミナをつけるために、という名目で、ニンニクの自家製醬油《しょうゆ》漬けが一壜《ひとびん》、送られてきた。そんなものをとても食べる気がしなかった私は、壜ごと学校に持って行き、精力剤と称して教室の後ろの棚に置いた。面白がってそれをつまんだのはジュリーだけだった。彼女は休み時間にニンニクを一粒口に放り込んでは、欲情してきた人妻の物真似《ものまね》をしてみんなを笑わせた。

表向きは、穏やかに凪《な》いだ海のような毎日が続いた。制服廃止闘争委員会は事実上、解体したような形になった。私は相変わらず、ノーソックス、角襟ブラウス……といういでたちで登校していたが、そうしたささやかな抵抗は何の役にもたたなかった。

当初、委員会を解体させてしまった私を暗に批判していたジュリーも、次第に何も言わなくなった。彼女は授業中、机の下でスケッチブックを拡げ、デッサンばかりするようになった。ジュリーの第一志望は東京の美術大学だった。私と彼女は時折、東京の大学の話をしたが、彼女の話は私などとは比べものにならないほど、常に具体的で建設的だった。

「一浪覚悟でさ」と彼女は言った。「卒業したらまず、上京するんだよ。親は反対するだろうけどさ、知ったこっちゃない。どうせ親の金なんか、最初っからアテにしてないからね。上京してすぐ、友達のところに居候《いそうろう》するんだ。バイトでもすれば、なんとか食える。いやだね、響子。その友達ってのは女だよ。あたしみたいに男っぽい奴《やつ》でさあ。いつ転がり込んで来てもかまわない、って言ってくれてるんだ。彼女、美大の一年生でさ。いろいろ教えてもらえるし、彼女んところには、正体不明の連中が集まって来てるから、まあ、なんとか楽しめると思ってさ」

翌年に迫った卒業式を粉砕するために、闘争委員会を別な形で発足させよう、という提案もジュリーのほうから出された。だが、彼女自身にそれほどやる気がなかったのか、それとも、私がそれまでのような熱意を示さなかったせいか、話は曖昧な形のまま流れた。

私はレイコと行動を共にすることが多くなった。渉と会っていない時、会う予定がない時は、たいていレイコと一緒に映画を見に行ったり、用もないのに公園をうろついたりした。

レイコと一緒にいると気分が楽だった。彼女はあまり余計なことは喋《しゃべ》らなかったし、喋ったとしても、レイコ特有の気取ったけだるい小説的な言い回しは、聞けば聞くほど非現実的で、心のささくれがときほぐされるような思いがしたのだ。

彼女はほとんど私の私生活について質問してこなかったが、一回だけ思わせぶりに聞いてきたことがある。

「響子は処女なの？」レイコは珍しく露骨にそう聞いた。私は型通り笑ってみせながら、どうかしら、と虚勢を張った。「想像にまかせるわよ」

教師や親が聞いたら、卒中を起こしかねないほど卑猥《ひわい》な話を好んでしていたくせに、私やレイコやジュリーは、互いに相手が処女なのかどうか、問いつめ合ったことは一度もなかった。内心、レイコだけは何らかの経験がありそうだ、と思っていたのだが、そうだとしても、そんなことは聞いたこともなかったし、聞くつもりもなかった。

意地悪く露骨に物事を表現していた時代に、私たちがそうした気づかい方をしていたなんて、なんだか可笑しい。だが、私たちは確かにそうやって関わり合っていた。

それがポーズであろうとなかろうと、私たちはあんなに興味を持っていた性的なことがらについて、自らの体験を語ることは滅多になかったのだ。

「お捨てなさいよ」レイコはけだるい口調でそう言った。え？　と私は聞き返した。レイコは制服のポケットから煙草を取り出し、人目を気にする様子もなく、公園のベンチの上で火をつけた。

「処女だったとしたら、の話よ、あくまでも。あなたが処女だったとしたら、すぐにお捨てなさい、って言ったの。後生大事にとっておくものでもないしね。もちろん、あなたはそんなことくらい、とっくにわかってるだろうけど」

「経験からそう言うの？」

「どうかしら。それこそ想像にまかせるわよ」

私たちはそれからしばらく、秋が深まった公園の夕暮れの風景を眺めていた。

「ねえ、レイコ」私は彼女の吐き出す煙草の煙の行方をぼんやり眺めながら言った。

「最近は、死にたくなったりしない？」

「しょっちゅうよ。でも死について考えてる時ってのは、死なないものなの。危ないのは、考えて考えて、もう他になんにも考えることがなくなった時よ。今はかろうじて大丈夫みたいね。まだ考えてる段階だから」

「またいつか、なんにも考えることがなくなる時が来ると思う?」

「来るでしょうね、多分。私にもわからない。ねえ、聞いてよ。私、新しい死に方を考えたのよ。雪山に行って、とっておきの服を着たまま山に登ってさ。ウィスキーを三口ほど飲むの。それからハイミナールかブロバリンを例によって甘くなるまで嚙《か》んで、そのまま雪の中で眠るってわけ。言ってることわかる? そうすると死体はきれいなまんまでいられるのよ。もっとも、次の雪どけの季節までに発見されれば、の話だけど」

「死んだ後もきれいなままでいたいわけか」

「そりゃあね。見せたい人がいる限り、そう願うのが女ごころというものでしょ?」

「なるほどね。恋人は、あなたのきれいな死に顔を見て、後悔する。一生、十字架を背負って生きる羽目になる。レイコらしい復讐《ふくしゅう》の仕方だわね」

レイコはかすかに頰を染めながら、私を見た。「今日はいろいろ鋭く突っ込んでくるのね」

「いけなかった?」

「ううん、かまわないわよ。あなたはよく私のことをわかってるもの。癪《しゃく》なくらいに」

彼女は血色の悪い爪《つめ》の先で煙草の灰を地面に落とすと、からかうような口振りで言った。「それはそうと、響子。恋人ができたんじゃない？」

私は曖昧に微笑《ほほえ》み、レイコの煙草を一本抜き取って火をつけた。

「相手が誰か、なんて野暮なことは聞かないでおくけど……最近、あなた、すごく女っぽくなったものね。眩《まぶ》しいくらい」

「女っぽい？　どういうふうに？」

「そうねえ……何て言ったらいいのかしら。身体《からだ》の中に、ピンク色の爆弾を抱えてる、って感じよ。一触即発。何かあると、ドカン、って身体もろとも吹き飛ばしてしまうほどの爆弾」

「初潮を迎えたゲバルトローザ、ってわけ？」

「茶化さないの」レイコはくすくす笑った。「どう？　当たらずとも遠からず、でしょ」

「まあね」

「セックスは儀式よ」レイコは誰に言うともなくそう言い、煙草を革靴の底でもみ消した。「そして儀式はちゃんと儀式らしく終わらせなくちゃ。今のうちに」

彼女はジャケットのポケットに両手を突っ込み、ゆらゆらと頭を揺すった。甘ったるいシャンプーの香りがした。

「あんなものは一度だけでたくさん」

私は聞こえなかったふりをした。レイコは無表情に遠くを見つめると、「嫌いだわ」と低い声でつぶやいた。

彼女があの時、そんなふうに言わなかったら、何かが変わっていたかもしれない、とも思う。私はレイコに渉のことを話したかった。渉のことだけではない。祐之介のこともエマのことも、そして激しく私を嫉妬《しっと》させていた渉の姉、勢津子のこともレイコに語ってきかせたかった。何故《なぜ》、渉がいつまでたっても遠い存在に感じられるのか。何故、渉と祐之介はいつも一緒にいるのか。何故、渉は勢津子という姉に対して、永遠の恋人であるかのようなふるまいをするのだろうか……と。

レイコの人間観察力をあてにしていたからではない。レイコが自分よりも男女のことについて経験豊富だと判断したからでもない。私は答えが欲しかったのではなかった。ただ単に、渉のことを誰かに聞いてもらいたかったのだ。

レイコがあの時、物憂《ものう》げに、吐き捨てるようにセックスが嫌いだ、などと言わなかったら、私は彼女に向かって渉のことを残らず語ってきかせていただろうと思う。レイコが渉と私の関係を知っていたら、その後、起こった様々な問題も、ひょっとすると最悪の事態になることだけは避けられたかもしれない。レイコのみならずジュリーやその他の仲間が渉のことを知っていたら、彼ら彼女らの考え方を参考にして、私は早めにしかるべき行動をとっていたかもしれない。

だが私は喉《のど》の奥まで出かかった堂本渉の名前を呑《の》み込んだ。私はあまりに子供で、自意識過剰で、友達というものが時として、信じられないほど自分を救ってくれることがある、という事実をまだ知らずにいた。私は「セックスが嫌い」と言う友達を前にして、生臭い話をするのは野暮だと信じた。セックスが嫌い、と言えるほどしかるべき体験を積んだ人間を相手に、わけのわからない自分の感情をぶつけることはできなかった。私は単に気取り屋の、ものごとがよくわかっていない、十八歳になりかけた頭でっかちな女子高校生にすぎなかった。

「雪山でブロバリンを甘くなるまで嚙む……か」私は独り言を言った。レイコが目を丸くして私を振り返った。

「だめよ、響子」彼女は呆《あき》れたように言った。「あなた、そんなこと言ってもちっとも似合わないんだから」

「そう？　どうして？」

「そんなことをする前に、ピンク色の爆弾を爆発させちゃいなさいよ」そう言って彼女はくすっと笑った。「殿方をたじたじにさせるくらい、派手に爆発させるのよ。悪くないわ」

悪くない、と私も言った。

その年の十一月、私は十八歳の誕生日を迎えた。ちょうど日曜日で、父と母からは午前中に「おめでとう」という電話があり、妹からは小鳥の絵がついたバースデーカードが届いた。カードの小鳥は、どこかしら妹が仙台に置いていった文鳥のピッちゃんに似ており、絵の部分に妹の文字で「ピッちゃんです」と書かれてあった。

両親は私がせっせと受験勉強に励んでいるものと疑っておらず、電話ではひどく愛想がよかった。かろうじて学校での成績が悪くなかったからよかったものの、もし、そうでなければ、私は直ちに仙台に駆けつけた親によって伯母の家に監禁されていたかもしれない。その点では、私は策士だった。親と喧嘩《けんか》することはいつでもできる。最後の最後まで欺《あざむ》き続けてやることが、一種の孝行なのだ、と信じていたところもあった。どのみち先のことはわからなかったし、考えたくもなかった。私は相変わらず、親との電話でへらへらと馬鹿《ばか》みたいに笑っていた。

その日は、ピアノ教室の教え子たちの発表会が行われる日で、伯母は午後から家を留守にすることになっていた。発表会が終わるのが五時。その後、懇意にしている父兄たちが主催してくれる夕食会に出席しなければならない、というので、伯母はたいそう気に病んでいた。受験生を預かった身で、せっかくの誕生日の夜に夕食も作ってやることができない、というのは、伯母のような律儀《りちぎ》で古いタイプの人間には許されないことであったらしい。伯母はしきりと私に申し訳ない、とあやまり、もしよかったら、夕食会に一緒に参加しないか、と誘った。

私は丁重にそれを断り、勉強があるから一人で家にいる、と言った。伯母は、私が真面目《まじめ》に受験勉強をしていることを褒めたたえ、この分だと予定通り、現役で合格間違いなしだわ、とはしゃいでみせた。私は、任しといてと胸を張り、部屋に戻った。伯母はとっておきの着物に着替えると、いそいそとタクシーを呼んで家を出て行った。

伯母が出て行った後、私は自室の石油ストーブに石油を満たし、窓を開けて部屋を掃除した。曇り空のひどく寒い日で、犬のモグが物置で寒そうに丸まって眠っているのが見えた。

掃除を終え、ストーブをつけてから、それまで着ていた毛玉の浮いた灰色のセーターを脱ぎ、オレンジ色の格子《こうし》縞《じま》模様がついたブラウスと白いモヘアのカーディガンに着替えた。鏡の前で何度も点検し、ストッキングに伝線が走っていないかどうか確かめ、さらに髪の毛を丁寧にブラッシングした。

台所で紅茶の用意をし、菓子皿に白いナフキンを敷いて、クッキーを載せた。クッキーを味見し、伯母が時々、眠れなくなる時に飲んでいるブランデーを小さなガラス容器に移しかえたところ、玄関のブザーが鳴った。私は急いで台所の壁にかかっている安物の鏡に顔を映し、クッキーの滓《かす》が歯にくっついていないかどうか、確認してから玄関に走った。

ドアについている菱形《ひしがた》の曇りガラスの向こうに、黒い影が見えた。それが誰なのか、充分すぎるほどわかっていたくせに、私はわざと素っ気なく「はい?」と聞いた。「堂本です」と言う声が低く響いた。

渉を伯母の家に招いたのは、それが初めてのことだった。一度だけ、伯母とデパートで買物をしていた時、渉と祐之介にばったり会って、伯母に二人を紹介したことがあるが、伯母はまさか自分の留守に私が渉を呼び、二人で誕生日を祝おうとしていたことなど想像もしなかっただろう。

「へえ、千間堂の息子さんなの?」デパートで簡単な挨拶《あいさつ》をし、渉たちと別れてから伯母はそう言った。「響子ちゃん、いったいどこで知り合ったの?」

「あなた、お勉強ばかりしているわりには、案外、顔咎《とが》めるような口振りだった。

が広いのね」

私は即座に「東北大の図書館で知り合ったの」と答えた。「消しゴムを落とした時、隣にいた彼が拾ってくれたのよ。次に彼がシャープペンシルを落として、私が拾ってあげたの」

そう、図書館でね、と伯母は安心したように言った。図書館で知り合った男は皆、インテリで品がよくて無害である、と信じているような感じだった。

そう。確かに渉はインテリで品がよくて、そのうえ無害だった。伯母はその点では正しい見方をしていたことになる。

玄関を開けると、厚手の黒いとっくりセーターを着て白いロングマフラーを首にまいた渉が、私に向かって微笑みかけた。誕生日おめでとう、と彼は芝居がかった調子で言い、手にしていた小さな薔薇《ばら》の花束を差し出した。

花束には剝《む》き出しのカードが添えられており、そこにはサインペンで「HAPPY BIRTHDAY MY DEAR KYOKO」と書かれてあった。私は「MY DEAR」と書かれた部分を何度も確認し、それが特別な意味を持つものであることを願いながら「ありがとう」と言った。言った途端、胸が熱くなった。次の瞬間、私は彼の首すじに抱きついていた。

彼は押し殺したような笑い声をあげた。「だめだよ、響子。近所の人が見てるよ」

「大丈夫よ」私はふいに照れくさくなり、彼から身体を離しながら言った。「伯母も八時までは帰らないし」

「まるで間男だな」渉は冗談めかしてそう言いながら、家の中に入って来た。玄関のすぐ脇《わき》にある私の部屋に渉を案内してしまうと、私は花を活《い》けてこなくちゃ、と言いおいて、台所に駆け込んだ。心臓が苦しいくらいドキドキしていた。この家の中に渉がいる。自分の部屋に渉がいる。そう思っただけで、胸が詰まり、緊張に身体中が震えた。

あの部屋でみっともないくらいに煩悶《はんもん》しながら、日々、渉のことを考えている自分が、渉に見透かされてしまいそうな気がした。部屋には私のどろどろした思いがしみついてしまっている。壁にも床にも天井にも。そうした思いの粒子が、今、あそこにいる渉に一斉に襲いかかり、渉を呆れさせ、軽蔑《けいべつ》を誘うのではなかろうか。そう思った。

私は無意識に、着ていた白いモヘアのカーディガンのボタンをかけ、両手で自分の身体をくるみ込んだ。あたりは静かだった。部屋からは何の物音も聞こえなかった。私は急いで花瓶に薔薇を活けてしまうと、花の中に顔を埋《うず》めた。冷たい花弁が火照《ほて》った頬を冷やした。パッキングがゆるんだ水道の蛇口から、ポタポタと水滴が落ちる音が聞こえてきた。私はその水滴の音を十数えてから、顔を上げた。

薔薇を活けた花瓶を持って部屋に戻ると、渉が出窓を開けて外を見ている後ろ姿が目に入った。彼は振り返り、微笑んだ。私も同じように微笑み返した。

「素敵な部屋だね。それにここからの眺めもいい」

「伯母はもともと、庭いじりが好きだったの。その芝生も伯母が昔、自分で植えたのよ。もっとも犬が台無しにしちゃったみたいだけど」

モグがどこからともなく走って来て、一声高く吠《ほ》えた。渉は犬の名前を私から聞くと、「モグ、モグ」と呼びかけ、犬に向かって手を差しのべた。モグはしきりと尾を振り、あたりをぐるぐる走り回って、また戻って来た。私たちは声を合わせて笑った。

電気をつけていない室内は、石油ストーブの炎がぽっかりと明るいだけで、あとはどこもかしこも滲《にじ》んだような薄闇《うすやみ》が拡《ひろ》がっていた。私は窓を閉め、彼から離れた。

「煙草《たばこ》、吸うでしょ?」私は聞いた。「うちには灰皿がないの。伯母は煙草を吸わないし、煙草を吸うお客が来るわけでもないし。だから、はい、これ。灰皿代わりに使って」

私がいつも隠れて煙草を吸う時に使っていた桃の缶詰の空き缶をテーブルの上に置

くと、彼は目を細めて笑った。私は勉強机の椅子《いす》に腰をおろし、渉はベッドに座った。洗濯したての臙脂《えんじ》色《いろ》のベッドカバーが、彼の腰の下で柔らかな皺《しわ》を作った。

しばらくの間、私の本棚の中の本の話や、モグの話、伯母のところにピアノを習いに来る子供たちの話や、伯母の人柄などについてあたりさわりのない話をした。喋《しゃべ》っていたのは大半が私だった。渉は申し分なく適切な相槌《あいづち》を打ち続け、私が笑ってもらいたいと思う箇所では声高らかに笑い、私が気のきいた感想が欲しいという箇所では、何かとてつもなくセンスのいいひと言を返してくれた。

ひと通り、儀式のような世間話がすむと、私はステレオのスイッチを入れ、プレーヤーにビージーズのLPを載せた。室内に『ワールド』の曲が流れ始めた。私は用意しておいたティーカップに紅茶をいれ、クッキーと共にテーブルの上に並べた。彼はクッキーには手を出さなかったが、たっぷりブランデーをたらした紅茶をうまそうに二杯も飲んだ。

「プレゼントは何にしようか、って随分、悩んだんだ」渉は二杯目の紅茶を飲み終えると、そう言って煙草を口にくわえた。「アクセサリーがいいのか、セーターがいいのか、それとも案外、食べるもののほうがいいのか、ってね。ここ十日間くらい、何度、デパートに足を運んだかわからないよ。祐之介やエマにも相談してみたんだけど、みんな好き勝手なことを言うだろう？　全然、参考にならなかった」

私は笑った。渉の足もとには、四角い扁平な袋が置かれていた。それが何であるのか、見る前にわかったような気がした。彼は煙草をゆっくりと吸い込むと、煙と共に微笑《ほほえ》んだ。「結局、レコードにした。僕が一番好きなレコードだよ。こんなものを人にプレゼントするなんて、これが初めてなんだ。きみが気に入ってくれればいいんだけど」

彼に手渡された四角い袋には、赤いリボンが形よく結ばれたＬＰジャケットが入っていた。私は歓声をあげながら、それを引き出した。そっとリボンをはずし、ジャケットを眺めた。

レコードはチャイコフスキーの『悲愴《ひそう》』だった。交響曲第六番『悲愴』。ムラヴィンスキー指揮、レニングラード・フィルハーモニー……。

その一瞬感じたことを、私はどう表現したらいいのか、わからない。失望？　それに近い感情だっただろうか。

彼がくれたのは、初めて私たちが出会った時に聴いた、パッヘルベルの『カノン』でもなく、バッハやラフマニノフでもなく、あるいはまた、当時、若者たちの間で人気を博していたシュープリームスやローリング・ストーンズやビートルズでもなかった。彼がくれたのは『悲愴』だった。

悲愴……その二つの文字が、何故《なぜ》か雪に閉ざされた色彩のない原野を思い出させた。私は笑顔が凍りつかないよう気をつけながら、ジャケットの沈み込むように陰鬱《いんうつ》な絵を眺めていた。その絵はユトリロの描く、頽廃《たいはい》的な雪景色にどこか似ていた。

「チャイコフスキーは嫌い?」彼が心配そうに聞いた。私は慌《あわ》てて首を横に振った。

「ううん。大好きよ。嬉《うれ》しいわ。ありがとう。ねえ、早速かけてみてもいい?」

「もちろんさ」

私はそそくさとステレオの前に座り、ビージーズのLPと『悲愴』とを取り替えた。部屋は適度に暖まっており、石油ストーブの炎だけが、赤々と明るかった。ストーブの上に載せたやかんからは、湯気が絶え間なく立ちのぼり、窓という窓を水滴のヴェールで被《おお》っていた。

私は『悲愴』を聴きながら、床に座ったままレコードジャケットの解説を読み続けた。書かれてある文字は、ちっとも頭に入ってこなかった。ベッドに座っていた渉が、じっと私のほうを見ているのが感じられた。私は解説に没頭しているふりをし、身動きひとつせずにいた。

『悲愴』は初めて聴く曲だった。そして私がそれまで聴いたどんな悲しい曲よりも、それは悲しく聞こえた。

長い間、私たちは悲しい曲を聴きながら、黙りこくっていた。時折、モグが何かに反応して低く唸《うな》る声が、音楽の合間に混じった。モグは吠えなかった。唸るだけだった。

「響子」渉がくぐもった声で言った。私は顔を上げた。

「こっちへおいで」

私は黙っていた。彼は繰り返した。「こっちへおいで。僕の横においで」

私は立ち上がり、渉が座っていたベッドに並んで腰を下ろした。ベッドのスプリングが、二人分の身体《からだ》の重みでかすかにきしんだ。

渉はそっと私の肩を抱いた。説明がつかないほど、私は悲しい気分になっていた。

私は「悲しい曲ね」と言った。「渉さん、どうしてこの曲が好きなの?」

「どうしてだろう」彼はつぶやいた。「これを聴いていると、なんだか安心できるんだ」

「そう」

「ごめんよ」彼は私の肩を抱いた手にわずかに力をこめ、あやすようにポンポンと叩《たた》いた。「きみはあまり好きじゃなかったみたいだね」

「好きよ」私は陽気に言った。「ただちょっと、悲しすぎるような気がしただけ」

彼は自分の額を私の額にあて、まるで熱を計ってでもいるように、しばらくじっとしていた。「きみに聴いてもらいたかったんだ。きみがこれを聴いてくれている、と思うとそれだけで安心できるんだよ」

私はそっと顔を上げた。泣きたいような気持ちにかられたが、涙は出てこなかった。私は唇を少し開き、「渉さん」と言った。

「ん？」

「渉さんは何を悩んでいるの？」

彼は例によって、子供をあやすような顔を作り、なんでもないことのように微笑んだ。

「僕がそんなに悩んでいるように見える？」

見えるわ、と私ははっきり答えた。「いつだって、そう見えるわ。笑っていても、夢中になってお喋りしていても、何か食べていても、飲んでいても、渉さんはいつも何か別のことを考えてるように見える。いつも遠いところにいるの。私がどんなに引き止めようとしても、渉さんはどんどん私から遠いところに行ってしまう気がするのよ。一緒にいればいるほど、そんなふうに感じるの。まるで身体の半分をどこか別な世界に置き忘れてきたみたいに」

それまでそのことに触れるのを我慢していたせいか、私の口は呆《あき》れるほどよく回り始めた。私は渉が私の目にどのように映っているのか、正直すぎるほど正直に語った。抽象的な言い方しかできない自分が腹立たしかったが、それでも私は祐之介や勢津子のことには触れずに、なんとか彼のまわりに張りめぐらされている目に見えない皮膜について、私なりの方法で彼に伝えようと努力した。

彼がどんな顔をしてその話を聞いていたのか、思い出せない。私は彼の目が次第にうるみ、光を失って、ただの黒い湖面のようになっていくのを見つめながら、それでも言葉が勝手に口から迸《ほとばし》り出てくるのを止めることができずにいた。

気がつくと、『悲愴』は終わっていた。私は自分の発する言葉が、静かな室内に淀《よど》んだように吸い込まれていくのに気づいて、ふと口を閉ざした。ストーブの上のやかんが、しゅうしゅうと音をたてて湯気を出していた。まだ五時過ぎだというのに、窓の外はすっかり暗かった。

ごめんなさい、と私は言った。「自分でもよくわからないの。気にしないで」

レースの敷物をかけたテーブルに手を伸ばし、紅茶の残りを一息に飲んだ。紅茶は冷えきっていて、カップの底にたまったレモンの滓《かす》と砂糖の味だけがした。

私がティーカップをテーブルの上に戻そうとしたのと、渉が私を痛いほど抱きしめてきたのは、ほぼ同時だった。驚いた私の手がティーカップを倒した。それでも渉は私を抱きしめることをやめなかった。

渉の身体はコンクリートのように固く感じられた。抵抗しようとしたのは何故だったのだろう。その日、彼からそうした荒々しいふるまいをされることを半ば、期待していたはずなのに、私は固くひきしまった渉の胸を突き飛ばそうとした。

だが、彼はびくともしなかった。私はあっという間にベッドの上に押し倒された。火照った私の顔の真上に彼の顔があった。彼はまるで怒ってでもいるかのように、私を見下ろした。乾ききった唇が目の前にあり、その唇から、苦しげな喘《あえ》ぎ声が洩《も》れ始めた。彼は一瞬、目を閉じ、深呼吸した。そして再び目を開けた時、彼の唇は私の口を被い、私は彼を求めてその首すじに両手を回していた。

ブラジャーをはずしにかかった渉の手の動きは、今になってもまだはっきりと思い出すことができる。彼は私のモヘアのカーディガンの下に手を入れ、まるで背骨矯正器か何かのように、ブラジャーのホックを探して背骨をぐいぐいと押した。ホックはなかなかはずれなかった。滑稽《こっけい》にも、私は弓なりに身体をそらせてホックがはずれるよう、背中に空間を作った。彼の湿った手が不器用に空間の中を泳ぎ回った。だが、渉はついにホックをはずすことができなかった。

私は気まずくなって身体を横に曲げた。彼はホックをはずすことを諦《あきら》め、ブラウスの上から乳房に触れた。ボタンがはずされた。彼はブラジャーを乱暴に押し上げ、両方の乳房を剝《む》き出しにすると、四つん這《ば》いになったままじっと私を見下ろした。彼の小鼻がひくひくと痙攣《けいれん》した。私は下着試着室でブラジャーをつけたまま貧血で倒れてしまった小娘のように、気が遠くなるのを感じた。

彼は目を閉じた。そして歯をくいしばった。くいしばった彼の歯の間から、奇妙な悲しげな音が迸った。彼はひと声、野獣のような声をあげると、私の上にいきなり馬乗りになった。ブラウスが剝《は》ぎ取られた。彼は私の肌という肌に唇を這わせ、嚙《か》みつき、さらに両手でスカートをたくし上げにかかった。

ベッドのスプリングがぎしぎしと唸り声を上げた。私はわけがわからなくなって、小さな悲鳴を上げた。彼は、これから自分がしようとしていることが、まるでわかっていない少年のように見えた。がむしゃらなくせに、求めているものが何なのか、ふいに忘れてしまって途方に暮れ、それでもなお、前へ前へと突き進もうとする時の、少年の惨《みじ》めさのようなものが感じられた。

彼の柔らかな髪に視界を遮られながら、私は直感的に、この人は女を抱くのは初めてなんだ、と思った。勢津子のことが頭をよぎった。勢津子以外は抱けない人だったんじゃないか。そう思った。

彼の手が私のパンティに触れようとした時、私は「やめて！」と大声を出した。そう叫んだ途端、涙がにじんだ。渉は驚いたように手の動きを止めた。ストーブの赤い火が、私たちのグロテスクな恰好《かっこう》を壁に影絵のように映し出した。

私は仰向《あおむ》けになったまま、唇を嚙みしめた。鼻の奥が熱くなり、涙があふれた。何故泣くのか、わからなかった。私の頭の中は勢津子のことでいっぱいだった。勢津子と渉が性的に結びついているのではないか、という疑いは、その時、頂点に達していた。

「勢津子さんね？」私は子供のようにむずかりながら言った。「あなたの悩みは勢津子さんなんでしょ。勢津子さんの他に誰も愛せない、っていう悩みなんでしょ」

「何を言ってるんだ」渉は低い声で言った。

「私にはわかってる。あなたは勢津子さんを愛してるんだわ。姉としてではなく、一人の女の人として。初めて会った時から、そう思ってた」

渉は長い間、何も言わなかった。彼はそっとモヘアのカーディガンを取って私の上半身に被《かぶ》せると、よそよそしい仕草で自分の身体を離した。私は洟《はなみず》をすすり、「いいのよ」と言った。「たとえそうだったとしても、私、かまわないから。全然、かまわないわ。よくあることよ。惨めな子供時代を過ごした姉と弟が愛し合うって、それほど珍しいことじゃないもの」

「馬鹿《ばか》な。まったくの誤解だ」渉は吐き捨てるように言った。「僕は姉を愛してなんかいない」

私はベッドの上に起き上がった。「じゃあ、教えてよ。あなたはいったい、誰を愛してるの。答えて」

その時、彼の答えを聞くことができなかったのは、ある意味で幸運だったというほかはない。私が渉を凝視し、渉が私を見返して何か言いたげに口を動かしたその時、居間で電話が鳴り始めた。電話の音は、静寂に満ちた家の中で、ひときわ大きく聞こえた。私はたくし上げられたままのスカートを元通りにし、立ち上がった。

電話に出る気など毛頭なかったくせに、私は徐々に蘇《よみがえ》ってくる現実感の中で、電話をかけてきたのは伯母かもしれない、と思い、怖くなった。何か予定に変更があって、伯母は夕食会に出席しなくてもいいことになり、これからすぐに戻るということを伝えるために電話をかけてきたのかもしれない。

伯母が戻るとなったら、渉を帰し、ティーカップを洗い、元通りにしまっておかなければならなかった。渉がここに来たという痕跡《こんせき》をすべて消しておかなければならなかった。しかも今すぐに。

渉とは夜までずっと、このまま一緒にいたかった。彼が誰を愛しているのか、そんなことはどうでもいいような気がした。馬鹿な質問をした、と私は後悔した。私は彼を失いたくなかった。私は自分が彼をどれほど強く愛しているか、どれほど彼を求めているか、その時、はっきりと悟った。彼がどんなやり方で私を愛撫《あいぶ》したとしても、何もされないよりは、よっぽどましではないか。

「電話に出なくちゃ」私は小声でつぶやくと、急いでカーディガンをはおり、不恰好に持ち上げられたままのブラジャーを元通りにした。伯母が戻ってくるのなら、渉を誘って自分が外に出て行こう、と思った。そのことしか頭になかった。

ベルは執拗《しつよう》に鳴り続けた。私は部屋を飛び出し、廊下を走って居間に入った。受話器をつかんだ途端、はおっていたカーディガンがずり落ちた。下着姿のまま、私は「もしもし？」と言った。

コインが落ちる音がした。「野間さんのお宅ですか」

ひどく単調な、冷ややかな声だった。私は手を伸ばしてカーディガンを拾うと、丸めて胸に抱きしめた。それが誰の声なのか、聞かなくてもわかった。

祐之介は短くおざなりに笑った後で、「誕生日だってね。おめでとう」と言った。ありがとう、と私は答えた。

「どう？　十八歳になった感想は」

「十八になったんだな、って、ただそれだけ」私は自分が下着姿のままでいることを意識して、不自然に笑ってみせた。「小学生のころは、二十になったら死のうと思ってたの。あと二年ね」

「二十歳になれば、三十になったら死のう、と思うんだよ。そして三十になったら、きっとずっと長生きしてやる、って思うんだ」

「多分、そうね」私は甲高い声で笑った。かすかな沈黙があった。祐之介はわざとらしく咳払《せきばら》いをした。「渉、いるかな」

「いるわ」

「悪いが、ちょっと代わってほしいんだ。勢津子さんが大変なことになったんだよ」

「どうかしたの？」

わずかの沈黙があった。「入院したんだ」

「え？」

「たった今、うちに荒木さんから渉あての電報が届いた。どうやら……自殺未遂らしい」

私は返事もそこそこに、受話器を放り出し、廊下を走って自室に飛び込んだ。渉は大きな黒い影のようになって、ベッドの上で丸くなっていた。私が勢津子が入院したことを告げると、彼は素早い動作で立ち上がり、部屋を飛び出した。

祐之介との電話を終えてから、渉は私に東京まで電話をかけてもいいか、と聞いた。断る理由は何もなかった。彼は祐之介から聞いた病院の電話番号をダイヤルすると、勢津子に付き添っていた荒木を呼び出し、長い間、話していた。居間は火の気がなく、じっと立っていると底冷えがした。渉は「はい」と「そうですか」という二つの言葉しか言わなかった。その言葉は凍りついた積木のようになって、冷たい部屋の中にバラバラとこぼれ落ちた。

電話を終えてから、彼は私に向き直った。ひきつれのような笑みが唇の端に浮かんだ。

「ごめんよ、響子」

「行くのね」私は意地悪い気持ちがわき上がってくるのを抑えながら、言った。「東京に行くんでしょ？」

行かない、と彼は答えた。「姉には荒木さんがついてるし、それにもう容態は落ち着いたみたいだから」

原因が何だったのか、どのようにして自殺を図ったのか、私は何も聞かなかった。渉は底冷えがする居間で私をそっと抱きよせ、「ごめんよ」ともう一度言った。「僕は北山に帰らなくちゃ」

いいの、と私は言った。「私のことだったら、気にしないで」

「今度、改めてきみの誕生日を祝おう。どこか気のきいたレストランか何かで」

そうね、と私は素っ気なく言い、身体《からだ》を離した。

渉が帰って行った後、ティーカップを台所で丁寧に洗い、布巾《ふきん》で拭《ふ》いて、戸棚に戻した。部屋のベッドのカバーを整え、窓を開けて煙草《たばこ》の匂《にお》いを追い出し、庭に出て、モグに餌《えさ》をやった。モグがものすごい勢いで鳥の砂肝が入った味噌《みそ》汁《しる》がけ御飯を食べ終えてしまってから、物置に繋《つな》ぎ、再び部屋に戻った。

部屋を暗くしたまま、煙草を吸い、渉がくれた『悲愴《ひそう》』を聴いた。そしてA面とB面をそれぞれ二度ずつ聴いた後、ベッドにもぐり込み、少し泣いた。

7

勢津子が恋人の荒木に伴われて仙台に帰って来たのは、その年の暮れのことだった。仙台の実家で静養することを勧めたのは、荒木であり、勢津子がそれに従ったということで、二人の関係には事実上の終止符が打たれたようだった。

私は渉と共に、駅まで勢津子たちを迎えに行った。はちきれんばかりに荷物を詰め込んだボストンバッグや紙袋が四つほどあり、荒木がそれらを抱えていたが、勢津子は小さなセカンドバッグ以外、何も手にしていなかった。私たちは勢津子の荷物を一時預かり所に預けると、そのまま近くのコーヒーショップに入った。

勢津子に会うのは、確か、四度目だったと思う。彼女は何かぽっかりと穴のあいたような表情をして私に微笑《ほほえ》みかけ、荒木のことを「お友達の荒木さん」と紹介した。

黒縁眼鏡をかけた荒木という男は、私に向かって「はじめまして」と軽く頭を下げた。端整な顔立ちだが、どことなく小賢《こざか》しい感じのする男だった。明らかに一張羅とおぼしき、濃紺の背広を着ていたせいなのか。七・三に分けたつやのない髪に、フケが浮いてさえいなければ、野心家のビジネスマンに見えていたかもしれない。

彼の小賢しい雰囲気は、見ようによっては思わせぶりな男の魅力にも通じていた。あるいはそんなところが勢津子を夢中にさせたのかもしれなかったが、私は勢津子ほど頭のいい人が、何故《なぜ》、この男に夢中になり、自殺まで図ったのだろう、と不思議に思った。荒木は、どう見ても、女を情熱的に愛する男には見えなかった。女に愛を囁《ささや》いた途端、囁いた言葉の言質《げんち》をとられるのが怖くなり、都合が悪くなったらいつでも逃げられるよう、慌《あわ》てて言葉尻《ことばじり》を濁すタイプに見受けられた。

勢津子は荒木に向かって「なんだか、さっぱりしたわ」と言った。そして次に私のほうを向いた。

「響子ちゃん。渉からもう聞いてるかもしれないけど、私たち、別れることにしたのよ」

荒木は、煙草を吸い、かすかに眉間《みけん》に皺《しわ》を寄せた。勢津子のあっさりとした言い方に戸惑ったからではなく、何度も繰り返された別れ話をここで再現されてはたまらない、とでも言いたげな表情だった。

ああ、さっぱりした、と勢津子は大袈裟《おおげさ》に繰り返した。「仙台はやっぱり気分が楽ね。ここで春までのんびりしたら、きっともっと元気になれるわ」

「必ず元気になるよ」荒木が静かに言った。出来の悪い恋愛映画の中のセリフを聞いているようだった。彼は私と渉が見ている前で勢津子の手を軽く握り、目をそらした。

「元気になってもらわなくちゃ、僕が困る」

勢津子はうなずき、ひきつった笑顔を作りながら荒木を見上げた。

渉は勢津子の自殺未遂について、多くを語らなかったが、私は勢津子が自分のアパートで大量の睡眠薬を飲み、流しの洗い桶《おけ》の中に水を満たしてから、その中で手首を切った、ということだけは知っていた。発見者は荒木だった。荒木はちょうどその日、勢津子からの遺書めいた手紙を受け取って、慌てて駆けつけたのだという。

勢津子が自殺を試みたのは、荒木の女性関係に悩んだからでもないし、報われない愛に悲観したからでもなかった。自分の情熱と彼の情熱の行方とが、どう頑張ってみても混じり合うことはないだろう、と判断したあげくのことだった。私は荒木と会ってみて、勢津子の判断は正しかったのではないか、と思った。荒木には、関わる女をいたずらに混乱させてしまいそうな何かがあった。

私は白いふわふわのセーターの袖《そで》に隠れた勢津子の手首に目をやった。手首の傷は見えなかった。代わりに、セーターよりも白く見える手があるだけだった。

私たち四人は、しばらくの間、雑談を交わし、小一時間ほどしてから店を出た。天気はよかったが、前日降った雪の名残で、あちこちに泥まみれの雪の塊《かたまり》が積み上げられており、街全体がどこかしら薄汚れて見えた。

駅に戻って荷物を受け取り、他にすることが何もなくなってしまうと、荒木は「それじゃ」と誰にともなく言った。「僕はこれで」

「今晩、一泊していけたらよかったですね」渉が言った。「トンボ返りだなんて、なんだか申し訳ないみたいだから」

荒木は渉に向かって微笑み、「いいんだよ」と言った。「お姉さんを無事に送り届けるのが僕の役目だったんだから」

「もう、大丈夫よ」勢津子が不自然なほど大きな声で言った。「わざわざありがとう。一緒に来てくれて、本当に嬉《うれ》しかったわ」

荒木は眼鏡の奥のひんやりとした目を細め、勢津子に向かってぎこちなく微笑んだ。荒木が乗ることになっていた特急列車の発車時刻まで、まだ少し余裕があった。私と渉は、勢津子の荷物を手分けして持ちながら、その場を離れた。

木造の駅舎を出て、タクシー乗場の近くに佇《たたず》みながら、私は振り返った。改札口で、勢津子と荒木が互いに向かい合い、見つめ合っているのが見えた。勢津子が何か言い、荒木が何か言った。勢津子は着ていた虎毛《とらげ》模様の暖かそうなコートの襟を立て、彼に一歩、近づいた。荒木は彼女に顔を近づけ、その頬にキスをした。荒木の片手が彼女の背中を柔らかく包んだ。勢津子は荒木のコートに顔を埋《うず》めながら、じっとしていた。行き交う乗降客が、彼らを横目で見て通り過ぎた。荒木は勢津子の背中をぽんぽん、と軽く叩《たた》き、静かに体を離した。勢津子の表情は見えなかったが、荒木の顔には明らかにほっとしたような表情が窺《うかが》えた。可愛《かわい》いが、やんちゃで手のかかる子猫をバスケットに入れて捨ててきた直後のような顔つきだった。

彼はコートのポケットから乗車券を取り出し、勢津子に向かって軽く会釈《えしゃく》した。そしてそのまま彼女から離れて行った。

勢津子は長い間、私たちのほうに戻って来なかった。彼女は荒木の姿が見えなくなっても、まだ、改札口に向かい、身動きひとつせずにいた。

長い長い時間が過ぎ、私たちは辛抱強く、勢津子が戻って来るのを待っていた。やがて荒木が乗った特急列車の発車のベルが響き渡った。勢津子はくるりと踵《きびす》を返し、私たちのほうに向かって歩いて来た。彼女は泣いていなかった。表情を失っていただけだった。

渉の顔を見ると、彼女は「渉」と甘えるように言った。「彼、行っちゃったわ」

渉はうなずいた。「これでよかったんだよ」

そうね、と勢津子は言い、私に向かって取りつくろうように笑いかけた。

「元気出してください」と私は言った。勢津子は眉《まゆ》を八の字に曲げ、今にも泣きそうな顔をしたが、涙は見せなかった。

「響子ちゃん。三人でお酒、飲みましょうか」突然、勢津子が言った。「あなた、お酒、飲める？」

飲めます、と私は言った。私たちはそれから、大袈裟なほどたくさんの荷物を抱えたまま、タクシーで東一番丁まで行き、私の行きつけの店だったジャズ喫茶に入って、コークハイを飲んだ。高校生が昼日中からアルコールを口にする、ということに罪悪感を覚えたせいか、あるいはまた、荒木と別れた勢津子が、いっそう渉と親密な関係になるかもしれない、と疑ったせいか、私はコークハイを二杯飲んでもまったく酔わなかった。

店内にはマル・ウォルドロンの『レフト・アローン』がかかっていて、客は私たちの他にデモで見かけたことのある大学生のグループが四人いるだけだった。

ほんと、さっぱりしたの、と勢津子は壊れたテープレコーダーのように繰り返した。「これでまた、一から出直しだわ。無事に大学院を卒業できたら、仙台で暮らそうかと思ってるのよ。お婿《むこ》さんをもらって、私が千間堂を継いでもいいわ。渉ちゃんは、跡を継げ、って言われても、絶対に継がないだろうし。私がお婿さんをもらえばいいのよ。ねえ、そうでしょ？　そうなったら、ますますさっぱりするわ。私、案外、和菓子屋の女主人っていう役柄が似合うかもしれないし。思ってもみなかったことなんだけど、最近、そう思い始めてるのよ。本気よ」

酒に酔っているのか、それともズタズタになった神経が勝手に躁《そう》状態をつくり出しているのか、私にはわからなかった。勢津子はとりとめもない話を一人で喋《しゃべ》り続け、一人でうなずき、一人で質問を作って、一人でそれに答えた。

三人が三杯目のコークハイを注文し、渉が従業員に向かってショートホープを二箱ください、と言ったその時、勢津子はふと喋るのをやめた。彼女は一つ大きく息を吸うと、目を閉じ、口をへの字に曲げた。涙がこぼれた。彼女は声をたてずにしばらく泣いた後、うっすらと微笑んだ。私は見て見ぬふりをし、運ばれてきたコークハイに口をつけた。

渉、と勢津子は流れた涙を拭こうともせずに言った。「あなた、千間堂に戻る気はないの？」

ない、と渉は即座に答えた。そう、ないの、と勢津子は言った。「ずっと祐之介さんと暮らすの？」

「わからないよ、そんなこと」

「祐之介さんには、エマちゃんがいるんだし。あなたは邪魔にされてるのかもしれないわよ」

「かもしれないな」

「北山のあの離れは、暗すぎるわ」

「ああ」

「もっと明るいアパートを見つけたほうがいいわね」

「その時はまた相談するよ」

「明るいアパートを見つけて、響子ちゃんと暮らすのよ。それがいいわ」

私は勢津子を見た。勢津子は私のほうを見ずに、煙草の煙のたちこめる薄暗い店内をぼんやりと見つめた。子鹿《こじか》のような美しい目に、再び涙があふれた。

「いつになったら私は元に戻れるのかしら」

「考えちゃいけないよ」渉が低い声で言った。「今は何も考えちゃいけない」

わかってる、と勢津子は言い、痛々しいほど力のない手でコークハイのグラスをつかんだ。彼女の中指にはまった安物の指輪が、グラスにあたってチリンと音をたてた。

何故かわからない。私はその時、突然、勢津子のことが好きになった。どうしようもなく好きになった。その気持ちが、たちまち翻《ひるがえ》って憎悪《ぞうお》や嫉妬《しっと》に変わる可能性があることを充分、承知していながら、私はなお、勢津子のことを深く受け止めることができるように思った。

私は勢津子に向かって、あまり面白くもない冗談を言い、彼女を笑わせようと努めた。初めのうち彼女は、突然の私の一人漫才に困惑したような顔をしていたが、やがて私の意図を汲《く》み取ってくれたらしく、きちんと反応し、笑ってくれた。

私たちが店を出たのは、夕方になってからだった。渉は勢津子のためにタクシーを止めてやり、荷物を積むと、「明日、電話する」と言った。「北山に遊びにおいでよ。響子と一緒に。エマや祐之介もまじえて、皆で騒ごう」

そうね、と彼女は言い、車の中に消えた。翌日、渉が千間堂に電話すると、勢津子は熱を出して寝ており、結局、北山の離れで皆で騒ぐという計画は流れた。勢津子の熱は長い間、微熱という形で続いたようだった。

勢津子がかろうじて元気を取り戻したのは、年が明け、私と渉がレイコが言うところの〝儀式〟を済ませたずっと後のことだ。元気になった勢津子と自分が、その後どんな関わりを持ったのか、私はほとんど覚えていない。勢津子はしょっちゅう、ことあるごとに私と渉の間に現れ、繊細なガラス細工のような神経を垣間見《かいまみ》せながら、それでも精一杯、元気を装《よそお》っていた。私たちはよく三人で……あるいはエマや祐之介も一緒に、コークハイを飲んだ。無伴奏にも、何度となく足を運んだ。勢津子は『ブランデンブルク協奏曲』が好きで、行くたびにそれをリクエストした。

覚えているのはそのくらいだ。勢津子が何を喋り、何をし、どんなふうに私自身と関わっていたのか、うまく思い出せない。私の中には相変わらず、渉と勢津子が肌を合わせている風景だけがこびりついていた。それがただの妄想だった、とはっきりわかった後でも、その風景だけは消えずに残った。おかしな話だが、二十年たった今でも、勢津子のことを思い出そうとすると、渉と全裸で絡《から》み合っている彼女のことしか思い浮かばない。それは、古いアルバムに貼《は》られた捨てることのできない一枚の写真のように、変わらずに私を苦しめ、同時に魅了し続けている。

一九六九年は終わり、灰色にうねり狂う嵐《あらし》が私を待ち構えていた。時代そのものが、ごうごうと音をたててうねっていた。

全国の大学紛争は各地の高校にも深く飛び火し、高校生の逮捕者が続出した。仙台でも、デモは連日、行われた。街にはアジ演説の怒号が響き渡り、ガリ版刷りのアジビラがまき散らされた。凍りついた街角で誰かがギターを弾き始めると、必ず大勢の学生たちが集まって来て、反戦フォークを歌い出した。警官が来て、小ぜりあいの末に追いたてられても、彼らはまた、別の場所に移って、同じ歌を歌った。

新聞には毎日のように、デモで逮捕された学生の数や、負傷した学生の数が載せられた。TVのニュースでは、闘争の拠点となっている全国の主要大学の様子が細かく報道された。

私はそれらのニュースを伯母の家の炬燵《こたつ》の中で眺めた。

私には、渉しか見えていなかった。

二月になったばかりのあの日のことは、よく覚えている。前日の午後から降り出した雪が、仙台におけるその冬最高の積雪量を記録した日だった。私はほとんど一睡もせずに朝を迎え、しばらくの間、自室でぐずぐずと時間をつぶしてから、居間に行った。東京から来ていた父が、伯母とさしむかいで炬燵に入ったまま、私をじろりと見上げた。

その前の晩、私は父にひっぱたかれた。予備校の夏期講習や冬期講習に行ったふりをし、模擬試験を受けたふりをし、さらに毎日、熱心に受験勉強をするふりをしていた私のすべての嘘《うそ》が、父にばれるのは時間の問題だと思っていたが、思っていた通りだった。父が東京から熱心に送ってきてくれた受験案内書や受験申込み書、大学案内書を私がすべて庭で燃やしてしまっていたことが伯母に知られ、動転した伯母が父に報《しら》せたことが発端だった。不審に思った父は、東京から予備校に問い合わせ、さらに高校の担任に問い合わせた。予備校側は書類上は講習を受講したことになっているが、野間響子という人間は一度も予備校主催の模擬試験を受験していない、と答え、高校の担任は、私が早退、遅刻、欠席を繰り返し、勉強をしている様子が見られない、と告げたのだった。

「制服も着ないで」と父は言った。「朝っぱらから、どこに行くつもりなんだ」

「今日は授業なんかないわ。この雪だもの」私は朝食の代わりにするつもりで、炬燵の上から蜜柑《みかん》を二つ取り、部屋を出ようとした。父にあやまろう、あやまったうえで、自分が考えていることを理解してもらおう……眠れないままに、そう結論を下したはずなのに、私は何も言えなかった。

「待ちなさい」と父が呼び止めた。疲れきったような声だった。

私は足を止め、振り返った。父は「座りなさい、ここに」と言った。「話がある」

伯母がおろおろしながら私を見上げ、言われた通りにしてね、と言いたげな目くばせをした。私はしばらくそのまま立っていた。何も聞きたくないし、これ以上、話すことも無い、大学に行きたくなったら自分で働いて学費を稼ぐ、かまわないでほしい……そう言い放ってしまおうか、と思った。だが、私は気がつくと、父の隣に腰をおろしていた。

「非常に残念だ」父は腕組みをしながら、重々しく言った。「自分の娘をただの嘘つきで、自堕落な娘に育ててしまったわけだからね。もう、おまえが外で何をしようが、勝手にやれ、と言いたいところだ」

私が黙っていると、父はわざとらしく咳払《せきばら》いをした。「だが、そうもいかない。だから一つだけ聞いておく。おまえは大学に行く気はあるのか」

わからない、と私は言った。父は目だけ動かして私を睨《にら》みつけた。「行きたいのか、行きたくないのか、どっちなんだ」

「行きたい、と答えてもらいたいわけ？」

伯母がもぞもぞと身体《からだ》を動かし、炬燵の中で私の膝《ひざ》をつねった。私は伯母の手を払いのけると、「お金を出してくれるんだったら、行ってもかまわないわ」と言った。またひっぱたかれるか、と覚悟したが、父はこめかみに青筋をたてただけで、私から目をそらした。

「一年浪人して、合格できる自信があるのであれば、金を払ってやってもいい。ただし……」

「もうやめようよ、パパ」私は鼻先でせせら笑い、父を遮った。「条件がある、って言うんでしょう？　東京で一緒に暮らしながら、予備校に通え、って。はっきり言うけど、私、まだ東京に行きたくないの。仙台にいたいのよ」

「仙台で予備校に通うのか。おばさんの家に世話になりっ放しで、また一年、迷惑をかけよう、っていうのか」

「いいのよ、私のことは、別に」伯母は弱々しく言った。父は聞いていなかった。

「おばさんがおまえのために、どれだけこの一年、気をつかってきたか、知ってるのか。受験生を預かった、っていうだけで、気をつかうのに、おまえは学校でヤクザまがいに暴れまわり、何も知らないくせに、政治だ、革命だとわめきたてて迷惑をかけ、あげくの果てにおばさんの顔にまで泥をぬった。恥ずかしいとは思わないのか」

「いつ、私がおばさんの顔に泥をぬったの。私は誰の顔にも泥なんかぬってないわ。これは私の問題なのよ」

「おまえはどうしようもない不良だ」

「そう思うんだったら、それでもかまわないわ」

「親をだまして何が面白いんだ。そんなに政治活動が好きなのか」

「政治活動なんかした覚えはないわよ。本当の政治活動っていうのは、もっと凄《すご》いのよ。命がけなのよ。私がしてきたことは違う。私の問題なんだ、って何度言ったらわかるの。パパにはいくら話してもわかりっこない。ただのサラリーマンで、会社におべっかを使って、人生を会社なんかに支配されてるような人間に、いくら話したって……」

出て行け、と父は低く呻《うめ》いた。あまりに低い声だったので、聞き取れないほどだった。私は口を閉ざし、不思議なほど静かな気持ちで父のこめかみに浮かぶ青筋を眺めていた。

「出て行くんだ」父はもう一度、言った。伯母が炬燵から出て、「まあまあ」ととりなした。私はそっと立ち上がった。蜜柑が一つ、転がって畳の上に落ちた。

「響子ちゃん、だめよ。仲直りしてちょうだい。お願いだから」伯母が泣きそうな顔をして、私の腕を取った。「仙台で一浪するんだったら、うちにいてもいいのよ。喜んでいてもらうわ。だから、二人とも……」

「ほっとけ」父は呻くように言うと、炬燵から出て、隣の部屋に行ってしまった。

私は何も言わずに居間を出た。自室に戻り、気に入っていたココア色のショートコートを着て、首に黄色いマフラーを巻いた。財布とバスの回数券、それに定期入れをポケットに押し込み、毛糸の手袋をはめた。

玄関に出て、ブーツをはいていると、伯母が走って来た。「こんな雪の日にどこに行くの。御飯も食べないで」

「ごめんね、おばさん」と私は言った。「でも、ここにいたくないの。わかるでしょ」

「何も喧嘩《けんか》したまんま、出かけることはないでしょう? お父さんだって、午後には東京に帰らなければならないのよ。それまでに仲直りをしなさいな。お父さんはあなたのことを心配してるのよ。だからあんなに……」

私は玄関のドアを開け、降りしきる雪に向かって傘を拡《ひろ》げた。冷たく湿った雪の匂《にお》いがした。響子ちゃんたら、と伯母が声を荒らげた。私は振り返らずにそのまま後ろ手にドアを閉めた。

雪のせいで、バスはなかなか来なかった。私は手に息を吹きかけながらバス停に佇《たたず》み、タイヤチェーンをつけた車が奇妙に軽々しい音をたてて雪の中に轍《わだち》を作っていくのをぼんやりと眺めていた。

仙台駅行きのバスに乗り、駅に着いた時は、九時になっていた。空腹感はなかったが、ひどく寒かったので、駅構内の立ち食い蕎麦《そば》屋に入り、熱い月見蕎麦を食べた。食べ終わると、エムエフを一箱とマッチを買って、待合室に入った。待合室には大型の石油ストーブが置かれ、暖かかった。私は行商帰りの老婆《ろうば》が居眠りをしている隣の席に座り、煙草《たばこ》を吸った。

何も考えられなかった。頭がからっぽで、眩暈《めまい》がしそうだった。渉のことを考えようとしたのだが、それすらもできなかった。私はたて続けに二本、煙草を吸い、そのせいで頭がくらくらするのを覚えながら、さらに三本目に火をつけた。居眠りからさめた行商帰りの老婆が、皺《しわ》くちゃの両切りピースを口にくわえ、マッチを探して身体中のポケットというポケットをポンポンと叩《たた》き始めた。私は老婆にマッチを差し出してやった。ありがとね、と老婆は言った。

十時まで待合室にいて、その後、開店したばかりの無伴奏に行った。まだ暖まっていない店内には、バッハの『平均律』が流れていた。私はコートを着たまま、誰もいない店の一番前の席に座り、コーヒーを注文して、目を閉じた。

冷静になれ。私は自分にそう言いきかせた。感傷や一時の怒り、不安に押し流されてはいけない。感情を箱に入れ、組み換え、整理し、それぞれにラベルを貼って、頭の中に丁寧に積み上げなければならない。そこからこぼれ落ちるものがあってはならない。もしこぼれ落ちるものがあったら、それは勇気をもって切り捨てなければならない。

頭の中にいくつかの箱を用意してみた。両親の問題についての箱、受験の問題についての箱、将来についての箱、そして渉についての箱……。ものごとをいたずらに観念的に考えるべきではなかった。あくまでも現実的に整理すべきだった。

それぞれの問題を取り上げ、ひとまず箱に押し込んだ。まるで引っ越しの時に、がらくたの処分に困って、一切合切のゴミを家財道具と一緒にダンボール箱に詰め込んでいるような気分だった。

箱の整理は、思っていたよりも簡単だった。現実に対処する能力は、おそらく他人よりもあったのかもしれない。その気になりさえすれば、私は自分が直面する現実に戦いを挑んだり、逆に妥協して受け入れたり、無視して逃げ出したりすることができる人間だった。現実の問題を損得で考えれば、多分、誰だってそのくらいはできただろう。私に欠けていたのは、そこからどうしようもなくこぼれ落ちてしまう、諸々《もろもろ》の感情を切り捨てていく勇気だった。

運ばれてきたコーヒーを啜《すす》り、私は溜息《ためいき》をついた。頭の中にラベルが貼られた箱がいくつか、積み上げられてはいたが、何の解決にもなりそうになかった。箱からこぼれ落ちてくる汚物のような感情の濁流が、再び頭の中にあふれ始めた。どうにも収拾がつきそうになかった。私は渉のことを考えた。濁った感情の汚水が、渉を中心にして渦を巻いていた。私は自分が渉に何を望んでいるのか、わからなくなった。何故《なぜ》、自分がそれほど渉に左右されるのかも、わからなかった。

壁に頭をつけ、目を閉じた。お手上げ、というのはこういう状態をいうのだろうか、と思った。無力感だけが残った。馬鹿《ばか》みたい、と私は声に出してつぶやいた。「馬鹿みたい」

近くに人の気配がした。私は目を開けた。

狭い通路に祐之介が立って、私を見下ろしていた。彼は暖かそうな灰色のツイードのショートコートを着て、焦茶色《こげちゃいろ》のマフラーを巻き、ひどく洗練されて見えた。

「何が、馬鹿みたい、なの?」彼はくわえ煙草をしたまま、聞いた。

「聞いてたの?」私は恥ずかしくなって笑った。「ちょっとね。独り言を言っただけ」

「学校、サボったんだね」

「雪だもの」私は言った。「大学生はいいわね。いつもサボれるから」

「そうでもないよ」彼は短く笑い、隣に座ってもいいか、と訊《たず》ねた。どうぞ、と私は答えた。

祐之介が、何故、渉ともエマとも一緒ではなく、一人で無伴奏にやって来たのか、私は何も聞かなかったし、彼もまた、何も言わなかった。私たちはしばらくの間、とりとめもないことを喋《しゃべ》り合った。

祐之介とは、とりとめもない会話を交わしている時が、一番気が楽だった。彼は他人とのつき合い方、距離の取り方が渉ととてもよく似ていたが、渉のように頑《かたく》なに殻を閉ざし、他人を寄せつけまいとして、架空の笑顔をふりまくことは滅多になかった。私や渉の見ている前でエマとセックスを始めてしまうほど、大胆であけすけで放埒《ほうらつ》なところがある一方、祐之介はひどく神経質な小動物のように見えることもあった。理由がどうあれ、その領域を侵すものには、即座に牙《きば》をむき、追い立て、追い立ててしまうことができなくなった場合には、開き直って命を投げ出してみせる……そんな動物だ。

ひとたび話がこみいってくると、彼はいつも神経質そうな、迷惑そうな、それでいて凶暴そうな表情を浮かべた。祐之介がある一つのテーマについて……たとえば小説でも音楽でも何でもいいのだが、ともかく何かテーマを設定して喋ろうとする時、彼の全身からヒリヒリとした神経の突起物が顔を覗《のぞ》かせているのが見えるような感じがした。

彼は人が論理的に破綻《はたん》することを許さなかった。他人が破綻した論理をふりかざしてくると、その場で、完膚なきまでに相手をやっつけようとした。そのやり方は、いささか病的と思われるほどだったが、だからといって彼が完全主義者だと思ったことは一度もない。完全主義者どころか、彼は甚だしく、いい加減な人間にも見えた。渉は祐之介の性格を熟知していたせいか、祐之介と接する時は、論争になりそうな話題は極力、避けている様子だったが、エマは時折、祐之介の神経を逆撫《さかな》でするようなことを平気で言った。そのたびにエマは無残なまでに痛めつけられ、泣き出すのだった。

私はそんな祐之介のことを生理的に恐ろしい人間だ、と思ったことが何度もあるのだが、今から思えば、エマにとってはそうした祐之介の性格が魅力に感じられていたのかもしれない、と思う。エマは泣かされても泣かされても、祐之介に食らいついていった。エマが蔭《かげ》で祐之介のことを悪く言ったり、あたしがいなければ彼は生きていけないのよ、などと主導権を握ったつもりになっている主婦のようなことを言うのを聞いたことがない。エマは祐之介が好きで好きでたまらなかったのだ。多分、理屈抜きで。

ただし、私には凶暴で神経質そうな男に魅力を感じる、という趣味はなかった。祐之介は確かにぞっとするほど美しく、性的な魅力を持つ男だったが、私にとっては関わるすべを持たない、まったくとらえどころのない人間にすぎなかった。

祐之介と二人きりになったのは、あの時が初めてだったような気がする。私はそれを意識するあまり、どうでもいい世間話をしながら、全身に軽い緊張が走るのを感じた。

私は父との喧嘩のいきさつを冗談めかして彼に教えた。前の晩、父にひっぱたかれた時の話をすると、彼はくすくすと笑い、「いい親父《おやじ》さんじゃないか」と言った。

「どうして？」

「僕は親父にひっぱたかれたことなんか、一度もないよ」

「きっと公平で優しいお父さんなのね」

「公平で優しい？　まさか。親父は単に臆病《おくびよう》なだけだ。家庭内にトラブルが起こるのを極端に嫌ってた。息子を殴って、息子が外で腹立ちまぎれに何かしでかし、その尻《しり》ぬぐいをするのが面倒なだけだったんだろう」

「よっぽど信用されてないのね、祐之介さん」私は笑った。彼は笑わなかった。

「高校三年になって、僕が医学部に進まない、と言い出した時も、親父は怒らなかったよ。軽蔑《けいべつ》をこめた目で僕を睨《にら》んだだけさ。翌朝から、弟が親父の寵愛《ちようあい》を一身に受けることになってね。今、弟は晴れて医学部の一年生だ。親父は僕のことを鼻つまみものだと思っているくせに、僕に会うと、どこかで聞いたようなお世辞を言ったり、あたりさわりのない話をしたりして、へらへら笑うんだ。僕は親父から愛された経験がない。ただの一度もね」

「お母さんは？　お母さんには愛されたんでしょう？　長男なんだもの」

彼はその質問には答えなかった。代わりにこう聞いた。「きみは、親がセックスしてるのを見たことがある？」

「ないわ」私は落ち着かない気持ちで言った。

「僕は中学のころ、毎晩、見てた。毎晩だよ。あいつらは、毎晩、やってたんだ。どっちかが風邪をひいてる時以外は、ほとんど毎晩さ。僕の勉強部屋というのが、両親の寝室のはす向かいにあってね。弟の部屋は少し離れたところにあったから、奴《やつ》は知らなかったろうけど、夜十一時ころになると、その寝室のドアに鍵《かぎ》がかけられる音がするんだ。カチリ、ってね。その音を聞くと、僕はそっと部屋から出て、寝室の前に行ったんだよ」

「でも……どうやって覗いたの？　ドアには鍵がかかってたんでしょ？」

「古い家の洋間のドアを想像してごらんよ。でかい鍵穴がついてるようなドアさ。目をくっつければ、部屋の中が見える。両親のベッドはドアの正面の壁にそって置いてあったんで、鍵穴からは彼らのやってることがすべて見えたんだ」

私は黙っていた。祐之介はふふっ、と鼻先で笑い、天井を仰いだ。「僕に見られてることも知らず、あいつらは組んずほぐれつ、でさ。さすがに僕や弟のことを気にしていたらしく、声は出さなかったけど、ベッドがきしんでキイキイ音をたてるもんだから、沈黙の努力も水の泡さ。一回戦が終わって、親父がふうふう言いながら仰向《あおむ》けになると、おふくろが親父のあそこを舐《な》め回すんだ。こらこら、とか、やめなさい、とか、そんなことを親父はつぶやくんだけど、おふくろは許さない。気が弱かった親父は、必死になって、その気になろうとしてね。情けない顔をしながら起き上がって、また頑張るんだ。おふくろはセックスのお化けみたいだった。いくらやっても、満足しない。日曜日なんか、僕が外出から帰ると、居間のソファーの上で、おふくろが親父の肩にしなだれかかって、誘うようにしてたこともあるよ。その時のおふくろの腰つきは、うんざりするほど汚らしかった」

そこまで喋ると、祐之介は音をたてて唾《つば》を飲み込んだ。「不思議なのは、そんなにセックスが好きだったおふくろが、他の男に手を出さなかったことだよ。おふくろはいつも、親父をターゲットにしてた。まるで親父の精力をすべて吸い尽くそうとしてるみたいに。親父は医者としての仕事と、おふくろの相手とで、くたくたに疲れててさ。そんな時、子供とどう関わるか、とか、子供への愛情はどう表現するか、なんてこと、考えられなかったんじゃないかと思う。かわいそうな男さ」

私は聞いた。「お母さんって、美人？」

「絶世の美女」彼は言った。「親父に言わせればね。確かに美人の部類に入るだろうよ。身体《からだ》つきも日本人離れしてる」

「きれいなお母さんがセックスしてるのを見て、祐之介さん、興奮したんでしょう」

冗談のつもりだった。祐之介は私を見た。表情のない美しい顔に、チック症のような軽いひきつれが走った。私は慌《あわ》てて、「違うのかな」と言った。「うーん。私にもよくわからない。私は両親のそんなシーンを見たことがないから」

「僕はあいつらがセックスしてるのを見て、興奮したことは一度もないよ。ただの一度も」

「じゃあ、何故、毎晩、覗いてたの？」

「自分がこいつらの交わりの中から生まれてきた、ってことを確認するため。ああ、それだけじゃないな。おふくろの汚らしさを見るためでもあった。おふくろとは関わりたくない、って思いながら、覗いてたのさ。汚くて不潔で、この世でもっとも醜悪なものを見届けてやろうと思ってた」

彼がそんなふうになったのは、欲しかった父親の愛情を母親に奪われたせいだろう、と私は思ったが、そのことは口にしなかった。祐之介はもぞもぞと身体を動かし、煙草に火をつけて私のほうを見た。もうひきつれは消えていた。

「響子ちゃんは幸せだよ。ごく普通に育ってきたお嬢さんという感じがする」

「お嬢さんなんかじゃないわ」

「きみは育ちがいいんだ」

「よくないわよ、全然。ただの平凡なサラリーマンの娘なんだから」

「育ちがいい、ってのは、そういうことを言うんだ。素直に認めたほうがいい」

私は黙って微笑《ほほえ》み返した。肯定した微笑みではない、ということを伝えたかったのだが、祐之介に伝わった様子はなかった。彼ははめていた腕時計を覗き込み、「ああ、もうこんな時間か」と言った。「コーヒーを飲んで、すぐに行くつもりだったのに。響子ちゃんがいたおかげで、すっかりお喋りをしてしまった」

「帰るの？」

「いや。大学の図書館に行く。調べものがあってね。その後、エマと会うことになってる」

「北山で？」

「北山には行かないよ。渉が寝てるから」

「渉さん、どうかしたの？」

「風邪気味なんだってさ。大したことはないよ。何だったら、響子ちゃん、見舞いに行ってやればいい。彼も退屈してるだろうから」

すぐに立ち上がって、外に飛び出したくなる気持ちを抑え、私は「そうね」と言った。「行くかもしれないわ」

祐之介はうなずき、立ち上がってコートを着た。「それじゃ、お先に」

「エマによろしくね」

「わかった。伝えるよ」

祐之介が店を出て行ってから、入れ違いに数人の学生が入って来た。私はわざとゆっくり煙草《たばこ》を吸い、丁寧に灰皿でもみ消し、それからパッヘルベルの『カノン』をリクエストした。

目を閉じると、渉の顔と祐之介の顔、それにまだ見たこともない祐之介の両親の顔が浮かんだ。祐之介の両親は、想像の中でいつしか渉と勢津子になり変わった。古びた真鍮《しんちゅう》の柵《さく》がついたベッドで、渉と勢津子が絡《から》み合っている。ドアの鍵穴から、祐之介が二人の痴態を覗き込んでいる。祐之介はまったく興奮していない。祐之介の目は死んでいる。なのに、彼はそこにいる。いつまでも、いつまでも鍵穴から二人のセックスを覗いている。

北山の離れに行って、にじり口の外から声をかけると、中から渉が「お入りよ」と言った。「響子だろう?」

私はにじり口の戸をそっと開け、中に腰をおろして編み上げブーツを脱いだ。湿ったブーツはひどく冷たく、爪先《つまさき》は感覚がなくなるほど冷えきっていた。

雪はますます強くなっていた。竹林の葉に積もった雪が、どさりと音を立てて地面に落ちた。石燈籠《いしどうろう》にも、母屋《おもや》に続くしおり戸にも、雪が積もり、目をこらして見なければ、それが何なのか、見分けがつかないほどだった。

「風邪をひいたんですって? 大丈夫?」私は中に入り、にじり口を閉めながら聞いた。

「さっき、偶然、祐之介さんと無伴奏で会って知ったの」

私は買って来た蜜柑《みかん》の包みを彼に差し出した。彼は嬉《うれ》しそうにそれを受け取ると、「ちょうどきみに会いたいと思ってたんだ」と言って、まじまじと私の顔を見た。「寒かったんだね。鼻が真っ赤だよ」

「赤鼻のトナカイ」

彼は微笑み、炬燵《こたつ》掛けに使っていた古い毛布を引っ張り上げた。「お入り」

小さな炬燵の上には、スタンドと共に伊藤整《いとうせい》の『若い詩人の肖像』が、表紙を上にしたまま載せられていた。青白いスタンドの光の中に、渉の顔が浮き上がった。彼は顔色が悪かったが、不精髭《ぶしょうひげ》を生やしており、それまで見たどんな渉よりも、精悍《せいかん》に見えた。私はどぎまぎしながら、炬燵に入り、照れ隠しに彼の額に手をあてがった。

「熱があるわ」

「大したことはない」

「寝てなくてもいいの？」

「大丈夫。熱が少しあると、かえってふわふわして、気分がいいんだ」

伯母から熱さましには椎茸《しいたけ》の煎《せん》じ汁とか、ネギと梅干しに湯をかけたものがいい、と聞いていたので、よっぽどそれを作ってやろうか、と思ったのだが、結局、私は何もしなかった。かいがいしく世話を焼くのは私の性分ではなかったし、渉がそんなことを望む人間でないのは明らかだった。私がしたのは、湯をわかし、二人分のインスタントコーヒーをいれたことだけだった。

北山の離れで渉と二人きりになったことが、それまでになかったわけではない。だが、いずれも短い時間だった。私が離れに遊びに行き、祐之介と三人でレコードを聴いたりし、そうこうするうちに祐之介だけが、ひょいと外出する。どこに行ったのか、見当もつかず、落ち着かずににじり口のほうを見ていると、三、四十分、長くても一時間ほどたってから祐之介が帰って来る……といった具合だった。

祐之介が外出している時に離れに誘われるのが私にとって一番、嬉しいことだったのだが、渉は祐之介が留守だから、という理由で私を離れに誘ったことは一度もなかった。一緒に住んでいるとはいえ、離れは祐之介の下宿であり、渉は単なる居候《いそうろう》にすぎない。祐之介の留守を狙《ねら》って私を招かないのは、渉の祐之介に対する最低限の礼儀なのだろう、と私は勝手に解釈していた。

だが、その日は違っていた。祐之介は大学の図書館におり、その後でエマと待ち合わせをすることになっている。祐之介が夜まで離れに戻らないのは明らかだった。

ずっと二人きりでいられる……そう思うと冷えきった身体が温まり、ほぐれていくのを感じた。私はコーヒーを飲みながら、父と喧嘩《けんか》をしたこと、父にひっぱたかれたこと、そして、今後、父がどんなふうに態度を変えて出てくるのか、見当もつかないことなどを長々と話して聞かせた。渉は祐之介が私に見せたような茶化した反応はせず、ただ一言、「いいさ」と言っただけだった。「大学なんか、どうにでもなるよ。行かなければならない法はないし、行ったところで、何かが変わるわけでもない」

「そうなの？　渉さんは大学に行ったことで、何も変わらなかったの？」

「変わらなかったよ。基本的には何も」

「じゃあ、どうして大学に行ったの？」

「働きたくなかったから。それだけさ」

わかるわ、と私は精一杯大人びた調子でうなずいてみせた。「何度も考えたの。いやになっちゃうくらい。どうして自分は大学に行くんだろう、って」

「結論は出た？」

私はうなずき、正直に答えた。「大学で遊んで、飲んだくれて、目茶苦茶に生きて、あの子は最悪だけど、頭は悪くなさそうだ、だって、あの難しい大学に合格したんだから、って言われたいからよ」

渉は可笑《おか》しそうに笑い、「響子は自意識が過剰なんだな」と言った。私も合わせて笑った。

「その自意識過剰を満足させるためにも、そろそろ受験勉強をすべきなんだと思うの。私、大学に行きたいんだから」

「予備校で一浪生活が始まるわけか」

「そうだけど、でも東京の予備校に行く気はないわ」私は炬燵に両手を突っ込んだまま言った。「仙台にいたいの。このままずっと」

涉は軽く息を吸った。「親父《おやじ》さんが許してくれる？」

「わからない。でも、石にかじりついてでも、私、仙台に残るつもり」

「どうして？」

私はそっと目を上げた。涉は唇の端をそっと歪《ゆが》めた。「どうしてそんなに仙台にいたいの？」

決して意地悪そうな聞き方ではなかった。むしろ子供が親に質問をする時のような、無邪気な口調にも聞こえた。私は喉《のど》が塞《ふさ》がるのを覚えた。

「わからない？」私は少し声を震わせた。「どうして私が仙台に残りたいのか、涉さん、わからないの？」

涉は黙っていた。私はショックを隠そうとして、煙草に火をつけた。「わからないんだったら、いいわ」

私は微笑みながら、煙を吐き出した。どんな嘘《うそ》をつこうか、と必死になって考えた。だが、何も思い浮かばなかった。

「僕から離れたくないからだ、って言ってくれないの？」涉は静かにそう聞いた。私は涉を見つめた。涉はうっすらと微笑み、うなずいた。

どうしてその笑みが偽物《にせもの》だと言い切れただろう。偽物かもしれない、単なるお愛想かもしれない、と思わせるデータは充分、私の中にあった。だが、それでもなお、私はその笑みを信じようとした。信じたかった。

「その通りよ」私は小声でそう言い、目を閉じた。私たちは互いに口を閉ざした。雪はたて続けに屋根から雪が落ちていく音がした。「離れたくないの」

長い沈黙の後、私は目を開けた。渉は私を見ていた。

それから後に起こったことは、ごく普通のありきたりの出来事だった。誰でもあの年頃の男女なら、同じことをしただろう。私や渉でなくても、まったく同じことをしただろう。

条件はそろっていた。雪に閉ざされた離れの小部屋。互いの肌に容易に触れることができる小さな炬燵。夜まで戻らない同居人。そして、未来が見えないことへの苛立《いらだ》ちと諦《あきら》め。遠回しの愛の告白……。

渉はかつて私の誕生日に見せたような、荒々しいやり方ではなく、むしろこの世のものではないような優しいやり方で、私の着ていたものを脱がせにかかった。服はするりと脱げた。恥ずかしいくらいに簡単に脱げた。

私はじっとしていた。彼の火照《ほて》った手が私の乳房を愛撫《あいぶ》した。彼は長い時間をかけて、私を安心させ、納得させせると、次にそっと床に私を横たえた。目を閉じると、彼が自分の服を脱ぎ始める音がした。セーターを脱ぐ音。シャツの前ボタンをはずす音。それを脱ぐ音。ズボンのファスナーを下げる音。ズボンが床に落ちる音……。

彼がおもむろに私の上に重なった。長い長い愛撫だった。ひどく緊張していて、全身が強張《こわば》っていたが、私は快感を自分のものにしようとして努力した。そうしなければ、渉に失礼だ、と思った。

ストーブのない、炬燵だけの冷えきった部屋で、渉は全身に汗をかいていた。裸になった彼の身体《からだ》は思っていたよりもずっと華奢《きやしや》で、乳房のない少女のように感じられた。だが、彼の身体の奥のほうには、或《あ》る種の力強さがあった。男の力強さと言ってもいい。彼は優しかったが、決して私を自由にさせなかった。彼は私をしっかりとくるみ込み、少しでも私が身体を閉じようとすると、信じられないほどの強い力でそれを阻止した。

彼の喘《あえ》ぎ声が一瞬、止まった。ぎこちない動作が、下半身のあたりで感じられた。おかしな話だが、私はレイコのことを考えた。レイコが耳もとで「お捨てなさい」と言っているのが聞こえるような気がした。私は自分が、本当に平凡でありきたりの女の子であったことを、初めて認めた。

渉さん、と私は囁《ささや》いた。「お願い。初めてなの。だから……」

渉はちょっと驚いた表情を作ったが、すぐに「わかった」と言い、それからまたしばらく私を愛撫し続けた。次第に身体が柔らかくなっていくのがわかった。彼に触れられていないところは、氷のように冷えきっていたが、皮膚のずっと奥のほうで、熱い鼓動が繰り返され、それが全身にゆっくりと移動して、それまで経験したことのない素晴らしい快感が温かな湯のように満ちてくるのが感じられた。

後のことはよく覚えていない。彼は私のヴァギナに指を入れ、次いで、ペニスをさしこもうとした。なかなかうまくいかなかった。彼のペニスは固くなったり、柔らかくなったりを繰り返し、柔らかくなりすぎると、彼は自分で自分のものを手で激しくこすった。何度かの失敗の後で、やっと彼のものが私の中におさまった。かすかな痛みが走ったが、我慢できないほどではなかった。

彼はそのままの姿勢で、「響子」と囁いた。「愛してるよ」

どこかしら、勝ち誇ったような言い方だった。彼はとてつもなく力強く、とてつもなく自信ありげに見えた。彼はすぐに腰を動かし始めた。生理の時のような鋭い痛みが下腹部に拡《ひろ》がった。だが、私は痛いとは言わなかった。痛みはすぐにおさまり、代わりに快感のかすかな予兆のようなものが、身体の中に生まれた。それはさざ波のようにひたひたと押し寄せ、押し寄せてはまた、遠のいていった。

渉は激しく喘ぎ声をあげ、私の名を囁き続け、そして最後に何か聞き取れない言葉を喉の奥のほうで発すると、そのままぐったりと私の上に崩れおちた。

彼の汗ばんだ身体が、私の上に重なった。頭の奥が痺《しび》れていて、私は口がきけなかった。身体が自分のものであって、同時に真っ二つに切り裂かれた別の肉体のように感じられた。

渉は私の耳もとをまさぐりながら、湿ったキスを続けた。私はそっと目を開けた。何も離れの暗い天井が見えた。室内は小窓の外の雪を反射して、全体が青白かった。何も考えられなかった。私はしばらくの間、じっと離れの天井を見上げていた。

渉の荒い呼吸の合間をぬうようにして、どこかでかすかな物音がしたような気がした。私は耳をすませた。音は耳が痛くなるほどの静寂の中で、次第に明らかな気配となって伝わってきた。

私は、或る本能的な恐怖にかられて首を傾けた。

にじり口の板戸が半分以上開いていた。ちょうど正方形の形に開いていたと思う。

降りしきる雪が見えた。さみだれ模様を描いて降り続く雪の中に、何かが浮かんでいた。そしてそれが、実体のない生首の幻影のように見える祐之介の顔であることを認めると、私の喉の奥からは細い悲鳴がこみあげてきた。

渉は私を見、ついで、私の視線を辿《たど》ってにじり口のほうに目を向けた。その場の空気が一瞬、凍りつき、細かく鋭利な氷の破片となって皮膚に突き刺さるような気がした。

渉は咄嗟《とっさ》に私から身体を離し、「行け」と低く呻《うめ》いた。「今すぐ出て行ってくれ！」

祐之介は弾《はじ》かれたように立ち上がった。見覚えのあるツイードのショートコートの裾《すそ》が四角い穴の端のほうで翻《ひるがえ》った。にじり口の戸が乱暴に閉められ、やがて雪の中を走る心もとない足音が遠のいていった。

私は身体を海老《えび》のように曲げ、両手で胸を隠しながら震えた。今しがた起こったことが、まるで信じられなかった。

「見てたんだわ」私は歯をがちがちと鳴らして言った。「あの人、もしかしてずっと……」

渉が私を抱きよせた。「忘れてくれ。頼むから、忘れてくれ」

「いや！」私は子供のように手放しで泣きじゃくった。「何なのよ、あの人は。どうして見てたの。どうして、覗《のぞ》いてたの。私たちがこんなに……こんなになってる時に……」

「いいんだ。いいんだ、響子」渉は私を抱きしめ、頬ずりをし、私の涙を指先で拭《ぬぐ》った。吸い込む息がひゅうひゅうと音をたてた。私は泣きやまなかった。私は鍵穴《かぎあな》のことを思い出していた。祐之介は見ている。いつも見ている。自分と親しい人間が性交している光景をいつも穴から覗いている。

「わかんない」私は途切れ途切れに繰り返した。「祐之介さん、そんな人だったの？」

違う、と渉は私の髪に顔を埋《うず》めながら、苦しげな溜息《ためいき》をついた。「違うんだ」

私はその夜、熱を出した。翌朝になると、熱は三十九度まで上がっていた。心配した伯母が、かかりつけの医者に往診を頼んだ。

丸三日間、私はベッドで眠り続けた。いろいろな夢を見てうなされた。夢の中では、祐之介と勢津子が交わっていたり、渉と勢津子が交わっていたり、あるいはまた、渉とエマが交わっていたりした。それを鍵穴から覗いているのは自分だった。私は狂おしい嫉妬《しっと》を感じながら、それでも鍵穴から目を離さずにいる。すると、渉と祐之介が、にやにや笑いを浮かべながら鍵穴のところに歩み寄って来る。鍵穴が暗くなり、何も見えなくなる。気がつくと、私が渉や祐之介を覗いているのではなく、渉や祐之介が穴の向こうから私を覗いている。

たいてい自分の悲鳴で目を覚ますのだが、熱のために覚醒《かくせい》しきれない頭の中で、目を覚ました後でも幻覚のようなものを見た。それは部屋のドアから室内に入ってこようとしている白装束の女だった。女は部屋にするりと入って来て、私のベッドのまわりをぐるぐる回った。のっぺらぼうの、冷たくて不吉な感じのする女だった。よく見ると、女の首には縄がまきついている。伯母の家の物置で首をくくった女だということがすぐにわかる。私は再び悲鳴をあげる。だが、声にならない。これは夢なんだ、と言いきかせる。しっかりしなくちゃ。あの世のものは追い出さなくちゃ。私はまだ生きている。生きている。

歯ぎしりして、目茶苦茶に暴れる。次第に金縛りにあった身体が楽になってくる。白装束姿の女は悲しげな顔をしながら、ドアの外に出て行く。そして、次に本当に目を覚ました時は、全身がぐっしょりと汗で濡《ぬ》れているのだった。

四日後、やっと熱が下がり、起きあがることができるようになった。居間の炬燵《こたつ》で伯母が作ってくれたおかゆを食べていた時、「堂本さんから何度も電話があったわよ」と言われた。「一日に二度も三度も。熱を出して寝ている、って言ったら、とっても心配してたわ」

そう、と私は言った。伯母はふいにいたずらっぽく微笑《ほほえ》んだ。「あの人、響子ちゃんのボーイフレンドでしょ」

私が黙っていると、伯母は顎《あご》を引き、背筋を伸ばしたまま、急須《きゅうす》に湯を注いだ。

「これでも私は、ものわかりが悪いわけじゃないのよ」

私は顔を上げ、伯母を見た。伯母はくすくすと笑い、「どうもおかしいと思ってたんだけどね。今までにもよく電話を寄越してたでしょ」と言った。「まあ、いいわ。お父さんには黙っててあげるから。でも、その代わり、二度と親子喧嘩《げんか》したりしないでね」

「もうしないわ」と私は言った。「それに卒業したら、四月から予備校に入ることにしたの。決めたのよ。そして一年間、みっちり受験勉強するわ。今度こそ本当に」

「熱を出したのも、悪くなかったようねえ」伯母はほうじ茶を私に差し出した。「お父さんには私からそう伝えておくわ」

いいの、と私は言った。「自分で電話するから」

そのほうがいいわね、と伯母は言い、それとなく堂本渉について質問を始めた。私は適当に答え、質問の矛先が具体的になってくると、疲れたからという理由でまたべッドに戻った。

渉からの電話に出たのは、その日の夜で、ちょうどジュリーから冗談まじりの電話があった後だったため、私は比較的、陽気でいられた。私たちは四日前の出来事についで何ひとつ触れずに、あと二、三日したら会おう、と約束し合った。電話の最後に渉は「愛してるよ」と言った。私は涙ぐみそうになりながらうなずき、静かに受話器を置いた。

8

その年の三月、私は仙台の予備校に入学手続きを済ませた。そのための父への説得は伯母が積極的にやってくれた。多分、伯母は、寂しい一人暮らしに姪《めい》がどれだけ心の慰めになっているか、といったことを洩《も》らしたのだと思う。姉思いでもあった父は、最終的に伯母の言い分を受け入れ、私が仙台にとどまることを許してくれた。

結局、一校も受験することなく浪人生活を始めることになった私は、最後のひと暴れと称して、ジュリーとレイコと共に卒業式の当日、個人的に印刷した「卒業式粉砕」のビラを正門の前で撒《ま》いた。教師が寄ってたかって私たちを説得しようとし、それを遠巻きに応援する在校生たち、批判的な野次を飛ばす卒業生、眉《まゆ》をひそめる一部の父兄たちとで、あたりは一時、騒然となった。

私たちは満足し、式に出席するのを拒否して、そのまま学校をあとにした。ジュリーのファンだったという、二年生のレズっぽい女の子が、バス停まで私たちを追いかけて来て、ジュリーに薔薇《ばら》のコサージュを手渡した。その女の子は顔を真っ赤にして、逃げるように去って行った。私たちはげらげら笑いながら、バスに乗って青葉通りまで行き、いつものラーメン屋で味噌《みそ》ラーメンを食べてから外をしばらく歩き回った。

センチメンタルなことと形式ばった挨拶《あいさつ》が何よりも嫌いなジュリーは、最後まで「何の変哲もない一日」を過ごしているかのようにふるまっていたし、私やレイコもまたそうだった。最後に私たちは互いに「じゃあね」と言い合い、手を振り合った。元気でね、とか、お互い、結構、楽しかったよね、などという言葉は一切、言わなかった。

ジュリーはその一週間後に、東京の友人を頼って上京して行った。レイコと私は仙台駅まで見送りに行ったのだが、そこでも私たちはふざけあうだけで、何ひとつ、まともな挨拶は交わさなかった。

ジュリーが行ってしまってから、レイコと私は無伴奏でコーヒーを飲み、どうでもいいような会話を交わして店を出た。別れぎわにレイコが例の甘ったるい、けだるい口調で「ごきげんよう」と言ったのを覚えている。私は言った。「ねえ、レイコのそのセリフ、私、大好きだったの。また、言ってね。ごきげんよう、って」

「何度でも言ってあげるわよ」とレイコは言った。「ねえ、また会える？」

「当たり前じゃない。私はあと一年、仙台にいるんだから」

「ほんとのこと言うと、ちょっぴり寂しいのよ。ジュリーは行っちゃったし、響子は受験生になるっていうし。私だけがぽかーんと取り残されたみたいで」

「レイコは取り残されてるほうがレイコらしくていいよ。型にはまって前向きに生きてるレイコなんて、信じられないもの」

「あなたっていい人ね」レイコはそう言い、大きなとろんとした目をぱちぱちさせた。「また連絡するわ」

私は自分からも連絡する、と約束し、私たちは別れた。

レイコの姿を見たのはそれが最後になった。彼女は卒業した年の夏に突然、周囲に黙って結婚し、医者である夫と共にドイツに行ってしまったのだ。

夫となった人がどんな人だったのか、私は多くを知らされていない。彼女よりも十歳年上の東北大医学部出身の男で、若禿《わかは》げでデブでチビ、レイコと並ぶとかすんで見えなくなってしまうタイプである、という話を人伝《ひとづ》てに聞いただけだ。

結婚相手が若禿げでデブでチビだったから、レイコは私やジュリーに何も言わずに結婚していったのだろうか、と思ったこともある。レイコは自他共に認める面食いだったのだから。

だが、それが大きな誤解だったことはずっと後になって知った。レイコはあの日、ジュリーを駅まで見送りに行って、私と無伴奏の前で別れた後、仙山線で山形に行き、雪山に入って、自殺をはかった。致死量分の薬を飲んでいなかったことと、彼女が泊まった旅館の主《あるじ》が様子がおかしいことに気づいて、警察に相談し、夜の間に捜索が行われたことで、大事に到《いた》らずに済んだ。

事件は地元紙には小さく報道されたようだが、レイコを知る仙台の人間は誰も気づかなかったようだ。合計二度、自殺をはかり、二度とも生還してしまった彼女は、どういう理由からか、誰にも知らせないままに、かねてから彼女に激しく求愛していた医者との結婚を決意したらしい。

まったくレイコらしいやり方だった。いつか彼女が言っていた「雪山でハイミナールかブロバリンを甘くなるまで嚙《か》む」というレイコ流の〝新しい死に方〟を結局、実行に移してしまったわけだ。ただ、ちょっとした手違いで、未遂に終わったため、シナリオを途中で大幅に書き換える必要に迫られたのだろう。一番、心配してくれるはずだった男……彼女の自殺で一生、十字架を背負っていくはずだった男……が、思っていたような反応を見せなかったことに腹をたて、絶望した彼女は、乞《こ》われるままに、若禿げでチビでデブの医者に一生を委《ゆだ》ねたのだ。多分、そんなところだったのだろう、と思う。彼女はそれがどんな男であれ、男がいなくては生きられない人間だった。

それにしても、レイコとは縁があったのか、なかったのか、よくわからないところがある。私が一番、彼女を必要とし、思い切って、一切合切を打ち明け、相談しようと思った時、すでに彼女は日本にはいなかったのだ。私は友達というものに心底、甘えることができなかった人間だが、彼女もまた同じだったようだ。何が彼女をあんなに死に駆りたてていたのか、彼女はその秘密を何ひとつ打ち明けることなく、私から去って行った。

レイコと私は、その性格において、ネガとポジの関係にあったように思う。彼女は世界の表側をよく知らず、裏側ばかりを知り尽くしていたようだが、私はまるでその逆だった。私は世界の表層を理解し、なんとか生き抜いていく能力を身につけてはいたが、混沌《こんとん》とした裏側については恥ずかしいほど無知だった。

互いが互いを必要とした時は、数えきれないほどあったはずなのに、レイコと私は最後まですれ違いだった。もっとも、だからといって、友情というものに悲観的になったわけではない。私はレイコが好きだったし、会えなくなって二十年たった今でも、彼女のことは懐《なつ》かしく鮮やかに思い出せる。

予備校に通い出してから、私は渉と会っていない時間のほとんどを勉強に費やすようになった。予備校の、素っ気なく並んだ固い木の椅子《いす》にひしめきあうようにして座り、大勢の浪人生たちと並んで授業を受けるのは、決して気分が悪いことではなかった。そこにいれば、私はいつもただの浪人の女の子でしかなく、授業を欠席しても、遅れて入室しても、授業中、他のことを考えてぼんやりしていても、誰も私のことなどかまわなかった。戦うべき相手も、共感すべき相手も、考えさせられることを言う相手もいなかった。私はいつも一人で授業を受け、授業が終われば、空いている教室で勉強をし、近所の喫茶店でケチャップの色が毒々しいスパゲッティナポリタンを食べ、また教室に戻って勉強をした。

同じ教室には、デモで怪我《けが》をし、包帯だらけで松葉杖《まつばづえ》をつきながら授業を受けに来ていた顔見知りの学生もいたし、三里塚闘争で前歯を四本へし折られ、紫色にふくれあがった口を開けて、にやにや笑っている学生もいた。彼らは皆、私に近づいて来ては、よう、野間さん、お互い、同じ穴のむじなだね、などと言ったが、私は相手にしなかった。

ごくたまに……それは本当にごく稀《まれ》なことだったが……予備校の帰りに勾当台公園に立ち寄って、反戦フォーク集会に参加することもあった。デモの隊列を見て、わけのわからない興奮が全身を突き抜け、何もかもかなぐり捨てて、隊列の中に飛び込んでいきたくなることもあった。だが、私はやっぱり、日本史の年号や英語の熟語を暗記するために、また机に向かった。目標はうんざりするほどはっきりしていた。

余計なことを考えまいとする気持ちが、私をどんどん時代から孤立させていったような気がするが、そうだったとしても、それが何だというのだろう。誰だって、四六時中、自分をとりまく世界について思いを馳《は》せているわけではない。時には世俗に溺《おぼ》れることもある。私は自分が世俗に溺れ、プカプカと波間を漂う水死体のようになっていることを想像して、いつも一人で笑っていた。それでよかった。水死体は、なってみると案外、居心地は悪くない。波は荒く、時として冷たかったが、死体は無感覚でいられる。あとは紫色にふくれあがって、見知らぬ岸辺に漂着する日を待つだけなのだ。

ウィークデイの大半を私は、伯母の家と予備校を往復することで費やした。あのころ渉とはほとんど毎日、会っていたような気がするが、いったい、どうやってその時間を捻出《ねんしゅつ》したのか、あまりよく覚えていない。おそらく、何らかの形で連絡を取り合い、予備校が終わるころに公園で待ち合わせたり、喫茶店で待ち合わせたりして、短い時間を共に過ごそうとしていたのだと思う。

祐之介の一件があって以来、北山の離れに足を向けることは少なくなったが、それでも月に二度ほど、日曜日に遊びに行った。いつもエマが一緒で、離れで私と渉とが二人きりになることは一切、なかった。

私たちは二人きりになりたくなると、離れにエマたちを残して、花京院にある連れ込み旅館に行った。旅館は清潔で小ぢんまりとしていて静かだった。丸二時間というもの、私たちはふざけ合ったり、互いの身体《からだ》を触り合ったり、セックスをしたりして過ごした。

あの時期、私は幸せだった。それは花火のように儚《はかな》い一時期にすぎなかったけれど、渉と恋愛してからというもの、あんなに幸せだった時期は他になかったと思う。というのも、あのころ、渉は完全に勢津子や祐之介から離れて、私だけを見つめて生きていたように思えたからだ。

連れ込み旅館の少し湿った布団《ふとん》の中で、渉は私にいろいろな質問をした。幼かったころのこと、小学生時代、父や母のこと、妹のこと……などに始まって、質問は深く具体的に、私のそれまでの生活史全般に及んだ。私は時間がたつのも忘れて、質問の一つ一つに答えた。質問されるのが嬉《うれ》しかった。どんな内容でもよかった。渉の目が自分に向けられている、と思うだけで、私は幸福に震えた。

連れ込み旅館で私を抱き、質問攻めにし、陽気にはしゃいでいた渉が、あの時、どんな気持ちでいたのか、後になって私は何度も考えてみた。どう考えても、渉の態度は自然だったたし、情熱的だった。私がまだ十八歳の小娘だったということを差し引いても、彼があの時、私を両腕にかき抱き、私のすべてを知り尽くそうとして質問を繰り返し、私にキスをし、幸福そうに微笑《ほほえ》んだ後、一人になって苦痛をこらえ、天を仰ぎながら血が出るほど唇を嚙みしめていたなんて、どうしても想像がつかない。

十八歳の経験不足の小娘だったから、何も見えなかったのだろうか。いや、そんなことはない。たとえ千人の男と寝て、千回の恋愛を繰り返した女だって、あのころの渉に接すれば、あれが演技だったなどとは思わなかったろう。

私は祐之介を批判するようなことを何度となく渉に語った。祐之介は偏屈で自閉的な、ただのいやらしい覗《のぞ》き魔なのだ、と言い切ったし、祐之介という人間にはどこか信用できないところがある、渉が何故《なぜ》、祐之介を親友だと思っているのか、理解できない、とまで言った。

渉はしきりと相槌《あいづち》を打った。時には、私の批判を裏付けるようなエピソードを語ってくれることもあったし、祐之介が自分にとって決して居心地のいい友人ではない、と打ち明けたこともあった。今から思えば、それもまた渉の演技だったのだろう。だが私は、祐之介の悪口を聞いて、熱心に相槌を打ってくれる渉が、実は心底、祐之介のことを嫌っていたのだ、と思い込んだ。そのことがいっそう、私を意地悪く満足させたし、私の祐之介に対する悪口は日を追って辛辣《しんらつ》なものになっていった。

祐之介は表面上は、私に対して何ら変わりなく接していた。あんまり変化が感じられないので、時として、あの雪の日のことは、私の錯覚だったのではないか、と思うことすらあった。

彼は相変わらず、冷ややかで世をすねたような口調でものを喋《しゃべ》り、無邪気に甘えて寄りかかってくるエマを適当にあしらい、いったい何を考えているのか、むっつりと押し黙って人を遠ざけたり、時には突然、突拍子もない冗談を言って一人で大笑いしたりしていた。

私は何度も、祐之介の「覗き」について、本人にその理由を問いただしてみようと試みたのだが、どう切り出していいのかわからず、結局、聞かずじまいに終わった。あの雪の日のことは、私の中で、不快なおぞましい出来事として消えることなく沈澱《ちんでん》していたが、だからといってその解消法を覗いた張本人に求めるのは、なんだか馬鹿《ばか》げたことのように思えて仕方がなかったのだ。

私は自分と渉との関係に、祐之介という人物はまったく無関係なのだ、と考える努力をした。自分が愛しているのは祐之介ではなく、渉である。いくら渉が祐之介と一緒に暮らしているからといって、祐之介に性行為を覗かれたことを気に病む必要はまったくない。祐之介が自分たちの関係にこれ以上、侵入してくるのであれば、二人で切り捨てればいいわけだし、方法はいくらでもある。私はそう考えた。

変わったといえば、私には祐之介よりもエマのほうがずっと変わったように思えた。エマはM女子学院の高等部を卒業し、そのままエスカレーター式に女子大へ進んでいたが、彼女には一般にいう学生らしい若々しさは微塵《みじん》も感じられなくなってしまった。そんなふうに思ったのは、彼女が大学に進んでから目に見えて化粧が濃くなっていったことや、父親からせびり取る小遣いで買う洋服が、なんだか大人びたものになっていったことと無関係ではなかったかもしれない。だがそれだけではなかった。うまく説明できないのだが、エマは卵からサナギにならずにいきなり美しい蝶《ちょう》になってしまったかのような印象を与えた。段階を経ることを忘れた、唐突なエロティシズム……とでもいうのだろうか。本人がおそらく意識していなかったところで、エマはそこにいるだけでどぎまぎするほど大人びて見え、時には、とても私と同い年だとは思えないこともあった。

祐之介に合わせて、精一杯、背伸びしていたのかもしれないとも思う。口を開けば、やっぱりあの、どこか少女じみたエマだったのだが、黙っていると、エマは私などが想像もつかないほど遠い世界に漂っているように感じられた。

エマはほとんど毎日祐之介につきまとい、昼食を共にできない時は、夕食を一緒に食べ、それもできない時は、夜、渉がいることを承知で北山の離れを訪れ、暗に渉を離れから追い出そうとしていたようだ。一日に一度、祐之介の顔を拝まなければ気がすまなかったらしい。単に祐之介の気をひき、祐之介を一人占めにするためにそうしていたのではなく、エマは至極、単純に祐之介に惚《ほ》れ込んでいたのだ。彼女は私にこう言ったことがある。

「祐之介さんと会わない日は地獄なの。何も手につかないし、何も考えられない。会いさえすればいいのよ。ほんの短い時間でもいいの。ねえ、馬鹿みたいでしょ。馬鹿みたいだと思ってもいいのよ。あたし、祐之介さんに怒られても邪魔にされても、祐之介さんに会ってたいの。こういう気持ちって、響子にはわかるかしら。プライドなんてないのよ、全然。仮りに祐之介さんから、『もうおまえのことなんか嫌いだ。鬱《うっ》陶《とう》しい。だから別れてもらいたい』って言われたとするわね。そしたら、あたし、答えは決まってるの。『いや』って。ただそれだけ。プライドが少しでもあれば、女は好きな男にそんなふうに言われたら、ツンケンして『わかったわ』なんて言っちゃうでしょ。そうじゃなかったら、しくしく泣いて恨みごとを言うか、どっちかよね。あたしはそんなことは絶対、言わないの。だって祐之介さんに対して、プライドなんかこれっぽっちもないんだもの。けちなプライドなんか捨てちゃったの。あたし、祐之介さんに何を言われても、これまで通り、祐之介さんに会いに行くの。なんにも変らないわ」

「でも、もし祐之介さんがどこかに逃げて、行き先がわからなくなったら？」と私は訊《き》いた。エマはにっこり笑って「逃げられないようにするわよ」と言った。「そのへんはぬかりなくするの。プライドがない人間は、なんでもできちゃうのよ」

「でも、どうやって？　エマのほうが力が弱いんだから、組み伏せて縛りつけることなんかできないでしょ」

「方法はいろいろあるもの。たとえば寝てる間に素っ裸にして、彼の服や下着や靴を全部、どこかに隠しちゃって、絶対に外に出られないようにするとか」

私は感心してうなずいた。つまりエマは恋愛というものは双方の気持ちが通い合っていなくても成立するものだ、という観点に立って強気になっていたわけだ。その論理は目茶苦茶で、とてもうなずけるものではなかったが、私にはどこか彼女の気持ちがわかるような気もした。そこまで大胆に自分のやり方を押し通して、こぼれおちていく感情のかけらを無視できる彼女が、羨《うらや》ましかった。

エマと私は、高校を卒業してから急速に親しくなった。祐之介と会うことだけを考えて生きていた彼女と、受験勉強をし、渉と会うことだけを考えていた私とが、たっぷりとした時間を作って個人的に会うことは滅多になかったが、それでも伯母の家には週に一度の割合でエマから電話がかかってくるようになった。

ひとたび電話で話し始めると、エマはなかなか切ろうとしない。話の内容は他愛のないものばかりで、高校時代にジュリーやレイコと話していたような冗談話がえんえんと続く。エマは電話を切りたくないから、喋っているようにも感じられたし、逆に相手が私だから、ということで安心して、好きなことを喋っているようにも見えた。

伯母には何度も眉《まゆ》をひそめられた。伯母を気づかって、私は自分のほうから適当に電話を切ろうとする。エマは決まってそこで「あっ、ごめんごめん」と言い、あっさりと退くのだった。「邪魔しちゃった。それじゃまたね。北山で会うのを楽しみにしてる」

私はそんなエマに何度も、渉との初めてのセックスを祐之介に見られたことを打ち明けようと思った。もちろん、エマに誤解されないよう、あくまでも偶然だった、と言い添えて。

言えなかったはずはない。エマはそんなことを聞いても、驚いたり、大袈裟《おおげさ》に騒ぎたてて祐之介本人に問いただしたりするような人間ではなかった。ただの面白いエピソードとして聞き流し、その数時間後には、そんな話を聞いたことすら忘れているような人間だった。エマにとっては、祐之介の存在だけが関心の対象だったのであり、その祐之介が何を見て何を感じたか、など、大した興味はなかったのである。

渉のこと、自分のこと、そして勢津子と渉の怪しい関係について……等々、エマには教えたいことが沢山あった。私が八月の終わりの、あの雷雨の夜に突然、北山の離れを訪れなかったら、そしてそこで、あれを見なかったら、エマにはなんでも打ち明けてしまっていただろう。私はエマが本当に好きになりかけていた。

東京に行ったジュリーからは音沙汰《おとさた》がなかった。レイコが自殺未遂をして結婚を決意したことを何も知らずに、彼女の家に電話をし、家人に「レイコは田舎に行ってます」とだけ繰り返されて、なんだか裏切られたような気持ちにもなっていたころのことである。私は、打ち明け話をする相手に飢えていた。

渉のことはもちろん、勢津子のことや祐之介と渉の関係をよく知っていたエマこそが、私の打ち明け話の最高の聞き手だったかもしれないし、実際、そうに違いなかったと思う。

だが、私がエマに他愛ない打ち明け話の一つもしないでいるうちに、あの事件が起こってしまった。私は混乱し、気が狂いそうになり、エマのことなど考えられなくなった。友達という友達が、私の意識の中から消え去った。私は孤立し、孤立しながら自分がどうすべきか、必死になって考えた。エマのことを思い出したのは、ずっと後になってからだ。もっと早く思い出していればよかった、と思う。まず誰よりも先にエマに告白していればよかった、と思う。そうすべきだった、と思う。その後悔と罪の意識は、二十年たった今でも、私の中から消えていない。

あの日……八月最後の土曜日は、朝から台風の影響で天気が悪かった。秋田に住んでいる学校時代の古い友達と、十和田湖で待ち合わせて一泊してくることになっていた伯母は、当日の朝になって、出かけるのをしぶり出した。

「これじゃあ、今夜あたりから東北地方は暴風雨よ。やっぱり延期したほうがいいかしらねえ」

「十和田湖で泳ぐわけでもないんだし。せっかく旅館もとったんだから、行ってくれば？　そのお友達と会うのも久し振りなんでしょ」

私は伯母を予定通り、旅行に行かせるために、必死の説得を続けた。というのも、その日、伯母が一晩、家を留守にするという話はずっと前から知っており、私は渉を伯母の家に呼んで、朝まで一緒に過ごすことを計画していたからである。渉にはもちろんその話はしてあり、彼はその日の夜、伯母の家に来る予定になっていた。いくら台風が来ているからといって、当日になって突然、予定を変更させられてはたまらなかったのである。

「そうねえ」と伯母は何度見ても同じことしか言わないTVの天気予報を探して、チャンネルを回しながら、溜息《ためいき》をついた。「でも何もこんな日に行かなくてもいいんじゃないかしらねえ。十和田なんか行かなくても、ここで充分、懐《なつ》かしいお喋りができるんだし。そうよ。いっそのこと、仙台に呼んでしまえばいいのよ」

「秋田に住んでる人をわざわざ仙台にこれから呼ぶの？　悪いじゃない。それだったら、おばさんが秋田に行くのが普通でしょ」

そうねえ、と伯母は繰り返していたが、結局、旅館をキャンセルしたり、友達と連絡を取り合って予定を変更したりすることが面倒になったらしい。風の強くなった空を不安げに見上げながらも、タクシーを呼んで家を出て行った。

私はその日、予備校には行かず、午後の間じゅう、部屋にこもって勉強し、夕方になってから近所のマーケットに行って、夕食の材料を買い込んだ。台所で夕食の準備にとりかかるころには、雨まじりの強い風が吹き荒れ、伯母の家の窓は四六時中、ガタガタと不気味に鳴り出した。それでも私は台風のことなど考えてもいなかった。居間のテーブルにレースのクロスを敷き、座布団《ざぶとん》カバーを替えた。自分の部屋のベッドを整え、トイレの掃除をし、洗面所の石鹼《せっけん》を取り替えた。

唯一《ゆいいつ》の得意料理だったビーフカレーを仕上げてからは、渉を出迎えに行くつもりで、犬のモグを連れ、雨まじりの路地に出てみた。路地の住人が、伯母の留守中、私が男をひっぱり込んでいた、と後になって伯母に告げ口する可能性もあったが、その日、近所の人々は風よけに早くから雨戸を閉めきってしまっており、どこもひっそりとしていた。

路地を二回、往復し、さらにバス停留所の近くまで行ってみた。だが、渉が来る様子はなかった。仕方なく私は家に戻り、モグを物置に繫《つな》ぎ、餌《えさ》を与えて、部屋に入った。すでに七時になっており、あたりは台風のせいで、奇妙に薄明るい感じのする闇《やみ》がたれこめていた。

六時半に来る予定だった渉は、七時半を過ぎても現れなかった。八時きっかりに居間の電話が鳴った。受話器に飛びついたが、聞こえてきたのは渉の声ではなく、伯母の声だった。伯母はひとしきり私のことを心配し、停電になったら、すぐに蠟燭《ろうそく》をつけなさい、とか、怖くなったら、隣の家に駆け込みなさい、とかあれこれアドバイスをしてくれたが、私はほとんど聞いていなかった。

八時四十五分のNHKの臨時ニュースでは、台風速報と称して、宮城県地方に雷雨暴風警報が発令された、と伝えた。雨はますます強くなっていた。雨戸を閉めきった室内は湿気でべたべたし、替えたばかりの座布団カバーは汗を吸い込んで、早くも湿りけを帯びていた。私は家じゅうを歩き回り、玄関まで行って、外の気配に耳をすませ、また居間に戻って、掛け時計を見上げた。

九時が過ぎ、九時十五分が過ぎた。何か突発的な用事ができて、突然、来られなくなったのだろうか、という思いと、いやそんなことはない、何があっても、電話くらいできるはずだ、電話ができないくらいの事故に遇《あ》ったとしか考えられない、という思いとが混じり合い、私はいてもたってもいられなくなった。突風で剝《は》がれ落ちた巨大な看板に押しつぶされている渉の姿が想像できた。雨でスリップした車に撥《は》ね飛ばされた渉の姿が想像できた。九時半になって、私は意を決し、財布をつかむと外に飛び出した。

もし、祐之介のあの北山の離れに電話がひかれていたら、という思いは、後々、私を何度も苦しめることになった。祐之介の部屋に電話があれば、私は伯母の家から渉に電話をし、渉が急に来られなくなったことを確認して、失意に陥ったまま、冷たくなったビーフカレーをヤケ食いしていたはずなのだ。わざわざ北山の離れに出向くことはなかったはずなのだ。一晩、あれこれと妄想にかられて、桃の缶詰の空き缶を吸殻で山のようにしていれば、それでよかったはずなのだ。

だが、今更、祐之介の部屋に電話がなかったことを悔やんでも始まらない。当時、ほとんどの一人暮らしの学生は、電話などという便利な機械は持っていなかった。急用はたいてい、下宿の大家が取り次いだ。廊下に公衆電話を設置しているアパートもあったようだが、仙台あたりではそれも少なかったように思う。まして、祐之介の部屋は離れであり、大家の安藤歯科とは、没交渉だった。よほどの急用でない限り、大家に電話して祐之介や渉を呼び出してもらうことなど不可能な状態だったし、そうしてもらおうと思ったことも、ただの一度もない。

外は台風で荒れ狂っていたが、雨や風がどれだけ強かったか、私はあまり覚えていない。私の頭の中には、渉が事故に遇い、どこかの病院に運ばれていることしか思い浮かばなかった。北山に行きさえすれば、何かがわかる。少なくとも、祐之介から何か聞き出せる。私はその思いにしがみついて、大通りに出、空車タクシーを探して、長い間、激しい雨の中を歩き回った。

やっとタクシーを見つけて、北山に着いた時、時刻は十時半近くになっていたと思う。私は安藤歯科の前で車を止めてもらい、料金を支払うと、生け垣の穴をくぐり抜けた。

通りの明かりが届かない屋敷の裏庭は、深い闇が雨と風に目茶苦茶にかき乱され、木々の枝がひゅうひゅうと不気味な音をたてていた。遠くで雷鳴が鳴り、稲妻が時折、闇夜に青白い閃光《せんこう》を放った。私は傘を半分閉じたまま、頭にかぶせ、ぬるぬると濡《ぬ》れて光る黒い飛び石の上を無我夢中で走った。

遥《はる》か向こうの母屋《おもや》から、かすかに明かりがもれており、その明かりは激しく揺れ動く木々の枝の隙間《すきま》を通して、あたかも鬼火のようにちろちろと蠢《うごめ》いて見えた。竹林のざわめきが耳を圧倒した。稲妻と雷鳴との間隔がどんどん狭まってくる。雨はまさしく横なぐりで、傘などほとんど何の役にも立たなかった。私は肩から下をびしょびしょに濡らしたまま、離れの少し手前で立ち止まった。

離れに電気はつけられていなかった。小窓だけが、薄明るくぼんやりと光っている。そのけだるい感じのする光の中に、大きく揺れ動くシルエットが映って見えた。まるで行燈《あんどん》の光の中で昆虫が動きまわり、それが影絵となって壁に映し出された時のような感じだった。

その時、私は何も感じないでいられた。人が狭い部屋の中で蠟燭をつけていたとしても、何も不思議はない状況だった。台風で離れの電線が切れ、停電してしまったのだろう、と私は思った。むしろそんなことよりも、離れに誰かいる、ということのほうが気にかかった。もしもそれが祐之介とエマだったとしたら、そして、渉がここにいないということがわかったら、どうすべきなのか、と、そればかり考えた。

台風の夜、蠟燭の明かりの下でくすくす笑いを繰り返す祐之介とエマを前にして、渉がどこに行ったのか、どうして私との約束を破ったのか、何かひどい事故に遇ったのではないか、などということをわめくのは気がひけた。もしも二人が渉の居場所について何も知らなかったとしても、こんな嵐《あらし》の夜にやって来た私を二人がそのまま帰すとは思えない。まあ、一服していったら、と言うに決まっている。だが、私はエマの邪魔をしたくはなかった。それに渉のことで死にそうに不安になっている時に、冷静を装《よそお》って、離れでエマたちと世間話を続ける気持ちの余裕もなかった。

その時、突然……まったく突然だったが、私の中に、恐ろしい想像がかすめていった。渉には他に好きな女性がいたのではないか。野間響子などという小娘よりも、もっと大人の美しい女性が。そして、祐之介だけがそのことを知っており、今夜、渉がその女性と会うために、私との約束を破ることになるのを祐之介があらかじめ知らされていたとしたら……。

おかしな話だが、それまで私は、渉に他に好きな女性がいるのではないか、ということは考えたことがなかった。勢津子を別にして、私は一度も渉と他の女性との関係を疑ったことはなかったのだ。

ごくりと生唾《なまつば》を飲み込む音が耳に響いた。まさか、という思いと、もしそうだったとしたら、自分はなんて間抜けで惨《みじ》めだったんだろう、という思いとが交錯した。冷静に考えればわかりそうなことだったのに、私は嵐の中で立ちすくみ、どうしたらいいのか見当もつかなくなってうろたえた。

飛んでいきそうになる傘を閉じ、私は頭から雨と風を受けて離れに近づいて行った。ばりばりと天をつんざくような雷鳴が地響きを起こしたが、恐怖感はなかった。祐之介に会おう。会って、渉の居場所を聞こう。今夜、何があったのか、聞き出そう。私はそう自分に言い聞かせた。プライドなんか捨てたのよ、と言っていたエマの言葉が思い出された。そうだ。その通りだ。プライドを捨てれば、人は何だってできる。

雨に濡れた髪の毛が風を受けて頬にへばりついた。私はにじり口のほうに回った。稲妻が走った。にじり口の板戸は、半分、開いており、中で蠟燭の光が揺れているのが見えた。次いで、耳をつんざくほどの大きな雷鳴が、爆音を発しながら大地を駆け抜けて行った。さすがにすくみ上がったが、立ち止まるほどではなかった。私は離れの軒下に立ち、腰を屈《かが》め、板戸に手をかけた。

二つの青白い肉体が、蠟燭の丸い光の輪の中で混じり合っていた。それが何を意味するものなのか、わからなかったと言うつもりはない。むろん、見たこともなかったし、はっきりと聞いたこともなかった。誰かとそのことについて話し合った覚えもない。だが、私はこの世の中に、そうした愛の形があるのだということだけは知識として知っていた。

声を失い、思考力を失ってはいたが、私はショックで倒れることもなく、叫び出すこともなかった。ただ動けなかっただけだ。

蠟燭の光が揺れ動き、祐之介に後ろから抱きすくめられた渉の顔が、ゆっくりとにじり口のほうに向けられた。汗にまみれ、何かうっとりとしたような、それでいて苦《く》悶《もん》に喘《あえ》ぐような、そんな表情をしていた渉は、目を開けてはいたが、私に気づいた様子はなかった。

雨と風と雷鳴とで、彼らの喘ぎ声や肌が触れ合う音は聞こえなかった。渉は視線を宙に這《は》わせ、両手を後ろに回すと、祐之介のたくましい腕をつかんだ。それを合図にしたかのように、二人の交合の形は壊れた。祐之介と渉は互いに上半身を起こしたま、ゆっくりと向き合い、相手の身体《からだ》に手を回した。祐之介は私に背を向けており、渉の顔は祐之介の肩越しに私のほうに向けられていた。

稲妻が光り、離れの中がプールの底のように青くなった。渉の視線が宙に浮き、ぐるりと弧を描いた後、静かに私をとらえた。

ほんの一瞬の出来事だった。渉が全身を硬くしたのが見てとれた。

彼は何か叫んだかもしれない。私の名を呼んだかもしれない。いや、呼んだのは祐之介の名前だったかもしれない。

だが、私には聞き取れなかった。気がつくと、私は嵐の荒れ狂う裏庭を泣きながら走り出していた。

9

終バスの時間はとっくに終わっていた。空車タクシーを待つ気力もなかった。私は雨の中を走り、苦しくなると立ち止まり、また走った。気がつくと、北四番丁の路地の前に立っていた。

伯母の家の玄関に入った途端、我に返った。傘は突風のせいで骨が折れ曲がり、全身はそれこそ服を着たまま海に飛び込んだ時のようにびしょ濡れだった。私は三和土《たたき》の上に両手をつき、四つん這いになった。嗚咽《おえつ》がこみあげてきて、胸と喉《のど》が大きく震えた。私は嘔吐《おうと》する時のように、胸を波うたせながら泣いた。泣いて、泣いて、泣きまくった。

ひとしきり泣くと、風呂場《ふろば》に行って着ていたものをすべて脱いだ。湯を沸かす気力もないまま、風呂場の洗い場に座り込んで、桶《おけ》で水をくみ、頭からかぶった。自分が何をしているのか、これから何をしようとしているのか、わからなかった。ただ、何かしていたかった。身体を痛めつけ、刺激することだけを求めて、私は震え上がるほど水をかぶり、髪から水をしたたらせながら、また泣いた。

風呂場から出て、乾いたタオルで身体をくるみ、煙草《たばこ》をたて続けに三本吸った。雨も風もますます強くなっていた。家じゅうが情けないほどガタガタと揺れていたが、私の頭の中は、不気味なほど静かで真っ白だった。

人が真にものを考えられなくなる時があるとしたら、多分、あのような状態のことを言うのだろう。嗚咽がひっきりなしにこみあげ、涙があとからあとからあふれ出てはいたが、私はショックとか絶望とか、虚《むな》しさとか、そういった説明可能な状態とは無縁なところにいた。そればかりか、自分が何故《なぜ》、こんなふうに茫然《ぼうぜん》としているのか、その原因すら忘れてしまったように感じられた。

私は濡れた身体にタオルを巻きつけたまま、蒸し暑い自分の部屋に行き、ベッドにもぐり込んだ。いくら深呼吸しても、いくら顔を枕《まくら》に押しつけても、それが現実なのだという感覚はなかなか蘇《よみがえ》ってこなかった。自分が触れているサマーケットの乾いた感触も、枕から立ちのぼる日向《ひなた》の匂《にお》いも、時折、口からもれてくる呻《うめ》き声も、何もかもが非現実的で、映画を見ているにすぎないように感じられた。

苦痛を実感するのが怖かった。いつまでも、非現実である悪夢の中を彷徨《さまよ》っていたかった。私は現実を直視することから逃げ、途方もなく長い間、ベッドの中で酔いつぶれた人のように無様に転がっていた。

どのくらい時間がたってからだろう。庭でモグが低い唸《うな》り声をあげた。その声は、風のせいか、驚くほど間近に聞こえた。モグは威嚇《いかく》するように唸り続け、けたたましく吠《ほ》え始めた。

玄関のブザーが鳴り、私ははっとして身体を起こした。あらゆる現実が戻ってきたのはその時だ。私は長い悪夢から覚め、次の悪夢が始まる前のエアポケットの中にいる時のように、しばらく身動きひとつせずにいた。

ブザーは二度、続けて鳴り、しばらくやんだ後で、また鳴った。モグが狂ったように吠えている。裸でいることに気づいたのはその時だ。私はバスタオルを床に投げ捨て、クローゼットを開けた。目に入った下着を取り出して大急ぎでつけ、花柄のワンピースを頭からかぶった。ワンピースの後ろのファスナーを上げようとした時、玄関のドアが大きく叩《たた》かれた。ドアの外にいるのが、誰なのか、私にはわかっていた。ファスナーが途中で引っ掛かった。私は唇を嚙《か》んだ。強く嚙みすぎて舌先に血の味がした。ふいに、それまで感じないでいられた悲しみが、堰《せき》を切ったようにあふれてきた。渉と祐之介が抱き合っていた時の光景が蘇った。あまりに鮮やかに蘇ったので、今現在、その光景を見ているかのような錯覚にとらわれた。私は背中に手を回したまま、その場に座り込んだ。

ホモセクシュアル……という言葉は私の中に思い浮かばなかった。私が感じていたのは、ただ、渉と祐之介の深い結びつきに対する激しい嫉妬《しっと》、後悔、憎悪《ぞうお》……そうしたものだった。

初めから渉と祐之介との間に入っていくことは不可能だったのだ。渉とペアを組むことなど、できない相談だったのだ。なのに私は渉を愛し、渉を求めた。祐之介のことを渉の一番の親友として受け入れた。そこに見た幻影が何であったにせよ、私は自分と渉がペアを組んでいると思い込んでいたのだ。

ドアを叩く音がし、ブザーが鳴らされ、また叩く音がした。モグの吠える声と吹きつける風の音とで、時折、あらゆる物音がかき消された。

響子、とドアの外で渉の声がした。思いがけず大きな声だった。「開けてくれないか。お願いだ」

ドアを開けるのが怖かった。渉は何のために、嵐の中をここまでやって来たのか。もしかすると、あの離れで目撃したことは、単なる私の見間違えであり、真相を聞いたら、笑い出してしまうようなことだったのではないか。渉はそのことに気づいて、誤解を解くためにやって来たのではないのか。

そう考える努力をしてみたが、やはり無駄だった。何を見間違えたというのだろう。あれが単なるふざけ合いだったというのか。二人の男が酒に酔ってじゃれ合った？

まさか。私は確かに見たのだ。

渉はドアを叩き続けていた。私は立ち上がり、部屋を出て、玄関の前に立った。どこかの家で雨戸を開けるような音がした。モグの吠え声が異様に大きいので、近所の誰かが不審に思ったらしかった。このまま黙っているわけにはいかなかった。私は意を決して、ドアの鍵《かぎ》をはずした。

渉が白いシャツを濡らして立っていた。髪の毛が雨と風に打たれてこわばり、妙に赤みを帯びた両目の前に、瘦《や》せた葡萄《ぶどう》のように垂れ下がっている。ショックのせいで遠近感を失っていた私の目に、彼はひどく遠く離れて見えた。まるでドアそのものが、手を伸ばしても届かないほど遠いところにあり、その先に渉が小さい豆粒になって立っているようだった。

彼は私を見ると、「こんな時間にすまない」と言った。かすれた弱々しい声だった。

「話したいことがあるんだ。今すぐ。どうしても話さなくちゃならない」

その声は遠くから聞こえた。耳鳴りがして、彼の声が頭のどこかで鈍く共鳴した。

貧血を起こすのではないか、と思われた。私は深呼吸をし、額をおさえた。足が少しよろけ、気分が悪くなった。渉がそっと玄関に入って来て、私の腕を支えた。私はそれを邪険にふりほどいた。

渉は奥歯をかみしめ、眉間《みけん》に深い皺《しわ》を刻みながら私を見下ろした。雨の雫《しずく》が彼のこめかみに一筋流れた。

「聞いてくれ」と彼は言った。「頼む」

取り乱してはいけない、と私は自分に言い聞かせた。今、取り乱したりしたら、余計に自分が惨めになる。これは失恋なんかじゃない。多分、もっとひどい、もっと想像もできないことなのだ。

サイモン&ガーファンクルの歌を思い出した。アイ・アム・ア・ロック。僕は岩……。私は岩……。

私は岩のように硬く自分を閉ざしてしまおう、と考えた。何を聞いても驚かない。何をされても動揺しない、ただそこにあるだけの岩。そんなことが果たして可能なのかどうか、まったく自信はなかったが、大切なのは何も喋《しゃべ》らないことだ、と思った。喋ったら最後、醜い言葉の洪水が理性を呑《の》み込み、果てしなく自分を貶《おとし》めていくだろう。

私は黙って立ち上がり、洗面所から白いタオルを取って来て彼に手渡した。彼が傘を持っていたのかどうか、まるで覚えていない。ともかく彼はずぶ濡《ぬ》れだった。なのに彼はタオルを受け取っても、どこも拭《ふ》こうとはしなかった。

「あがるよ」と彼は言った。私はうなずき、彼のために道をあけた。

渉は私の部屋に入った。乱れたベッドも、床に落ちているバスタオルも、開けっ放しのクローゼットも気にならなかった。私は自分が着ているワンピースの背中のファスナーが半分開いていることも忘れ、部屋の中央に立ちつくした。

彼は疲れきったように両手をだらりと下げ、私のほうを向いた。息苦しいほどの沈黙があった。これはきっと冗談なんだ、と私は思った。とてつもなくひどい冗談。笑い話。私たちはきっと、この後で大笑いして、抱き合って、キスし合い、いつものようにベッドの上で転げまわるに違いない。

だが、渉は笑い出さなかった。おどけた素振《そぶ》りで私に微笑《ほほえ》みかけ、「まさか誤解したんじゃないだろうね」とも言い出さなかった。彼はただ、気の毒なほど顔を歪《ゆが》ませ、肩で息をしながら、今にも泣き出すかと思われるほど悲痛な表情で私を一瞥《いちべつ》しただけだった。

「こんな話をする時がくるとは思わなかった。しかもきみを相手に、こんなこと……」

私が黙っていると、彼はしばらくじっと私を見つめていたが、やがて両手で自分の頭をかきむしった。芝居がかった仕草には見えなかった。彼は傍目にもそれとはっきりわかるほど、混乱し、同時に絶望していた。

長い話……不吉なほど長い話が始まる予感があった。人は何故、もっとも聞きたくないと思っていることでも、聞かずにはおれなくなってしまうのだろう。聞いたら最後、二度と立ち上がれなくなるだろうことがわかっている時でも、何故、それを知りたいと願うのだろう。

知りたくないはずのことなのに、私は知りたいと思った。たとえて言うならば、人の死期を的中させることで有名な占い師の前に立ったような気分だった。怖くて怖くて逃げ出したかったのは事実だが、反面、何を言われようと、それを知らずにすませるよりは遥《はる》かにましなような気もした。

渉は私にどこかに座るように勧め、自分は濡れたままの身体でベッドに腰をおろした。私はステレオによりかかるようにして床に座った。半分開いたままの背中のファスナーが、ひんやりと背中にあたり、汗ばんだ皮膚に食い込んだ。

とてつもなく長い間、渉は黙っていた。あんまり長い間、黙っていたので、眠ってしまったのではないか、と思ったほどだ。

いたたまれなくなって私が顔を上げたのと、彼が口を開いたのは同時だった。

「きみには信じられないことかもしれないが……」彼は言った。

視野の片隅に、ベッドに座ってこちらを見ている渉の顔が、ぼんやりとした黒い影となって蠢《うごめ》くのが見えた。私はじっと正面を……正面の壁紙についたインクの染《し》みを見ていた。

「僕は……祐之介を愛してた。彼もまた僕を……。つまり僕たちは……」

私は静かに目を閉じた。閉じた瞼《まぶた》の中で、眼球がぐるりと一回転した。現実感の感じられない意識の底で、この滑稽《こっけい》な告白に対して自分がどのように対処すべきなのか、必死になって考えた。結論は出なかった。

「どう説明したらいいのかわからない。何故、自分たちが、こんなふうになったのかも、うまく説明できないんだ。でも、僕たちは、こうなってしまった。逃れようとしてくらもがいても、僕は祐之介から離れられなかったし……彼もまたそうだった」

瞼の裏側に熱いものがあふれ、私の頬を伝った。響子、と渉が言った。「泣かないでくれ。きみに泣かれると、何も言えなくなってしまうよ」

私は目を開け、洟《はなみず》をすすりあげながら首を横に振った。「わからない」と私は言った。「全然、わからない。渉さんは、初めから私のことなんか、ちっとも興味がなかったんでしょう。それなのにどうして……」

窓をたたく雨まじりの風の音はいくらかおさまり、風と風の合間に訪れる吸い込まれるような静けさの中で、渉の座ったベッドがぎこちなく軋《きし》むのが感じられた。

「僕はきみが好きになった。本当だよ、響子。きみを愛したし、今だってその気持ちに変わりはない」

「わからない」と私は繰り返した。何度も何度もそう言った。永遠にそう言っていたかった。鼻の奥が熱くなり、喉が震え、眩暈《めまい》がした。「男の人を愛する、ってどういうこと？　男の人を愛してるのに、どうして女の私を愛せるの？」

「どうしてと聞かれても、うまく答えられないんだよ。答えてあげたい。でも、難しいんだ。どんなふうに説明すればいいのか、僕自身も混乱してる。ずっと混乱してたんだ。きみと知り合ってからずっと。でも、はっきりしていることが一つだけある。僕はきみが好きなんだ。どうしようもなく好きなんだ。僕は祐之介から離れようとしてた。本当さ。二度と祐之介とは関わりを持つまいと思ってた。たとえ彼のことがどれほど好きであっても、きみを好きだと思う気持ちと両立させることは不可能だ。だから……」

「ビーフカレーを作って待ってたのよ」私はしゃくり上げた。「トイレの掃除もしたし、テーブルクロスも敷いたわ。初めて一晩一緒に過ごすんだから、って、私、夢中になってたわ。あなたが来ないとわかってから、どこかで怪我《けが》をしたんじゃないかと思って、すごく心配した。祐之介さんに聞けば、何かわかると思ったのよ。だから北山に行ったの。離れには蠟燭《ろうそく》が灯《とも》ってた。停電したんだろう、って思ったわ。覗《のぞ》いたわけじゃない。顔を出して挨拶《あいさつ》しようとしただけ。祐之介さんとエマに。二人は必ずそこにいると思ったのよ。そしたら……見えてしまった」私は子供のように大声で泣いた。顔が醜く歪んでいるのがわかった。でもかまいはしなかった。私は嗚咽《おえつ》しながら後を続けた。「祐之介さんの相手は……エマじゃなくて……あなただった」

渉があの離れで四つん這《ば》いになっていた姿が蘇った。彼は喘《あえ》ぎながら、視線を宙に漂わせていた。彼の目は苦痛に満ちていながら、同時に恍惚《こうこつ》としていた。

性に関しては耳年増《みみどしま》なだけで、とりわけ倒錯した性については何ひとつ知らないといってよかった私は、ふいにその時、何かの映画の中で、ソドミーという言葉を聞いたことを思い出した。ソドミー。日本語で何と言うのかはわからなかった。だが、私はその言葉の意味を知っていた。はっきりと、いやになるくらい知っていた。

「僕はきみに軽蔑《けいべつ》されるんだろうね」渉が低い声で言った。「わかっている。でも、何故《なぜ》、今夜、僕がここに来る約束をすっぽかしたのか、そのわけをきみに知ってもらいたいんだ。だから来た。弁解ととられるかもしれないし、かえってきみに軽蔑されることになるのかもしれない。どちらだっていい。きみに話したいんだ。聞いてもらいたいんだ。どう思われようと、きみにだけは、聞いてもらわなくちゃいけない」

私は鼻をかみ、彼を見つめた。彼の唇は乾いていて、肌の色と同じくらい白く見えた。彼は何事かを自分に言い聞かせるようにしてかすかにうなずき、軽く目を閉じた。机上の電気スタンドの明かりが、彼の顔に深い陰影を作った。美しい顔、美しい表情だった。男があれほど美しい表情をするのを私は見たことがない。それは男らしさ、逞《たくま》しさ、性的な魅力といったものを遥かに超えた、中性的で透明な美しさだった。彼は物を考える彫像、光の加減で表情を作る絵画のようだった。

私の中に、突然、祐之介に対する激しい憎しみが湧《わ》き起こった。それは不思議な感情だった。その時、祐之介は私にとって明らかに恋仇《こいがたき》になりかわっていた。祐之介が男であろうが、女であろうが、無関係だった。祐之介は、このとてつもなく美しい男を中心に、私と三角関係を持った張本人だった。私は祐之介という人間と、渉を取り合っていたのだ。そして今夜、祐之介は私に勝った。渉は私との約束を破り、祐之介と共に濃密な時を過ごした。私は負けたのだ。明らかに今夜の私は負けたのだ。

「祐之介はずっと、きみに嫉妬《しっと》していた」

私は顔を上げた。渉はわずかに肩をすくめ、唇を曲げ、そうなんだ、と言った。

「おかしいだろう?」

笑ってみせようとしたのだが、うまくいかなかった。私は黙って目をそらした。

「僕らはずっと……もう二年も前から……つまり、そうした形で関わるのをやめてたんだ。やめよう、と誓い合ってたんだ。祐之介も僕も、基本的には女を愛せる人間なんだよ。女を愛せるのなら、そうしたほうがいい。当たり前の話さ。そのほうが楽に生きられる。僕も彼も、きみを含めた同年代の連中のように反戦や平和を訴えたり、大学で暴れたり、デモに出て機動隊に向かって石を投げたりすることから遠いところで生きていた。もしも僕らがきみたちと同じ人種だったならば、僕らは自分たちのやっていることの正当性を世間に向けて訴えていたかもしれない。きみも知ってるだろうけど、そういうことは現に数多くの先例があるんだ。僕らだけじゃない。僕らだけが狭い離れの中で、閉じ込められたみたいにして性のアウトサイダーを気取る必要はなかったんだ。でも……僕らは、権利という意味では自分たちのやっていることを考えていなかった。ずっとそうだったよ。そういう物の見方ができなかった。する必要もないと思ってた。現実にある秩序のようなものに対して、永遠に背を向けていたかった。背徳者でいたかったんだよ。僕らは薄暗い、じめじめしたところで生きてる二匹の虫みたいだった。よく、便所の裏の、湿った石の下で、ぐじゅぐじゅと絡《から》み合って生きてる虫がいるだろう。石を持ち上げると、太陽の光が眩《まぶ》しすぎるものだから、互いに身体《からだ》をちぢこめ合って、ぐじゅぐじゅと土の中にもぐっていくような虫が……。まさにあれだった。一生そんなことをして、生きていく自信もエネルギーも持っていないくせに、僕らはずっとそうやっていた。どこかで関係を解き放たなければいけなかった。僕らは何度も何度も話し合った。二人とも同じ意見だった。何ひとつ違わなかった。僕らは女を愛せるんだ。それは本当なんだよ。どこまで愛せるかわからなかったが、ともかく愛せないはずはないんだ。だって僕らは……初めから男を愛するように生まれついたわけじゃないんだから」

　彼は唇を噛《か》んだ。白い唇にほんのりと赤みがさし、再び血の気が去っていくのがはっきり見えた。

「エマが祐之介の前に現れた時、僕らは救われたような気持ちになった。エマはきみも知ってるように、可愛《かわい》くてセクシーな子だからね。祐之介は彼女のことを気に入ったんだ。正直にそう僕に言った。それでいいのさ、って僕は言ったよ。嫉妬はなかった。僕は祐之介から逃げなければいけない、と思ってた。それができるなら、何だってするつもりでいた。少なくともその時はね。祐之介も僕から逃げたかったんだと思う。彼は、エマの身体を目茶苦茶に愛し始めた。何かに憑《つ》かれたみたいだったよ。エマは彼にぞっこんだったから、馬鹿《ばか》みたいに彼の前で従順になった。きみが初めて北山の離れに遊びに来た時、彼らはセックスを始めたよね。あれは半分以上、祐之介が故意に始めたことだよ。祐之介はあんなふうにして、僕を前にエマとセックスを始めるのが好きだった。僕の反応を見ていたのかもしれない。あの時、彼が始めたことは、きみを意識してやったことじゃないんだ。祐之介が意識してたのは……僕だった。僕は何度も彼らのために、北山の離れをあけてやったよ。そうすることで、自分がどんどん浄化されていくのではないか、と思ってたから。でも……実際は浄化なんかされなかった。かえって汚《けが》れていくみたいだった。僕は彼らが抱き合ったり、キスし合ったりするのを何十ぺんとなく見せつけられたけど、見せつけられるたびに、地の底にひきずり込まれるような気持ちになった。どうしてなのか、よくわからない。祐之介とエマに嫉妬したはずはないんだ。嫉妬するとわかっていたら、初めから彼がエマと親しくすることを許さなかったはずだからね。でも……何か寂しかった。そうだな。寂しいというのが正直な気持ちだと思う。嫉妬というほど積極的な感情ではなかった。喪失感……そんなものだったと思う。生まれた時から一緒に過ごした双子《ふたご》のかたわれが、突然、遠くに行ってしまったみたいな感じかな。そんな時さ。響子」彼は目を細め、そっと私を見つめた。「きみが現れたのは、そんな時だったんだよ」

無伴奏で渉と祐之介に再会した、あの六月の雨の日が思い出された。祐之介はエマとデートだからといって、先に帰って行った。残された私は渉と共にワインバーに行った。渉は、とめどなくいろいろなことについて喋《しゃべ》り続けた。何を喋ったのかもよく覚えていない。彼は饒舌《じょうぜつ》で、賑《にぎ》やかで、とりとめがなかった。

私が渉に恋をしたその日、渉は祐之介への断ちがたい思いに苦しみ、喘いでいたことになる。漠然とした恋の予感に胸をときめかせている私の前で、彼は私とはまったく別の、遠い世界に思いを馳《は》せ、逡巡《しゅんじゅん》し、それを取りつくろうかのようにして、やみくもに喋り続けていたことになる。

初めから失っていたんだ。私はそう思った。初めから何もなかったも同然なのだ。そうだとしたら、今、失ったと感じているものは何なのだろう。切断された足がいつまでも痒《かゆ》い、と言っていた人の話が思い出された。すでにないはずなのに、人はないものに対して痛がったり、痒がったりすることができるという。自分が今感じているのは、記憶の中の痛みにすぎないのだろうか。

渉は続けた。「きみとは自然に始まった気がしている。きみはちっとも自然じゃない、と言うかもしれないけど、僕にとっては自然だった。僕は少しずつ……本当に少しずつきみに向かって気持ちが開いていくのを感じてた。きみと一緒にいると楽しかった。大人びているわりには、きみはお嬢さん育ちで、すごく子供っぽくて、時々、棒みたいにピーンと突っ張ってみたりするけど、そんなところが僕を優しい気持ちにさせた。おかしな言い方かもしれないけど……でも、僕はきみを愛そうと思ったんだ。愛せると思った。ものすごい自信があったし、事実、愛せた。だからだと思う。僕は自分のことを考えるのに必死で、祐之介がどんな気持ちでいるのか、考えたことはあまりなかったんだ。僕らは離れで二人きりになっても、ほとんど女の話はしたことがない。この二年間、祐之介も僕も、いわゆる普通の男同士の友達ごっこをやってたんだ。しかもそれは、ただの〝ごっこ〟じゃなくなっていた。もう、普通の男友達になってたはずだったんだ。僕たちは、単に一緒に住んでいるというだけの仲のいい友達同士だったんだ。だから、あの雪の日、彼が僕ときみの行為を見ているのを発見した時、ショックだった。きみもショックだったろうけど、多分、僕のショックはきみ以上だったと思う。祐之介の薄暗い心の中を覗いたような気持ちになった。そんなもの、覗きたくなんかなかったよ。あのまんまいけば、僕も祐之介も無事に困難を切り抜けていけたんだ。それはわかってる。なのに、彼は僕ときみの行為を覗き、僕は彼の心の中を覗いてしまった。僕たちはまた、振り出しに戻ってしまった」

私はステレオにもたれたまま、片手で頰を被《おお》った。部屋の中はひどく暑かったが、窓を開ける気はしなかった。汗がこめかみに浮き、頰を伝い落ちていった。ねばねばした汗だった。

渉は静かに咳払《せきばら》いし、音をたてて唾液《だえき》を飲み込んだ。「正直に言うよ。僕は、彼に嫉妬されて嬉《うれ》しかった。きみとの関係について嫉妬している彼を見ているのが、何とも言えず、嬉しかったんだよ」

彼はそこでいったん、口を閉ざし、大きく息を吸って髪をかき上げた。「今夜の約束を破るつもりはなかった。きみと一晩ここで過ごせることを僕は楽しみにしてたんだ。でも……何かが狂ってしまった。わけがわからなくなってしまった。二年間、ただの友達でいたはずの僕と祐之介の間に、何かが戻ってしまったんだ。あとのことはうまく説明できない。たとえ説明できたとしたって……多分、きみにとっては不愉快なだけだろう」

床の上で膝《ひざ》を抱え、丸くなっていた私の目に新しい涙が浮かんだ。混乱しきった頭の中に、エマの顔が浮かんだ。何も知らないエマ。私とエマは共に被害者だったのだろうか。ホモセクシュアルの男たちの避難所に利用されただけの被害者。それとも加害者だったのだろうか。二人の男の仲を裂こうとした無邪気な加害者……。

私は音をたてないようにして鼻をかみ、渉のほうを見た。渉はベッドの上から私に手をさしのべた。私は自分の手がその繊細で青白い手に吸い込まれていきそうになるのを感じながら、身動きひとつできずにいた。彼はさしのべた手をそのまま宙に浮かせ、そっとベッドから降りて私の傍に来た。彼の手が、私の剝《む》き出しの腕を這い、やがて肩に回された。

私は言った。「教えてちょうだい」

彼の手が私の肩の汗を吸い込むようにして動きを止めた。私は首を傾けて彼のほうを見た。「これから私はどうすればいいの」

目と鼻の先にある渉の顔が、靄《もや》がかかったようにかすんで見えた。かすかに雨の匂《にお》いがした。

渉は静かに言った。「きみが決めることだよ、響子」

その言葉は、私の中にぐさりと、最後の氷の杭《くい》を打ち込んだ。決定的だった。私は息を止め、こめかみがズキズキと脈うつのを感じながら、頰の内側の肉を奥歯で強く嚙んだ。渉の美しい顔がぼやけ、左右に揺れ、にじんだ。

きみが決めることだよ、響子。

どうして私に決めることなどできただろうか。私は十九歳になろうとしている平凡な受験生にすぎなかった。男同士が愛し合うことがある、という現実すらよく理解できなかったというのに、何故、愛し合った男たちの仲を引き裂き、その片方を自分に振り向かせるなどということができただろう。それは私の手にあまる問題だった。私は男ではなく、女だった。女であるというだけで、私は永遠に渉にとって別の世界に位置づけられる運命を背負っていたのだ。

渉と別れてから始まる、長い長い、途方もなく長い、のっぺりとした時間の流れが一瞬、現実に見えたような気がした。それは腐って耐えがたいほどの悪臭を放つ、淀《よど》んだ水……色彩のない、灰色の水の流れのように感じられた。私は自分がどこに行こうとしているのか、まるでわからなくなった。茫漠《ぼうばく》とした無限の砂漠の中で、自分だけが佇《たたず》んでいるような気がした。

「好きだったのに」私はつぶやいた。「こんなに好きだったのに」

涙があとからあとからあふれ、息ができなくなった。渉が私を抱きよせた。湿った雨の匂いのする彼のシャツに顔を埋め、私は泣いた。

窓の外の庇《ひさし》から落ちる雨だれの音がした。外ではもう、雨も風もやんでいた。

10

チャイコフスキーは同性愛者だったという説がある。同性愛……。渉からあの打ち明け話を聞いた後、私は、『悲愴《ひそう》』のジャケットにある解説の中に、初めてその三文字を見出《みいだ》した。『悲愴』を渉からプレゼントされて十ヶ月近くも過ぎてからのことだ。解説文は何度も読み返したはずなのに、どうやら私は長い間、見落としていたらしい。

交響曲第六番に『悲愴』という標題がつけられたのは何故《なぜ》なのか……本人をはじめとして、周囲の人間も誰ひとりとしてその真実を明らかにしなかったため、いたずらに諸説が入り乱れ、中には、『悲愴』はチャイコフスキーが同性愛の苦しみを表現したものだ、とする説もある……そんな内容だった。それはごく短い文章でしかなかった。いかにも、そうした仮説が馬鹿げていて、チャイコフスキーの美しい音楽の品位を貶《おとし》める、とでも言いたげに。

渉はその短い文章を私に読ませ、何か勘づくかどうか、試したのだろうか。何か私に訴えたかったのだろうか。それとも彼が私に『悲愴』を贈ったのは、別段、何の意味もないことだったのだろうか。

私は何度も何度も繰り返して『悲愴』を聴いた。あんまり何度も聴きすぎて、あの悲しい旋律は二十年たった今も、耳に焼きついて離れない。

渉にあの秘密を打ち明けられてから、私は渉と祐之介の一日がどんなものであったのか、何度となく想像してみた。二人は何をしていたのだろう。どんな一日を過ごしていたのだろう。

私が知っている限り、当時の東北大学は紛争のため、通常の大学としての機能は失われていた。渉や祐之介から、大学での話題はほとんど聞かされなかったのは当然と言えたが、それにしても、彼らは普段から、まったくと言っていいほど、学生としての営みを無視している人種だった。

大学に行かず、さしたる交友関係もなかったあの二人の暮らしぶりは、いざ想像してみようとすると、ほとんどリアリティが感じられない。朝は何時に起きたのだろう。九時？　十時？　いや、彼らは宵っぱりだから、もっと遅かったかもしれない。朝、起きたら、二人のうちどちらかがインスタントコーヒーをいれる。食べるということに無関心だった二人だから、朝食はコーヒーだけだったかもしれない。食べたとしても、固くなった食パンを一枚。あるいは前日の残りの菓子パンを半分ずつ分け合って。食後は何をするのだろう。レコードを聴く。簡単な掃除をする。本を読む。あるいは散歩かも。渉も祐之介も、親から送金されてくる金で生活していたわけだから、たまには金を受け取りに郵便局に行ったり、親に金の無心をするため、電話をかけに行ったりもしただろう。でも、そんなことは毎日する必要はない。長い長い午後を彼らは何をして過ごしたのか。

離れにいるのに飽きてくると、二人そろって街に出たのだろう。そして、無伴奏の扉を開ける。そこで数時間がつぶれる。そのうち、エマがやって来る。あるいは私が。私やエマは、彼らにとっての恰好《かっこう》の潤滑油だったはずだ。彼らは私やエマを相手に、二組のペアを組み、他愛のないお喋りに興じることを日課にしていたのかもしれない。

エマと祐之介は、しょっちゅう、離れを使ってセックスしていたようだが、それにしても、夜まで共に過ごすことは稀《まれ》だった。夜は間違いなく二人きりになったはずだ。二人は離れで何をしたのだろう。読書。レコード鑑賞。短い会話。また読書。レコード鑑賞。短い会話。銭湯にはどうやって行ったのか。二人並んで、一つの洗面器に二本のタオルを入れて、銭湯の紺色の暖簾《のれん》をくぐったのだろうか。

彼らが使っていた離れには夥《おびただ》しい数の本があったのだが、私はそれが何だったのか、ほとんど思い出すことはできない。彼らは本に埋もれ、レコードに埋もれ、煙草《たばこ》の吸殻に埋もれていた。本を読み、レコードを聴き、何か散文のようなものを書き、たまに映画を見に行くこと以外に、彼らが何か特別の趣味を持っていたとは思えない。彼らは趣味とは無縁の人間だった。働かず、学ばず、二、三の芸術的な関心事以外、世間のいかなる快楽にも興味を持たない人間だった。彼らは何だったのだろう。互いだけを見つめて生きていたとでもいうのだろうか。

眠りにつく前に、二人はキスをしたかもしれない。手を握り合ったかもしれない。渉は私に、二年間というもの、祐之介とはごく普通の男友達として関わった、と言ったが、それを信じるために何を拠所《よりどころ》にしたらいいのか、わからなかった。眠る前のキス、眠っている間の無意識の愛撫《あいぶ》、ぬくもりを求めて、隣の布団《ふとん》に移動していく時のかすかな緊張……そんなものがまったくなかったと言うのだろうか。本当になかったのだとしたら、彼らは私やエマと会っていない間、ひっそりと離れで暮らしながら、いったい何を考えていたのだろう。

キスや愛撫やソドミーの行為以上に私を激しく嫉妬《しっと》させ、苦しめたのは、まさしくそれだった。彼らが互いを牽制《けんせい》し合いながらも、捨てさることのなかった相手への欲望、愛、苦悩……それらに対して、私は発狂するのではないかと思われるほど、嫉妬した。そうしたものに比べたら、百回のソドミーの行為など、何程のものか、と思ったこともあった。彼らは禁欲しながら、欲望の爆発を待っていたことになる。私やエマは、ただその狭間《はざま》に現れるべくして現れた小道具にすぎなかったことになる。プラトニックという言葉はまやかしだ、と私は思った。同性異性を問わず、人と人は互いへの欲望を抑え込もうとする時、必ず精神でセックスをする。現実のセックスよりも、精神のセックスは私を目茶苦茶に嫉妬させる。渉と祐之介は、精神のセックスをしていたのだ。私やエマと現実のセックスを行いながら、その蔭《かげ》で、計り知れないほど隠微でグロテスクで、エロティックな精神のセックスを続けていたのだ。

　台風の夜、渉と一晩過ごしてから、私は何度か彼に宛《あ》てて手紙を書いた。書いたはしから破り捨て、また気を取り直して書いた。かろうじて投函《とうかん》する気になった手紙が書けたのは、十日ほどたってからのことだった。

　手紙の中で私は、できるだけ正直に冷静に、自分の気持ちを表現した。ショックからなかなか立ち直れず、今後もしばらく同じ状態が続くと思われるが、これ以上、ショックを覚えることが他にあるとは思えないので、いずれこんな状態にも慣れる時がくるだろう、ということ。時間が過ぎていくことだけが頼りだ、ということ。これまでと同じように関わっていくことは多分、無理だろう、ということ。ただし、そうだとしても、自分の気持ちは変わりようがなく、今、一番、苦しいのはそれだ、ということ……。

手紙の最後に、一ヶ月ほど会わずにいようと思う、とつけ加えた。それは手紙の中に表現した言葉の中で、唯一《ゆいいつ》の嘘《うそ》だった。私は一ヶ月どころか、一日だって渉と会わずにいられそうになかった。会っても同じ話が繰り返されるだけで、会えば会うほど混乱が増すとわかっていても、会わずにどうやって生きていけばいいのか、見当もつかなかった。

なのに私は、精一杯の虚勢を張った。あろうことか祐之介を愛している、と告白してきた渉を前にして、毎日毎日、無意味な求愛を続けていく自信はなかった。虚勢だけが自分を救う。私はそう信じた。

渉からの返事は、手紙を投函した一週間後に伯母の家のポストに届けられた。レポート用紙の真ん中に流れるような細い文字で、「響子の気持ちが落ち着くまで、いつまでも待っている。十月になったら会おう。会いたい」と書いてあった。文面はそれだけだった。渉のサインの後には、英語で「自分は愚か者だ」という意味の言葉が、小さく殴り書きされていた。

私は受験勉強をしなくなった。予備校には通っていたが、授業など、ほとんど耳に入ってこなくなった。模擬試験では、さんざんな結果が出た。記憶力が減退し、集中力はゼロに等しくなった。頭の中にはいつも靄がかかっていた。色彩が薄れ、目にするものすべてが古いモノクロ映画のフィルムのように、ざらついた灰色に見えた。

伯母の手前、いつもと変わりのない生活をしているように見せかけるのは、たいそう辛いことだった。伯母とまともに顔を合わせるのは食事の時だけだったが、それでも伯母のお喋りに調子を合わせたり、TVを見て笑うべきところで笑ってみせたりするだけで、起きていられなくなるほどの疲労感を覚えた。たいていは、夕食の後すぐに部屋に戻り、いつ伯母が紅茶を運んで来てもいいように、机の上にノートや参考書を拡げながらぼんやりと壁を見ていた。時には、外が白みかけるまで、そうしていることもあった。

誰かに相談したい、という気持ちはまったく湧いてこなかった。相談する、ということがどういうことなのか、私にはわからなかった。受験の悩みや人間関係の悩み、一般的な失恋の悩みならまだしも、誰が同性愛者を恋人にもった小娘の苦しみを真剣に聞いてくれただろう。おそらく当時の同年代の友人の中で、その問題について的確な意見を言える人間は、私のまわりにただの一人もいなかったと思う。まして年上の、良きにつけ悪《あ》しきにつけ、世間の垢《あか》をたっぷりと身につけてしまったような人間が、何を言ってくるかは想像がついた。彼らは呆《あき》れたように目を丸くし、興味津々《しんしん》といった様子で質問の矢を飛ばし、聞くだけ聞いて好奇心を満足させてしまうと、次にそのグロテスクな話を誰に教えてやろうかとわくわくしながら、うわの空で「別れたほうがいい」と言ってくるに決まっているのだ。

私が知りたかったのは、渉と別れるべきかどうか、という問題ではなかった。あるいはまた、同性愛に走る人間をフロイト的に分析することではなかった。私が知りたかったのは、私自身のことだった。性の違いという決定的な理由で、永遠に接点を見失ってしまったというのに、それでもなお、渉を求め、関わり続けたいと願う自分自身のことだった。馬鹿《ばか》げたことだが、私は自分が女であったことを呪《のろ》い、渉が男であったことを呪った。そして何よりも、祐之介が男であったことを呪った。

その年の九月はそうやって過ぎていった。あの一ヶ月間、自分の気持ちがどのようにして動いていったのかということ以外、覚えていることはほとんど何もない。あるとしたら、雨あがりの午後、庭でモグと遊んでいた時に、何かの毒虫に刺されて、右足首の付け根に膿《うみ》をもった巨大な腫物《はれもの》ができたことくらいだ。腫物は長い間、治らなかった。ソックスがあたっただけで、飛び上がるほど痛かった。伯母は医者に行けと勧めたが、私は行かなかった。必要最低限の人間以外と口をきく気になれなかったからだ。たとえ相手が医者であっても……。

腫物から大量の膿が出て、腫れがおさまり、ストッキングやソックスをはいても痛みがなくなったころ、私は北山の祐之介の下宿宛に短い葉書を書いた。十月になりました。会える日時と場所をお知らせください、と。

返事は思いがけず、電話という形でやってきた。ちょうど伯母が生徒たちにピアノを教えていた時だった。電話には私が出た。

「葉書、ありがとう」と渉は言った。「一ヶ月は長かった。思ってた以上に」

私は深く息を吸い、涙ぐんだりしないように注意しながら「私も」と言った。「元気だった？」

「あまり元気とはいえないな。きみは？」

「同じ」と私は言い、祐之介さんは元気？　と聞こうとして、その質問を呑《の》み込んだ。祐之介という名前を口にする勇気はなかった。渉に愛する妻がいて、その妻のことを口にする時のような気分だった。代わりに私は勢津子の名を口にした。「勢津子さんとも、ずっと会ってないな。彼女も元気かしら」

「一週間ほど前に会ったよ。元気だった。時々、店の手伝いをしてるそうだ。看板娘になりそうだって言ってた」

そう、と私は言い、微笑《ほほえ》んだ。「勢津子さんが和服を着て和菓子を売ってる姿って、なんだか素敵ね。映画のシーンみたい」

「そうかな」と渉は言った。その後、少し沈黙があった。私は唇を舐《な》め、受話器を握りしめた。

「今度の土曜日の午後、離れで会う約束をしたいと思ってるんだけど」彼は英文を和訳した時のような、たどたどしい口調で言った。「どうかな」

「離れで?」

「うん。いやなら他で待ち合わせてもいいんだけど」

「いやじゃないわ。ただ……」

「祐之介は留守だよ」渉はあたりさわりなく言った。「土曜日、彼は朝から東京に行く予定があるんだ。だから離れには誰もいない。もしきみがそれでもよければ……」

「行く」と私は言った。

「よかった」と彼は言った。そして最後につけ加えた。「きみからもらった長い手紙は、何度も読んだよ。手紙をもらえて嬉《うれ》しかった」

電話を切ってから私は庭に出た。よく晴れた穏やかな日だった。庭の隅々に秋の気配が感じられた。モグが走り寄って来た。私はモグの頭を撫《な》で、その茶色い引き締まった身体《からだ》を抱きしめた。犬の匂い、土の匂い、日向《ひなた》の匂いがした。家の中からかすかに聞こえてくる、下手くそなツェルニーの練習曲を聴きながら、私は犬の背中に顔を埋《うず》めた。

その週の土曜日、午後一時きっかりに離れに通じる生け垣をくぐった。前の晩に降った雨のせいで、生け垣や飛び石のまわりに密生する羊歯《しだ》の茂みは、しんなりと湿っていた。

足が震え出しそうになるほど緊張していたが、考えちゃいけない、と私は自分に言いきかせた。考えるだけ無駄なのだ。考えて結論を出そうとする勇気がないのなら、考える真似《まね》事《ごと》なんかすべきではない。流れにまかせておけばいい。

私は飛び石をゆっくりと渡り、顔を上げて竹林のほうを仰ぎ見た。孟宗竹《もうそうちく》の一群が、秋の透き通るような日差しを受け、音もなくそよぎ合っているのが見えた。離れの黒ずんだ屋根が竹の葉の向こうに見えた。離れはいつもと同じようにそこにあった。

私はふと立ち止まった。離れの手前にエマが佇《たたず》んでいるのが見えたのだ。彼女はからし色のとっくりセーターを着て、黒っぽいミニスカートをはき、黒の編み上げブーツをはいていた。ほんのわずかの間だったが、私が彼女に気づいた後も、彼女は私に気づかずに、遠くを見ながらしきりとチュウインガムを嚙《か》んでいた。

二十年たっても私は、あの時のエマの姿をはっきりと思い出すことができる。彼女は離れのにじり口の横によりかかり、所在なげに両腕を組み、すらりと伸びた足を軽く交叉《こうさ》させていた。編み込みの茶色の革のショルダーバッグが肩からすとんと落ちており、それは彼女がガムを嚙む振動に合わせて左右にゆらゆらと揺れ続けていた。

彼女のその姿を覚えているのは、そのポーズが大人っぽくて美しかったからではない。確かに彼女はおしゃれがうまくて、そうして立っているとファッション誌のグラビアから抜け出たように感じられたが、それだけではなかった。エマはどこかしら、それまで私が知っていたエマと違うように見えた。どう表現すればいいのかわからない。あるいは私の見方が間違っているのかもしれない。だが、ともかくその時のエマは、なんだかひどく現実的で生活臭く見えた。そのままの恰好《かっこう》でエプロンをつけ、狭いアパートの日だまりの中で、鼻唄《はなうた》まじりに干しあがった洗濯物を畳み始めたら、とてつもなく似合うような……そんな感じだった。

私の気配に気づいたらしいエマが、はっとしたように顔をこちらに向けた。柳のように細く描いた眉《まゆ》がせり上がり、彼女の顔がほころんだ。

「響子じゃない」と彼女は言った。「久し振り。いったいどこで何をやってたのよ」

エマは私に向かって小走りにやって来た。やわらかな果実のような大きな乳房が、セーターの中でゆさゆさと揺れた。

「何度か電話したのよ。でもそのたびに、あのおっかない響子のおばさんが出て来て、響子はいま、勉強中です、って」

そんなことは初耳だったが、私は「ごめんね」とあやまった。おそらく伯母が、エマの電話は長話になると判断して、勝手に取り次がなかったことが何度かあったのだろう。伯母に対して別段、腹はたたなかった。むしろありがたいとさえ思った。その一ヶ月の間に、エマから電話がかかっていたら、私は何を喋ればいいのか、途方にくれていたと思う。

「ほんとにずっと勉強してたの?」エマはいたずらっぽく聞いた。私は曖昧《あいまい》にうなずいた。

「渉さんにも会ってる様子がなかったし。何やってんだろう、って、心配してたんだから」

「中に誰もいないの?」私は離れを指さした。にじり口がぴたりと閉ざされているのが見えた。エマは口をへの字に曲げてうなずいた。

「祐之介さんたら、あたしに黙って東京に行ったらしいのよ。さっき来てみたら、あたし宛のメモが残ってて、もうびっくり。なんだかこのまま帰る気もしなくなって、ぼんやりしてたとこ。でも響子に会えてよかったわ。渉さんと待ち合わせ？」

「そのはずだったんだけど。どこ行ったのかしら」

「さあ。すぐ戻るんじゃない？　買物にでも行ったんだわ、きっと。待ってればいいわよ。ねえ、中に入る？」

ううん、と私は首を横に振った。「外にいるほうがいい」

そう、とエマは言い、ガムをくちゃくちゃと音をたてて嚙んだ。ふわりとストロベリーの匂いがした。「渉さんが帰って来るまでつきあってあげる。あたし、暇なのよ」

私たちはぽつりぽつりと喋り合いながら、離れの周囲をぶらぶらと歩き回った。エマは子供のように飛び石をぴょんぴょん飛んだり、草木の匂いを嗅《か》いだり、空を見上げたりしていたが、やがてそれにも飽きたらしく、母屋《おもや》との境目にある大きな古い石《いし》燈籠《どうろう》にもたれかかった。

「響子、煙草《たばこ》ある？」

私はうなずき、バッグの中からエムエフを取り出して、マッチと共に彼女に手渡した。エマはサンキューと言って、一本口にくわえ、手慣れた手つきで火をつけた。

「ガムを嚙みながら煙草を吸うのって、結構、おいしいのよ」彼女は口をもぐもぐさせながら、煙をうまそうに吐き出した。「気のせいか、ニコチンが少なくなって、身体にもいいような感じがするし」

「今更、煙草吸いながら身体のことを考えたって無駄じゃない?」私は笑った。「肺の中まっくろよ、きっと。手術で取り出して、洗剤つけて洗わないといけないくらい」

「わかってるけどさ」とエマは言った。「せめてもの親ごころよ」

私はエマを見た。エマは石燈籠に背中をもたせかけながら、くすっと笑った。乾いた秋の風が吹いて来て、煙草の紫煙をやわらかくかきまぜていった。

「あたし、妊娠してるの」エマはそう言いながら、私を見た。「ずっとアレがなかったから変だな、って思って病院に行ったんだけど……もう三ヶ月の終わりですって」

エマの大きな二つの目が、しっかりと私をとらえ、うるみ、輝き、幸福そうに瞬《まばた》きを繰り返した。私は口がきけずにいた。もしかすると、唇が痙攣《けいれん》を始めていたかもしれない。

エマは小首を傾《かし》げ、いたずらっぽく微笑んだ。「そんなに驚くことないわよ、響子。驚く代わりに、おめでとうって言ってよ。あたし、これで晴れて祐之介さんの子供が産めるんだもの」

「産む……って……本気？」私は嗄《かす》れた声で聞いた。もちろん、とエマは力強くうなずき、また煙草を吸った。「決まってるじゃない」

「でも……祐之介さんは何て……」

「堕《お》ろせ、って言ったわよ。あの人、子供が嫌いなの。でもあたしはいやだ、って突っぱねたわ。言っとくけど、中絶することがモラル違反だからじゃないわよ。生命の尊厳だとか、何とか、って、そんなことあたし、全然、考えたことないもの。親に歓迎されない子供は、生まれてくるべきじゃないんだし。あたしだって、他の男との間にできちゃった子なら、さっさと病院に行ってたわよ。でもこの子だけは別。あたしは祐之介さんの子供が欲しかったの。欲しくてたまらなかったの。高校を出るまでは我慢しようと思ってたけど、もう我慢する必要もないでしょ。予定日は来年の五月。ママさん女子大生になるってわけ」

それほど寒い日ではなかったはずだ。風はいくらか冷たかったが、太陽は暖かく、何もかもが気持ちよく乾いていて、吸い込む空気は青みがかった秋の草の匂いを含んでいた。だが私は、腕から背中にかけて、激しく鳥肌が立つのを覚えた。腐ったものの匂いを嗅いだ時のように、胸が悪くなった。

どうすればいいのか、わからなかった。今、この場でエマに真相を教えてやるべきなのか。祐之介が愛しているのは渉であり、エマは彼の男としての機能を試すために使われていたペットにすぎなかったのだ、とはっきり言ってやるべきなのか。祐之介は同性愛者だったのだ、と言ってやるべきなのか。

「やあだ、響子ったら」エマは可笑《おか》しそうに私の腕をつついた。「あなたが心配そうな顔することなんか、なんにもないじゃない。平気よ。祐之介さんと一緒にやっていくんだから。怖いことなんか、なんにもないわよ」

私は苔《こけ》むした石燈籠に手をつき、がくがくし始めた膝《ひざ》を支えた。ぬるりとした冷たい感触が手のひらを舐めた。「祐之介さんと一緒にやっていく、って……どういうこと？ 結婚するってこと？」

「そういうことになるわねえ」

「祐之介さんが、結婚しよう、って言ったの？」

「そうは言ってないわよ」エマは少し不服そうに頬をふくらませた。「私が、結婚について何か古くさいことを言い出すのではないか、と思ったらしかった。「あの人は、結婚って言葉が大嫌いなの。ただの形式をロマンティックに考えることがいやな人だから。あたしも同じよ。響子だってそうでしょ？」

ええ、まあ、と私は慌《あわ》ててうなずいた。エマはセシルカットにした頭を軽く揺すった。

「だからね、とにかく一緒にやっていくのよ。赤ちゃんが生まれるのよ。一緒にやっていくしかないじゃない。あたし、たった一人で彼の子供を育てるなんていやだもの。子供はやっぱり二人で育てなくちゃ。第一、あたし、当分の間、働きに行けなくなるじゃない。彼の助けがいるわ。今のところは祐之介さん、まだはっきり将来のことは話してくれないけど、必死で考えてくれてるんだと思う。彼は真面目《まじめ》な人だもの」

乾いた風が吹いて、これから色づこうとしているひょろ長いもみじの木を揺すった。どこからか一枚の落葉が舞い落ち、私とエマの頭の上でひらひらと軽いダンスを踊った後、離れの彼方《かなた》へと飛んで行った。

私の中で、悪魔が頭をもたげた。悪魔は不吉なにやにや笑いを浮かべながら、私に向かって囁《ささや》きかけた。私はエマに気づかれないよう、石燈籠に背を向けて、目を閉じた。

黙ってろ。悪魔はそう言った。エマが何がなんでも子供を産むと言っているのだから、黙ってそうさせておけばいい。祐之介は同性愛者だが、女を愛せないわけではなかった。エマが妊娠したことで、祐之介は否応《いやおう》なく将来の決定を迫られる。もしかするとこれを機会に、渉との関係を清算しようとするかもしれない。いや、少なくとも、赤ん坊の問題が祐之介と渉の間に決定的な亀裂《きれつ》を作る。それだけは確かだ。エマを利用するのだ。エマが産もうとしている子供を利用して、祐之介から渉を引き離すのだ。祐之介と渉の築いた世界を破壊するのだ。何も知らないエマに、無理矢理、馬鹿《ばか》げた真実を教える必要はない。チャンスだ。エマがチャンスを作ってくれたのだ。

「いい天気」エマがのんびりと言った。「お腹《なか》の中に赤ん坊がいるとわかってから、あたし、お天気のこととか、風の匂いとか、そんなつまんないものに感動するようになっちゃった。響子も妊娠したら、それがわかるわよ。何にでも感動するの。涙ぐんだりしちゃうんだから」

私はそっと振り返り、エマを見た。エマはミニスカートの奥の、まだ平らな腹部を両手でさすりながら、いとおしそうに目を細めた。風が間断なく吹き過ぎて、あたりの木々がカサカサと鳴った。

「お腹が目立つようになったら」と彼女は言った。「あたし、家を出るわ。親にはまだ何も言ってないの。卒倒するかもね。親のことを考えると気持ちが滅入《めい》ってくるけど、でも仕方ない。来年はもう二十歳だし。何にせよ、あたしが決めることだもの」

「協力するわ」私は明るい声で言った。悪魔が私の中で拍手をした。そうだ。その調子。私はとっておきの笑顔を作り、エマに向かって手を差し出した。「おめでとう。

なんだか私も嬉《うれ》しい」

エマは私の冷たくなった手を軽く握り、照れくさそうに「サンキュー」と言った。

「響子も渉さんと幸せになってよね」

うん、と私はうなずいた。遠くで人の気配がした。振り返ると、渉が飛び石をゆっくりと渡りながら、こちらにやって来るところだった。彼は私たちを見つけ、笑顔を作った。「ごめんよ。買物に行ってたんだ」

ほうらね、とエマは私に笑いかけた。「あたしが言った通りだったでしょ?」

一ヶ月ぶりに会う渉は、少し瘦《や》せていたが、前にも増して美しくなったように見えた。彼は眩《まぶ》しそうに私を見つめ、小声で「しばらくだね」と言った。私は黙ってうなずいた。

「じゃ、あたしはこれで失礼するとするかな」エマはそう言ったが、ぐずぐずと地面をブーツで蹴《け》ったりしていた。引き止められたがっている様子がありありと窺《うかが》えた。私はエマを利用しよう、と思った。本気でそう思った。

「三人でコーヒーでも飲みましょうか」私は言った。「どう? 渉さん」

私が二人きりになりたがらないのを少し、怪訝《けげん》に思ったようだったが、渉はおくびにもそれを出さなかった。「いいね」と彼は言った。「林檎《りんご》を買って来たんだ。みんなで食べよう」

私たち三人は離れに入り、湯を沸かしてインスタントコーヒーをいれた。渉が買って来た林檎はエマがきれいに剝《む》き、皿に並べた。案の定、エマは祐之介との間にできた子供の話を始めた。私は注意深く渉の表情を窺っていた。渉はつゆほどの変化も見せなかったが、変化を見せなかったことが、彼の内心の動揺を物語っているように思えた。

エマが一通り、子供についての話を喋《しゃべ》り終え、話題を変えようとすると、私が無理に突っ込んだ質問をし、再び話を元に戻した。質問されることがエマにとって最も嬉しいことらしかった。ついにエマは、受胎するにいたったと思われる祐之介とのセックスについても、あからさまに喋り始めた。

夏が始まったばかりの日の午後、この離れで、祐之介がどれほど長い射精をしたか、その時、どれほど深い快感があったか、彼女は得々として語った。子宮の扉が開いたような感覚って、響子、あなた、わかる？　まさにそれだったのよ。ひょっとして、って思ったわ。扉が開いて、そのずうっと向こう側の狭い狭い通路の奥に、祐之介さんの精液がものすごい勢いで流れていくのがわかったのよ。通路はぐんぐん奥に拡《ひろ》がっていって、行き止まりが感じられないの。まるで身体《からだ》全体に精液が流れてしまうみたいだった。きっとあの時よ、妊娠したのは。間違いないわ……。

渉は離れの小窓に肘《ひじ》をつき、窓の外を見ていた。顔は無表情だったが、鼓膜にシャッターをおろしてエマの言葉を聞くまいと努力していることが一目でわかった。私は勝ち誇ったような気持ちになった。

何も知らないエマは、しばらくの間、受胎、妊娠、出産、という生殖に関する話を続け、結局、夕方近くまで離れにいた。エマが帰ってから、私と渉は外に出て、近くの輪王寺の境内を散歩した。秋の夕暮れの風が木々の小枝を揺する中、私は渉の腕をそっと取り、その耳に口をつけた。「もういいの」と私は言った。「あんまり深く考えすぎて、自分が何を考えているのかもわからなくなっちゃった。だから、もういいの。このままでいい」

渉は黙りこくっていた。私は続けた。「エマのこと、ショックだったでしょうね」

彼は意味もなさそうに微笑《ほほえ》み、ふと足を止めた。黄昏《たそがれ》がおり始めた木立の下で、私の身体は軽く彼の腕の中に抱きとめられた。渉の匂《にお》いがした。その匂いを胸いっぱいに嗅ぎながら、私は自分の胸のうちに生まれた悪魔を軽蔑《けいべつ》し、同時に、祝福した。生きるということは、こういうことなんだ、と私は思った。時にはこんなふうにして、愛する者を奪わなければいけないこともある。自分が生きるために、そうしなければいけないこともある。

「好きよ、渉さん」私は小声で言った。僕もさ、と彼も言った。乾いた土の上で、私たちは抱き合ったまま、唇を合わせた。蝶《ちょう》が花に止まった時のような、ごく軽いキスだった。私は彼の唇を嚙《か》み、無理矢理、その口を開けさせた。彼は一瞬、とまどったように唇をこわばらせたが、やがておずおずと私の唇を吸い始めた。

その翌月、十一月二十五日。三島由紀夫《ゆきお》が東京市ヶ谷《いちや》の自衛隊駐屯地で、割腹自殺をした。私はそのニュースを予備校の補習室で聞いた。みんなが興奮しきっており、中には涙ぐみながら、外に飛び出して行った学生もいた。その夜、伯母と一緒にTVのニュースを見た後、私は部屋にこもって三島の小説を読み返した。読みながら、『悲愴《ひそう》』を聴いた。

それからちょうど二十日後の、十二月十五日。予備校から戻るとすぐに電話が鳴った。電話には伯母が出た。午後四時ごろだったと思う。伯母は、手を洗っていた私を呼び、「電話よ」と言った。洗面所のタオルで手を拭《ふ》きながら、誰？　と私は大声で聞いた。伯母は黙っていた。

居間に行くと、伯母は受話器を手で押さえながら、首を横に振った。「知らないわ。堂本って言ってるけど、女の人よ」

勢津子だということはすぐにわかった。私は伯母に差し出された受話器を取った。勢津子には伯母の家の電話番号を教えてあったが、彼女が電話を寄越したのは、それが初めてのことだった。渡された受話器を耳にあてようとした時、伯母の着ている着物から、樟脳《しょうのう》の匂いがかすかに漂った。それは何か不吉なことの前兆のように私の鼻を刺激した。

「もしもし？　響子ちゃん？」勢津子は言った。信じられないほど暗く、沈んだ声だった。私は居間の炬燵《こたつ》の上に載っていた蜜柑《みかん》を見ていた。蜜柑は籠《かご》の中に山のように積まれてあり、そこに窓からさしこむ冬の午後の日差しが、だんだら模様を描いていた。

「たった今、警察から連絡があったの」勢津子はそう言い、さらに声をひそめた。「高宮さんが……エマちゃんが、殺されたんですって」

蜜柑の上のだんだら模様が崩れた。私は我を忘れて、何か叫んだ。伯母が驚いて私の傍にやって来た。エマが殺された。エマが殺された。私は阿呆《あほう》のようにそうわめき続けた。

あとのことは覚えていない。

11

私と伯母の証言内容が食い違うはずはなかった。エマが殺された日……つまり十二月十四日の夜、私と伯母と渉は、三人で夕食をとり、きっかり九時まで三人一緒に北四番丁の伯母の家にいたからだ。伯母と私が玄関まで渉を見送りに行き、渉が伯母に「ごちそうさまでした」と言ってバスの時間を気にした時、伯母と私が口をそろえて「九時十分のバスがあるはずよ」と言ったことも覚えている。

私は渉とわずかな間だけでも二人きりになりたかったので、その後、彼を路地の出口まで送って行った。夕方まで雪が降っていたのだが、もうそのころは止《や》んでいた。うっすらと白くなった路面を踏みながら、私たちは並んで路地を歩いた。表通りと路地との角にあった電信柱の蔭《かげ》に立ち、おやすみのキスをしようと顔を上げたその時、突然、一台の自転車が走って来て、私たちの前で急ブレーキをかけた。角の家に住む顔見知りの女子高校生が、びっくりしたように自転車から降りて来た。

私は慌てて渉から身体を離し、わざと大きな声で「今晩は」と挨拶《あいさつ》した。女の子は興味深げに私と渉の顔を見比べ、「どうも」とだけ言った。

それが午後九時少し過ぎであったことは、後に、その女の子の話からも明らかにされた。女の子は、近所の祖母の家に遊びに行っていたのだが、午後九時から始まるホームドラマがどうしても見たかった。TVは教育上悪い、と決めてかかっている祖母の手前、TVが見たいとは言い出せない。それで時間に間に合うよう、急いで帰って来たところだった。だから家に戻ったのは、午後九時ごろ……過ぎていたとしても、一分か二分過ぎだったことは間違いない、と証言したのである。

渉が十二月十四日の夜九時まで北四番丁の伯母の家にいたかどうか、ということは、捜査の重要なポイントとなった。つまり、彼のアリバイの成立いかんによって、後の渉の〝自白〟の真偽がはっきりしたからである。

エマの死体は十五日の早朝、輪王寺の境内の隅で発見された。発見者は寺の住職で、住職はすぐに警察に通報した。エマは発見された時、木の根元に仰向《あおむ》けに寝かされ、胸の上で両手を組んでいた。はいていたタータンチェックのプリーツスカートの裾《すそ》は、きちんと足に巻きつけられ、目は閉じられていた。遺体の様子があまりにきれいだったので、住職は初め、真新しいマネキン人形が捨てられているのではないか、と思ったほどだったという。

遺体の脇《わき》にショルダーバッグが置かれてあり、中には化粧品一式と赤い財布、定期入れ、ハンケチ、ガムなどが入っていた。定期入れに定期券は入っておらず、M女子学院大学の学生証、バスの回数券、それに幾つかの電話番号がメモされた紙きれがはさまっていた。メモにあったのは、堂本勢津子の住む千間堂の電話番号と私の伯母の家の電話番号、それに二、三の大学の知人、高校時代のクラスメートの電話番号だった。

警察が真っ先に堂本勢津子にエマの死を連絡し、聞きたいことがあると申し出たのは、メモの筆頭に彼女の番号が書かれてあったからである。その時点において、警察は祐之介と渉の存在には気づいていなかった。勢津子からエマの死を知らせる電話を受け取った直後、私のところにも電話があった。混乱していた私は何も覚えていないが、伯母がその警察からの電話に応対した、と言っている。

エマの遺体はすぐに司法解剖に処され、死因が絞殺《こうさつ》であったことがはっきりした。死亡推定時刻は十四日の夜、八時から九時の間。エマがはいていた編み上げブーツの底に境内の土や雪がついていなかったこと、現場に争った跡がないことから、警察では犯人はエマを絞殺した後、死体を輪王寺の境内に運び込んだと見て、捜査を始めた。死体発見現場には、一組の不審な足跡が発見された。前日の午後から降り始め、夕方になって降りやんだ雪のせいで、それは容易に判別された。足跡は二十五・五センチサイズの男子用スニーカーだった。

私にとって最初のショックというのは、言うまでもなく、あの親しかったエマの死だったわけだが、後に起こったことを考えれば、エマの死のショックなど、二義的なものにすぎなかったと思われる。ショックを味わう暇もなく、私はすぐに警察によばれ、細かくいろいろなことを質問された。高宮エマがつきあっていた男友達は誰か。複数いたのか。あなたは高宮エマとはどの程度、親しかったのか。最近、エマに会った時、どんな話をしたのか。エマは妊娠していたが、そのことは知っていたか。子供の父親と思われる人物に心あたりはないか……。

皮肉なことに、エマが生前、いかに友達づきあいをせず、孤独に生きていたかということが、彼女の死後、よくわかった。警察はエマの交遊関係を洗い出そうとして、ほとんど何もつかんでいなかった。勢津子と私の証言がすべてだった。勢津子を別にすれば、友達とよべる人間はエマにとって私だけだった。無邪気ですぐに友達を作ってしまいそうに見えたエマ。それなのに、彼女は私以外、誰とも祐之介の話はせず、一人、死んでいったのだ。

私は緊張のあまり、貧血を起こした。警察署のトイレに駆け込み、朝食べたものを吐き戻した。刑事たちは私が緊張するのは当然だ、と言い、気の毒がってくれた。受験勉強をしている最中に、友達が殺されたんだからねえ、と。

エマがつきあっていた男として、関祐之介の名をあげたのは私だけではない。むろん勢津子も警察の質問に対して、祐之介のことを話した。どうして黙っていられただろう。私と勢津子の他に、そのことをいやというほど知っていたはずの渉は、事件以来、どこかに姿を隠してしまって連絡がとれなかったのだ。

祐之介は事件発覚直後から居所がわからなかったが、渉もまた同様だった。私は気が狂いそうだった。私は最初から、エマを殺したのが祐之介ではないか、と疑っていたのだ。電話で勢津子にエマが殺されたことを聞いたその瞬間から、すでに誰が殺したのか、わかっていたのだ。そして、何故《なぜ》、渉が姿を隠したのかも、わかっていたのだ。

私と勢津子が祐之介の名をあげたことにより、警察は直ちに精力的に動き始めた。当たり前だ。エマのお腹《なか》の中の子供は祐之介との間にできた子供だったのだし、仮りにそれがエマの作り話だったとしても、そのことを私が証言すれば、祐之介には間違いなく嫌疑がかけられる。

祐之介と同居している男がおり、それが私の男友達で、勢津子の弟である、ということは当然、すぐに警察が関心を持ったことだったが、初めのうち、渉はまったく容疑者のリストからはずされていた。エマ殺害の時刻に渉は私と一緒にいたのだし、第一、彼にはエマを殺す動機が見当たらないからだ。渉が事件発覚直後から行方をくらましたことについても、最初はさほど重要視されていなかったのではないかと思う。警察が探していたのは、祐之介のほうだった。渉ではなかった。

私はあの十二月十四日という日が、どのようにやって来て、どのように過ぎていったか、生涯、忘れることはないと思う。

あの日、午前中は、太陽が雲間から顔を覗《のぞ》かせていたが、昼近くになって急に雪空に変わり、寒くなってきた。私は予備校の午前中の授業をひとつ、午後の授業をひとつ受け、雪が降り始めてもしばらくの間、補習室で勉強していた。勉強ははかどらなかったが、あと二ヶ月後に迫った受験のことを考えると、そうも言っていられなかった。

渉との関係を続けていく決心をつけたせいで、気分的には最悪の状態からはなんとか免れていた。ともかく大学に合格し、東京に行くこと。そして、仙台と東京を行き来することにより、渉との関係をさらに重みのあるものにしていくこと。そのことしか私の頭にはなかった。

エマは妊娠五ヶ月になっていたが、もともと上半身が豊かだったせいか、腹部のふくらみはそれほど目立たなかった。気をつけて見なければ、誰も彼女が妊娠していることは気づかなかったろう。祐之介と渉の間に、エマの妊娠出産に関して、どのような話し合いが行われたのか、よくは知らない。渉の話によると、祐之介はエマの意志を尊重する決意を固めたらしかったが、私は話半分に聞いていた。考えてみれば、祐之介がそれほど簡単に結論を出せたはずがない。彼の立場からすれば、何が何でもエマを病院に引っ張って行き、中絶させるのが普通だったと思うのだが、そうする様子を見せない祐之介に対して、私はあまり不思議にも思っていなかったところがある。

私はエマと祐之介がどのようになろうと、どうでもよかった。祐之介がエマとのことで、内容はどうあれ、社会的責任をとらねばならなくなる事態に陥り、渉から離れてくれさえすれば、それでよかったのだ。

エマはまだ両親に妊娠の事実を打ち明けておらず、年が明けた元旦《がんたん》の日に、すべてはっきりさせる、と言っていた。元旦でなければならなかった意味は何もない。エマにしてみれば、両親に打ち明けた時が家を出る時でもあり、それをひとつの儀式と考えた末のことだったのだと思う。そのために元旦が選ばれていた。ただそれだけだった。

彼女は家を出たら、北山の離れに転がり込むつもりでいた。私がエマのことなど真剣に考えていなかったのと同様、彼女もまた渉のことなど、念頭にもおいていなかった。渉には千間堂の実家があるのだから、追い出しても路頭に迷うことはない、と思っていたようだ。私にしてみれば、それは願ってもないことだった。私はエマに、そのアイデアは悪くない、と強調してやった。エマが離れに住めば、渉は否応《いやおう》なく、離れを出なくてはならなくなる。否応なく、祐之介と離れねばならなくなる。

私はあの夏の日の夜に、離れで男二人の交わりを目撃してから、祐之介とは一度も会わなかった。私が会いたくなかった以上に彼もまた私と会いたくなかったのだと思う。祐之介のことは渉やエマを通してしか耳に入ってこなかった。いずれの話も私は聞き流した。祐之介の存在を頭の中から抹殺したかった。時が流れ、状況が変われば、必ず渉は祐之介と別れて私のところに来る。そう信じたかった。私は渉の私への愛を半ば以上、信じていたのである。同性同士が愛し合うことなど、異性同士の愛に比べれば、問題にもならないことだ、と愚かにも心のどこかで信じていたのである。

あの日、補習室を出たのが午後四時半過ぎだった。渉と会う約束はしていなかった。

そのまま帰るのはいやだった。私はまだ雪が降り続いていた街をうろうろ歩き、書店を覗いたり、安物を売ることで有名だったブティックをひやかしたりした後、そのまま無伴奏に行った。店には、渉と祐之介、それにエマがいた。

エマは「久し振りに四人そろった」と言ってはしゃぎ、そのせいで祐之介と私のぎこちない挨拶は気づかれずにすんだ。彼女が着ていたものははっきり覚えている。タートタンチェックの暖かそうなプリーツスカートに編み上げブーツ。セーターの色は白だった。

エマは煙草《たばこ》とコーヒーをやめていたので、これみよがしにレモンティーを飲んでいた。私はエマに微笑《ほほえ》みかけながら、「どう？　順調？」と訊《き》いた。エマは指を二本立て、Vサインを作りながら「バッチリよ」と言った。彼女は本当に妊婦には見えなかった。妊娠ということがどんな変化を肉体にもたらすのか、想像するしかなかった私にとって、彼女がいつもと変わりなくそうやって街に出て来て、笑顔で紅茶などを飲んでいる姿自体、どこか信じられないところもあった。

祐之介は思いのほか、元気そうに見えた。あまりに元気そうなので、一緒にいる渉すら、存在感が薄れて見えたほどだ。私は意地悪い気持ちになりながら、「おめでとう」と言った。「祐之介さん、来年はお父さんね」

言った途端、そのあまりの意地の悪さに自分でもぞっとし、眩暈《めまい》がした。だが、祐之介は顔色を変えなかった。ふふ、と笑っただけだった。

エマの子供に関する話はそれだけで終わった。私たちはあたりさわりのない話題を選んで、表向き、仲がいい友人同士のように世間話をし、時には店の人に眉《まゆ》をひそめられるほど大きな声をあげて笑ったりした。

渉はそれなりに私に気をつかっているように見えた。彼は祐之介にはじかに話しかけず、私にばかり喋《しゃべ》りかけた。昔の恋人と同席してしまったため、現在の恋人にあれこれと気をつかう普通の男……という印象だった。

そうやっていると、嵐《あらし》の晩に見たものが、ただの悪夢だったかのように思われた。誰も彼もがごく普通だった。ちょっとした手違いで子供ができてしまったため、いささか時期尚早だが連れ添う決意を固めた恋人同士。そして、一浪中の受験生とその恋人。

小一時間ほどたってから、祐之介がエマに何事か囁《ささや》いた。エマは顔を輝かせてうなずいた。

「悪いけど、お二人さん」祐之介が言った。「僕たちはお先に失礼するよ」

渉は祐之介を見たが、祐之介は渉を見ていなかった。彼の目は私に向けられていた。

「ちょっと行くところがあるんでね」

「どうぞ。私たちのことなら気にしないで」私は胸を張って言った。永遠に気にしないで。そう言いたかった。あらゆる意味で深い皮肉をこめたつもりだったが、祐之介がそれに気づいた様子はなかった。

エマは「じゃあね」と私と渉を交互に見ながら立ち上がった。「また近いうちに会おうね。四人で」

「身体《からだ》、気をつけてね」私は言った。「転んだりしちゃだめよ」

「傍に大木がついてるから大丈夫よ」エマは笑いながら祐之介の腕をつかんでみせた。

私と渉は形ばかり笑った。

エマと祐之介は、さっさとコートを着ると、前後しながら店を出て行った。アルビノーニの『アダージョ』がかかっていた。店の正面の巨大なスピーカーの前には、数人の高校生グループがいた。店内は煙草の煙で紫色に煙っていた。エマのはいていたタータンチェックのプリーツスカートの裾《すそ》が、ドアの向こうに消えて行った。私はいつまでもドアを見つめていた。

渉はどこかしらそわそわしている様子だった。祐之介が一緒の時よりもずっと、彼は落ち着かなげだった。といっても、それは後になって思い出したことである。その時、私はあまり渉の様子に注意を払っていなかった。

「四人で会うことになるとは思わなかったわ」私はできるだけのんびりした口調で言った。「ちょっぴり緊張しちゃった」

渉はうなずき、煙草をくわえた。濡《ぬ》れたような黒い大きな瞳《ひとみ》が私をとらえた。「不思議だね」彼は言った。

「何が？」

甘ったるい『アダージョ』のメロディーが私たちの間に目に見えない膜を作ったように感じられた。渉はしばし私を見つめた後、ゆっくりとマッチで煙草に火をつけた。彼が煙を吐き出す間、私は彼の唇を見ていた。

「随分、前から不思議に思ってた。きみは、どうしてエマに何も話さなかったんだろう、って」

「話す、って何を？」私はわざとそう聞いた。渉は唇の端を大きく歪《ゆが》め、何か得体の知れない苦痛を追い出すかのように、音をたてずに溜息《ためいき》をついた。

「きみは必ずエマに話すと思ってた。僕だけじゃないよ。祐之介だって、そう思ってた。こんな事態になったら、きみは当然、エマに……」

「言えないわ」私は静かに遮った。「これからも絶対に言わない。誰にも」

彼はうなずき、うっすらと微笑んだ。「きみは変わった女の子だ」

「変わってなんかないわよ」私は精一杯の笑顔を作ってみせた。「普通よ」

渉は翳《かげ》りを帯びた笑みを浮かべ、じっと私の顔を見つめた。私たちは互いを見つめ合いながら、しばらくの間、じっとしていた。

渉と一緒にいる時の息詰まるような沈黙には慣れっこになっていたが、その時はどういうわけか、黙っているのが恐ろしかった。私はふいに、自分の祐之介に対する悪だくみ……エマの妊娠を利用して祐之介と渉を別れさせるため、エマにあの秘密を教えずにいるという私の計画……が、渉にはとっくにわかっていたのではないかと思った。

「エマにあのことを言ってほしいの？」私は不安を紛らわせるために、ふてくされたように笑ってみせた。「エマに知らせたいのなら、渉さんが言えばいいんだわ。私は絶対に言わないから」

「そういう意味じゃないよ」彼はほとんど唇を動かさずに言った。「誤解しないでくれ。僕だってエマに知らせたいなんて、思ってないんだから」

「私がエマに何も言わないでいる理由が何なのか、渉さんならわかるはずよ」

わかるよ、と彼は言った。他意はなさそうだった。

「何も知らないほうがいい時だってあるんだわ」私は訳知り顔で言い、一人でうなずいた。「それにエマは今、幸福なはずよ」

僕もそう思う、と渉は言い、私から目をそらした。

私たちはそれからしばらくの間、黙ったまま煙草を吸い、灰皿の中でもみ消してから店を出た。外に出ると、雪はあがっていた。

互いに腕を組み合いながら、大通りまで出た。珍しく渉は私をバスに乗せようとはしなかった。代わりに彼は私を勾当台公園に連れて行き、人けのない凍りついた噴水のまわりを歩き、そのまま北四番丁に向かった。歩いて伯母の家まで送ってもらうのは久しぶりのことだった。渉は何度も私に「寒くない?」と聞き、私の頬が冷たくなっているのを知ると、自分のつけていた白い毛糸のマフラーを取って、私の顔を包み込んでくれた。

北四番丁の通りの一本手前の細い道を右に折れ、しんと静まりかえった住宅街にさしかかった時、私は我慢しきれなくなって立ち止まった。雪がうっすらと路面を被《おお》う凍りつくような寒さの中、世界で一番大事な人に肩を抱かれて歩きながら、どうして理性を保つことなどできただろう。

「祐之介さんのこと諦《あきら》めて」

私は渉を見上げ、目をそらさずに言った。

「祐之介さんはもうエマのものよ。エマのお腹《なか》には赤ちゃんだっているのよ。これ以上、祐之介さんを思ってたって、何も生まれないわ。そうでしょ？」

渉が何を答えるか、期待と不安に胸をドキドキさせながら、私はその唇をじっと見つめた。冷えきった人けのない路上に私たちの足音が途絶え、物音が途絶えた。

「諦めて」私は繰り返した。もう破れかぶれだった。「AかBか、どっちか選ばなくちゃいけない時がきてるのよ。これ以上、同じことを続けてるわけにはいかないと思うわ。渉さんだって、そのことはわかってるんでしょ？」

「わかってるよ」彼は静かに言った。その声はあまりに静かすぎて、そのまま雪の中に吸い込まれていきそうに思われた。

彼はいきなり私を強く両手で抱きしめ、冷たくなった私の髪の毛に唇を押しつけた。遠くをチェーンをまいた車がゆっくりと走り過ぎる音がした。私は目を開けたまま、彼のコートに顔を埋《うず》めた。いつものあの、馴染《なじ》みのある無力感だけがあり、私の頭の中は空っぽだった。泣きたいと思うのだが、涙は出てこなかった。

「渉さんのこと、信じてるわ」私は言った。「そのことだけは忘れないで」

まるで少女漫画のセリフだった。さもなくば、ジュニア小説の中の一シーン。私は顔をあげ、唇を噛《か》んだ。

渉は吐息まじりに言った。「忘れない」

どこをどう歩いたのか。伯母の家に通じる路地に入るまで、私たちは黙りがちだった。家の前まで来ると、玄関の前に人影が動いているのが見えた。伯母だった。

「おかえり」と伯母は言った。手には竹箒《たけぼうき》が握られていた。玄関前のコンクリートの小道には、雪が竹箒で取り除かれた跡があり、それはポーチを照らし出す門灯の明かりを受けて、ばらまかれたばかりのグラニュー糖のようにキラキラと光っていた。

伯母は私と渉とを交互に見ながら、好奇心を隠しきれないといった様子で、せかせかと言った。「放っておくと、朝までに凍ってしまうからね。今のうちに雪かきしとこうかと思って」

私は慌《あわ》てて、渉を見上げ、どうすべきなのか、迷いながら、伯母に向かって言った。

「こちら、堂本さん。送ってもらったの。おばさんも知ってるでしょ。千間堂の……」

伯母はとっくに気づいていたに違いないのだが、さも初めて気づいたかのように、驚いてみせた。「いつだったか、デパートでばったり会った、あの堂本さん？」

「そうよ」

「いつも電話をくださってる方ね？」

渉は社交的にうなずいた。「電話の取り次ぎばかりしていただいて申し訳ありません」

「いいえ、どういたしまして」伯母は何か固いものを飲み込んだ時のように、目を白黒させながら、渉を見上げ、次いで私を見た。伯母が渉の美しさ、礼儀正しさをいっぺんで気に入ったことは確かだった。彼女は慌てたように言った。「ああら、こんなところで、寒いでしょう。せっかく送って来ていただいたんだから、どう？　おあがりにならない？」

渉は私の顔を見た。伯母は私の腕をつついた。

「今日は鍋《なべ》ものにしたのよ。堂本さん、お夕食、まだなんでしょ？　お鍋は大勢のほうがおいしいし。お誘いしたら？」

面倒なことになったな、と私は思った。とても伯母をまじえて他愛のない会話をはずませる気力はなかった。

「僕はここで失礼します」渉はきっぱりと言ったが、声が低すぎたせいだろうか、それは単に社交辞令でそう言っているように聞こえなくもなかった。伯母は渉が遠慮しているものと見たらしく、「おあがりなさいな」と半ば強引に言った。「響子ちゃんのボーイフレンドには、一度ゆっくりお目にかかりたいと思ってたところだし。ね？」

渉にとっては迷惑千万な誘いであったことは間違いない。祐之介とエマは「行くところがある」と言っていた。離れに行くとは言わなかった。だから、渉は私を送り届けた後、一人、離れに戻り、炬燵《こたつ》にもぐりこんで祐之介を待つつもりだったのかもしれない。すでにその時、離れには祐之介とエマがいたわけだが、そんなことは私も渉も知る由《よし》もなかった。

渉は私に向かって、伯母にも聞こえるように言った。「やっぱり失礼するよ」

「遠慮は無用よ」すでに竹箒を片づけ、玄関の中に入り込んでいた伯母が、三和土《たたき》の中からいたずらっぽく笑って振り返った。「若い人があんまり遠慮しちゃだめよ。さあさあ、おあがり。寒いところに立ってると、二人とも風邪をひきますよ」

普段の伯母は、和服をぴしりと着こなす禁欲主義的な未亡人であり、堅物のピアノ教師であり、修道院のシスターのごとき倹約家、一途《いちず》なモラリストだったわけだが、反面、彼女には妙に天真爛漫《らんまん》なところもあった。少女じみた強引さもそのひとつである。伯母は時々、少女が我を通そうと頑張る時のような、邪気のない強引さを出すことがあった。

あの時、伯母が渉を誘ったのは、何も私と渉との関係を詮索《せんさく》しようとしたからではない。それは確かだと思う。伯母には、冷え込みの厳しくなった街を歩いて私を送り届けてくれた渉が、多分、少女時代を思い出させる白馬の騎士か何かに見えたのだろう。彼女の強引さには、人を苦笑させると同時に、微笑《ほほえ》ましくさせるものが窺《うかが》われた。渉にもそれが通じたらしかった。どうする？　と私が訊《たず》ねると、彼はやがてうなずき返した。「一時間くらいなら」と彼は言った。

居間には、食事の支度が整えられていた。伯母は鍋の中で煮えたものを次から次へと渉のために取ってやりながら、私の受験勉強のこと、入試のこと、東京にいる私の両親や妹のことなどをあたりさわりなく渉に話し続けた。渉はあまり喋らなかったが、終始、にこにこしていたし、何か聞かれれば、率直にそれに答え、伯母がせっせと碗《わん》の中に入れる豆腐やネギや魚を若者らしい健啖《けんたん》ぶりを示しながら、たいらげていった。

伯母はすっかり渉のことが気に入ったらしかった。ことに渉がクラシック音楽が趣味だと知ってからはなおさらだった。伯母は食後の蜜柑《みかん》を彼にすすめながら、ピアノ曲の中ではやはりショパンが一番だ、とか、昔、声楽のレッスンを受けていた時に習い覚えたイタリアの歌曲は、今でも歌詞をはっきり覚えている、とか、歌曲の中でもやっぱりトスティが最高だ、とか、時々、大きなホールでグランドピアノを前にリサイタルを開いている夢を見ることがあるけど、やはりピアニストになってればよかったかしら、といったことを延々と喋り続けた。

渉は我慢強く伯母に調子を合わせ、微笑んだり、感嘆したり、また、同調してみせたりしていたが、彼が帰りたがっているのはひと目でわかった。私は伯母のいつ果てるとも知れないクラシックについてのお喋りをやめさせるために、そっと炬燵の中で伯母の膝《ひざ》をつついた。

「ごめんなさいね、渉さん」私は言った。「伯母はクラシックの話となると、夢中になるのよ」

「僕なら全然、かまわないですよ」渉はそつなく言った。「今度是非、おばさんのピアノを聴かせてください」

「あら、どうしましょう」伯母ははにかんだ。「たっぷり練習しておかなくちゃ」

その時点で居間の壁の掛け時計は、八時五十分をさしていた。私が時計を見上げた時、渉と目が合った。彼がやわらかく目くばせをした。私は伯母に、楽しかった夕食は終わったのだということを暗に伝え、渉を促した。

渉は食事の礼を伯母に述べ、立ち上がった。〝親友と二人で下宿暮らしをしている〟渉のために、伯母が台所から大和煮《やまとに》の缶詰やコンビーフや蜜柑、林檎《りんご》などを持って来て、袋に詰め出したため、十分ほど時間がとられた。私は苛々《いらいら》しながら伯母に向かって「そんなものあげるのは失礼よ」と言った。伯母は「そんなことはありません」とぴしりと言いかえした。「響子ちゃんには下宿暮らしの大変さがわからないのよ。親御さんと離れて暮らしてる学生さんは、食べることではいつも不満を持ってるものなのよ。こういうものをあげるのが一番、喜ばれるの。そうでしょう？　堂本さん」

渉は笑ってそれに応《こた》え、伯母がデパートの紙袋に入れた食料品一式を丁重な礼の言葉と共に受け取った。伯母は満足げだった。

あれが最後に見た渉の笑顔だったと思うと、切なさがこみあげてくる。渉は本当に穏やかに笑っていた。心に何の翳りもない青年のように。

その後、私は渉を路地の出口まで送って行き、おやすみのキスをしようとしたところを角の家の女子高校生に見られた。結局、最後のキスはできなかった。

輪王寺の境内に残された二十五・五センチのスニーカーは、警察の調べで関祐之介のものであると断定され、また、エマの遺体の脇《わき》に置かれた彼女のショルダーバッグから検出された指紋も、北山の離れにあった彼の指紋と一致した。

祐之介は、事件から三日たった十二月十七日の午後一時ごろ、北山の離れに戻ったところを、張り込んでいた警察官によって任意同行を求められた。彼はその場で、すべてを認めた。

その時、祐之介の傍には渉がいた。朝から雪が降っていた日だった。渉は祐之介が連れ去られるのを見送った後、そのまま離れを出て私のところにやって来た。

渉はその時、スケッチブックを小脇に抱えていた。いつか私と待ち合わせた画材屋で彼が買ったスケッチブック――ノートほどの大きさで、表紙と裏表紙とが固いボール紙でできており、そこについている焦茶色《こげちゃいろ》の紐《ひも》で結べるようになっているスケッチブック――である。

スケッチブックの表紙の隅はそり返り、雪で濡《ぬ》れた紐がだらりと垂れ下がっていた。彼はその濡れた紐を片手でいじくり回しながら、玄関先に立ち、祐之介が連れて行かれたことを私に伝えた。

祐之介が連れて行かれたよ。彼は確か、そう言ったはずだった。唇の端に笑みさえ浮かべて、機械のように規則正しい呼吸をしながらそう言った。彼の後ろの開け放したままの玄関ドアの向こうに、降りしきる雪が見えた。

彼は茫然《ぼうぜん》としている私を無表情に見下ろすと、何か言いたげに口を少し動かした。だが、何も聞き取れなかった。彼がそこにいたのは、一分かそこらだった。彼は濡れた前髪をかきあげると、静かに出て行った。

伯母はちょうどその時、誰かと電話中で、渉と会うことはできなかった。会っていたら、伯母は渉に何を言っただろう。お友達が大変なことになったそうで、と口を濁し、寒いからあがってお茶でも飲んでいきなさい、とでも言っただろうか。伯母は渉のことをたいそう気に入っていたのだ。あんなことがなければ、いずれ伯母は、渉を前にして、自分のピアノを披露することもあったかもしれない。

その夜、渉は自ら警察に出頭し、エマを殺したのは祐之介ではなく、自分であり、輪王寺の境内に運び込んだのも自分だ、と言った。丸一晩、彼は半信半疑の刑事たちから質問を受け続けた。

渉はエマ殺害の動機を「腹がたって殺した」ということで押し通した。あの夜、離れに帰るとエマが一人で祐之介を待っていた。日頃からエマが離れに頻繁に出入りしていたおかげで、ろくに本も読めず、勉強もできなかったので、鬱陶《うっとう》しく思っていた。思わず「帰ってくれないか」と怒鳴った。エマは反抗し、渉を罵《ののし》った。自分は祐之介の子を身籠《みごも》っているのだし、出て行くのはあんたのほうじゃないか、と言われた。自分には千間堂という実家があるが、複雑な家庭なので、千間堂で暮らすことは考えたことがない。自分の居場所は北山のあの下宿しかなかった。人の心の痛みもわからない女だ、と思った途端、カッとして、我を忘れた。気がついたら彼女の首を絞めていた……渉はそう繰り返した。

境内に残された足跡が祐之介のスニーカーだった点についても、自分が祐之介のスニーカーをはいて死体を運んだのだ、と言い切った。結局、警察では渉が犯行時刻に北四番丁の私の伯母の家にいたこと、どれほど急いで帰ったとしても、死亡推定時刻を大幅に上回ってからでないと北山の離れには戻れないこと、祐之介にその時間帯のアリバイがまったくないこと……などから、渉の自白が偽物《にせもの》であることを結論づけた。渉は一転して、ただのノイローゼ気味の大学生として扱われた。

一方、祐之介は「堂本君が何故《なぜ》、ルームメイトであるというそれだけの理由で僕をかばおうとするのか理解に苦しむ」と刑事たちに訴えた。渉は今回の事件にはまったく無関係であること、あの晩、渉が離れに戻って来た時は、すでに自分がエマの死体を運び終え、逃亡の準備をするために身のまわりのものをバッグに詰めていた時であったことなどが、当事者にしかわからない克明な記憶と共に祐之介の口から語られた。

事件発覚後、自分は一人で岩手のほうをさまよっていたのだし、堂本君がその時、どこにいたのかもまるで知らない。彼は繊細すぎる神経の持ち主だから、ひょっとすると、エマさんが殺されたと聞いて、ショックを受け、頭がおかしくなったのではないか。もともと堂本君は人の死ということについて、過剰な反応をする男だった……祐之介はそう言いきった。

祐之介のエマ殺害の動機は、誰が聞いてもうなずけるものだった。人生これからという時に、つきあっていた女が妊娠してしまった。本人は中絶を認めようとせず、結婚してくれと言い出した。自分には将来があるし、結婚する気はおろか、子供の父親になる気などまったくなかった。だが女は、何があっても離れない、と言い、しつこくつきまとった。そうこうするうちに、お腹《なか》の中の子供はどんどん大きくなっていった。殺す以外、彼女から逃れるすべはなかった……。

祐之介は、犯行が半ば以上計画的であったことを認めた。十四日の夕方、無伴奏で、同居人である堂本君の恋人、野間響子さんとばったり会った。その瞬間、実行するのはその晩にしようと密《ひそ》かに決めた。野間響子さんに堂本君を預けた形にしておけば、彼の留守中、離れを自由に使える。少なく見積もっても彼が離れに戻るのは七時半過ぎであり、その間に充分、エマを殺害し、遺体をどこかに隠す余裕がある……そう判断した。

離れで二人きりになったエマは、なかなかチャンスを与えてくれず、焦《あせ》った。僕が彼女の後ろに回ると、彼女も僕のほうを振り向こうとしたからだ。彼女が哀れだという気持ちは起こらなかった。僕にとってその時のエマは、ただの物体だった。炬燵に入っていた彼女をようやく後ろから羽交《はが》いじめにし、首を絞めたのは八時少し過ぎ。そうやっている間に堂本君が戻ってきたらどうしよう、と思ったが、開き直っていたので、別段、怖くはなかった。面倒なことは避けたい、という気持ちしかなかった。遺体を輪王寺に運んだのは、隠すつもりがあってやったことではない。死んだ人間は大地に横たわらせてやるのが礼儀だと思っていたから、そのためにあの寺の境内を選んだだけだ。エマの遺体はおぶって運び出した。ひどく重かったが、途中、誰にも出会わなかった。

離れに堂本君が戻った時はすでに遺体は運び出した後だった。彼には、急に旅行に行くことになった、とだけ告げ、荷物をまとめて一人で駅に向かった。いずれつかまることはわかっていたし、自首するつもりでいたが、二、三日は一人で自由に過ごしたかった。大変なことをしてしまった、という気持ちよりも、解放感のほうが強かった。

この世の最後と思ってさまよった岩手の田舎は素晴らしかった。生まれてこのかた、あれほど大自然を身近に感じ、自由を感じたことは他にはない。僕はつまらない理由で人を殺した愚か者だが、結果的に自分がしたことを格別、異常なことだとは思っていない。僕はたった二日間の自由のために、自ら進んで犯罪者になった。金や名誉や世間体のために、生涯、自分を殺しつづける愚か者に比べたら、僕はまだしも利口だったのではないだろうか……。

祐之介が警察に語ったことは、一部、大袈裟《おおげさ》にマスコミに伝わり、週刊誌では「たった二日の自由のために、恋人を殺した現代のアプレゲール青年」という見出しで、東京の裕福な病院長の息子が犯した罪を揶揄《やゆ》する記事が見られた。

強度のノイローゼ患者のように扱われ、警察を追い出された渉は、祐之介との面会もできないまま、千間堂に帰った。心配してあれこれ質問をする勢津子に対して、ひと言も口をきかず、彼は翌朝早く、家を出た。行き先は不明だった。

勢津子からは毎日のように私に電話があった。勢津子にとって、私だけが頼みの綱だったのだと思う。私は彼女に、渉から何か連絡があったら、どんな些細《ささい》なことでもいい、すぐに教えてほしい、と言われた。

彼女はショックのせいで、風邪をこじらせ、体調を崩していたが、あの時の勢津子は、それまで私が知っていたどんな勢津子よりも強く、冷静だった。彼女は一度も電話で私に泣き言は並べなかったし、涙声を聞かせることもなかった。彼女が私を通して知りたがったのは、渉がやってもいない殺人を自分がやった、として自首し、友達をかばったことの本当の理由だった。勢津子が渉のことをノイローゼ患者などと思っていないことは明らかだった。私は何も知らない、思いあたることもない、と言い続けた。

私はどこにも外出せず、彼からの電話を待った。伯母が買物に出たりして家をあけている間は、電話のベルを聞き逃す恐れがあるので、トイレにも立たなかった。夜になり、伯母が居室にひきとってからは、朝まで居間の炬燵《こたつ》で過ごした。あまりに電話機を睨《にら》み続けたため、深夜など、黒い電話機が巨大な鳥《からす》になって動き出すような幻覚を見た。だが、鳥はなかなか渉の声を伝えなかった。私は発狂するのではないか、と思った。事実、発狂しかけていたのかもしれない。自分でそのことに気づかなかっただけなのかもしれない。

渉から電話がかかってきたのは、クリスマス・イブの前日、十二月二十三日の深夜のことである。伯母はすでに居室にひきとっていた。私は一人、居間の炬燵で時を刻む掛け時計の音を聞いていた。

電話のベルが鳴り、私はすぐに炬燵から飛び出した。三つ目のコール音を聞き終わらないうちに、受話器に飛びついた。プーッと音がして、コインが落ちた。その後にすぐ、ざわざわという、海の泡のような音が拡《ひろ》がった。もしもし、と私は言った。

「渉さん? そうなのね?」

次から次へとコインが落ちていく音がする。その音の合間に、電話線が途切れるような、かすかなプツリという音がまじり、やっと渉の声が聞こえてきたのは、すでに

三、四枚のコインが落ちていった後のことだった。

「アドレス帳は持ってこなかったんだけど」と彼はいきなり言った。「この電話番号だけは覚えていられたな。響子。久し振りだね。元気でいるかい？」

「どこにいるの？」激しくなった動悸《どうき》が、心臓を止めてしまうのではないか、と思われた。私は受話器を握りしめた。

「海の近くだよ」と彼は言った。低いがしっかりとした声だった。

「海ってどこの海？　教えて。みんな、心配してるのよ。勢津子さんだって……」

「みんなのことなんか、どうだっていいさ。今はきみとだけ喋《しゃべ》りたい」

「遠いところなのね？　公衆電話？　どんどんお金が落ちていく音がするわ」

「小銭はできるだけたくさん集めてきたんだけどね。それほどゆっくり喋ってもいられないんだ。これを使いきってしまったら、もうこのあたりには両替してくれるような場所がないんだよ」

渉さん、と私は言い、涙で声がかすれていくのを必死になって食い止めようとした。

「どんなに心配したか」

しばしの沈黙があり、受話器の中に泡立つ波のような音が感じられた。「きみにだけは話しておきたかったんだ」と彼は言った。「だから電話をかけている」

「もうなんにも知りたくない」私は嗚咽《おえつ》しながら言った。涙があとからあとから流れて来て、洟《はなみず》が上唇を被《おお》った。私は言葉にならない言葉を求めて、頭を強く左右に振った。

彼は私が泣こうがわめこうが、いっこうにおかまいなし、とでも言いたげに、「実は」と言った。「僕と祐之介は、エマを殺す計画をたてていたんだ」

私は一つ大きなしゃっくりをし、泣くのをやめた。渉が溜息《ためいき》まじりに苦笑する気配が感じられた。「といっても僕は本気じゃなかった。そんなことはできっこない、と思ってたよ。単なる言葉の遊び、観念の遊びだと思ってたからね。でも祐之介は本気だったんだ。僕にはわからなかった。でも、あの晩、彼が無伴奏をエマと一緒に出て行った時、まさか、という思いがあるにはあったんだよ。あんなふうにエマと連れ立って、どこかに行くという話は、全然聞いてなかったから」

コインがどんどん落ちていく。渉は「ちょっと待って」と言いながら、新しいコインを投入口にたて続けに入れた。私は黙って耳を傾けていた。彼と自分とをつなぐ、この心もとない一本の電話線だけが頼りだった。私が無駄なお喋り、無駄な泣き言を並べている間に、コインはどんどん電話機に飲み込まれていき、彼との絆《きずな》がたちまちのうちに途切れてしまう。

渉は続けた。「祐之介がエマを連れて店を出て行った後、何か不吉な予感がしたんだ。すごく怖くなった。でも、僕は自分に言いきかせたんだ。そんな馬鹿《ばか》なことがあるわけがない、ってね。だからきみをおばさんの家まで送って行ったし、おばさんに夕食を誘われて、断ることもしなかった。夕食はおいしかったよ。おばさんも楽しくてざっくばらんな、いい人だった。改めてきみがどんなに幸福な人生を送っているか、わかったような気がするよ。おばさんにたくさん食べ物をもらったのに、食べることができなかった。そのことだけが残念だけど」

私はそっと洟をすすった。渉は軽く咳払《せきばら》いをした。「九時にきみと別れて、離れに帰ると祐之介がいた。真っ青な顔をして、ボストンバッグに何か詰めてたよ。様子がおかしいことはすぐにわかった。僕が問いつめる前に、彼はエマを殺したことを白状した。そしてそのまま、離れを出て行った。三十分くらい、僕は茫然として、何が何だかわけがわからなくなっていた。気がつくともう十一時近くになってたよ。祐之介の行き先がどこなのか、聞き出すのを忘れていたことを思い出した。僕は離れを飛び出し、駅に向かった。祐之介の姿はどこにもなかった。混乱してたせいで、どの列車に飛び乗ったのか、まるで覚えていない。でも、ともかく何か列車に飛び乗ったんだ。翌朝、僕は青森にいて、駅の待合室に転がってた。金がなくなりそうだったから、どこへも行けなかった。ずっとそこにいて、いろいろなことを考えた。……響子」と彼は私の名をそっと呼んだ。「本当にいろいろなことを考えたよ。自分のこと、祐之介のこと、自分と祐之介が辿《たど》ってきた道、そしてきみのこと……。僕は冷静だった。生まれてこのかた、あんなに冷静だったことはないくらいだ。僕は祐之介の罪を背負いたいと思った。彼の罪は僕の罪でもあるんだ。そうだろう？　僕がいなければ、彼はエマを殺しはしなかった。殺す必要はなかった」

「だから、あんな嘘《うそ》をついたの？」私は小声で聞いた。「祐之介さんを救いたかったのなら、どうして、あなたと祐之介さんとの特別な関係のことを警察に言わなかったの？　本当の動機がはっきりすれば、祐之介さんの罪だって、少しは軽くなるかもしれないのに」

「それでは祐之介を救ったことにはならないんだよ。僕らは、たとえ拷問《ごうもん》を受けたとしても、世間に向かって本当のことは言わなかったろうと思う。言わざるを得なくなったら、自決する。それが僕と祐之介の関係だったし、宿命だったんだ」

わからない、と私は言った。「どうしてそんなに……」

「響子」彼は声をやわらげた。「わからなくていいんだ。きみみたいな素敵な女の子は、そんなこと、わからなくたっていいんだ。きみはわからないなりに、僕や祐之介と真剣に関わってくれた。きみが警察に僕らのことを喋るとはどうしても思えなかったけど、やっぱりその通りだったね。感謝してるよ」

その他人行儀な言い方は、ひどく私を悲しくさせたが、私は何も抗議しなかった。渉は吐息と共に言った。「きみは、僕が愛した初めての女性だった」

私は目を閉じた。唇が激しく震え出した。きみを愛してた、と彼は低い声で繰り返した。「本当だ。もしかすると僕は、きみによってごく普通の男に戻れたかもしれない。いや、きっとそうだったろうと思う。きみと過ごす時間は素敵だった。きみとのセックスもよかった。僕はぶきっちょだったろう？　許してほしい。でも僕は僕なりに、きみの身体《からだ》が好きでたまらなかったし、きみを愛してたんだ」

コインが落ちていく。湿った砂にめり込んでいく硬い石のような音をたてて。私は気が遠くなるのを感じた。

「エマには可哀想《かわいそう》なことをした」渉は聞き取れないほど小さな声で言った。「彼女はいい子だった。ただ、ちょっと祐之介の神経を逆撫《さかな》でしすぎただけなんだと思う。そうでなければ、僕らは四人、ずっとあのままで、結構、楽しくやっていけたのかもしれない。ぎくしゃくしながらもね。やっていけなかったはずはないんだ。だって僕は響子を愛してたし、祐之介だって、エマのことをそれなりに好きだったんだからね。

ああ、もう金がなくなっちゃったよ。あと一枚で電話が切れる」

いや、と私は叫んだ。「私からかけ直すわ。どこか電話が通じるところに移動して！　お願い、渉さん！」

「さよなら、響子」渉は朗らかすぎるほど朗らかに言った。「きみと知り合えたことが、僕にとって、最高の幸せだった気がするよ」

私は渉の名を呼び続けた。だが、電話は、突然電源プラグが抜かれたステレオのように、プツリと鈍い音をたてて切れた。

翌朝、能登《のと》の海辺にある小さな旅館の一室で、堂本渉の自殺死体が発見された。鴨《かも》居《い》で首をくくった彼の遺体の足もとには、勢津子宛《あて》、私宛、祐之介宛の三通の遺書が並べられていた。宛名こそ違ったが、どの遺書も同じ文面だった。そこには短くこうあった。

『これでゆっくり眠れる。渉』

終章

二人いた男の客がやっと腰をあげたのは、十一時を回ってからだった。勢津子は、彼らを店の外まで見送りに行き、帰って来るとすぐに店を閉めた。それまでしきりと腕時計を覗《のぞ》いていたアルバイトの若い娘は、勢津子にもう帰ってもかまわない、と言われると、挨拶《あいさつ》もそこそこに店を飛び出して行った。

「近頃の若い子はいつもあの調子なの」彼女は苦笑した。「仕事っていう意識がないのね。挨拶もろくにできなくて」

私は微笑《ほほえ》み返した。勢津子は、こっちに来ない？と言って、私をカウンターに誘った。店内の照明が消され、カウンターの上のスポットライトだけがつけられた。私はグラスを手に、カウンター席に移動した。勢津子は二杯分のコークハイを作り直し、「改めて、乾杯」と言った。私も小声で「乾杯」と言った。

グラスに一口、口をつけると、勢津子はカウンターの中からじっと私を見つめ、懐《なつ》かしそうに目を細めた。近くで見ると、こめかみのあたりに白いものが混じっているのが見えた。だが、彼女は美しかった。まるで氷の中に閉じ込められたまま歳月を経た、みずみずしい花びらそのものだった。

「変わってないわ、響子ちゃん」

「そんなことありません」私は笑った。「もう、来年で四十になるんだもの」

「そんなになる？」

「二十年もたったんですよ」

「そうよね」勢津子はしみじみとうなずいた。「二十年たったのよね」

「この店、始めてから何年になるんですか」

「今年で八年目になるかしら。よくわかったのね、私がここにいることが」

「千間堂に電話して聞いたんです。十日くらい前。自宅の電話番号は教えてもらえなかったけど、国分町でお店をやってる、ってことだけは教えてもらえたの」

そうだったの、と勢津子はうなずいた。「私、結婚したのよ」

私は笑みを浮かべた。勢津子はわずかに顔を赤らめた。

「主人は東北大の近くのスナックで雇われマスターをしてた人なの。今は職替えして、古本屋をやってるんだけど。この店は主人が元勤めてたスナックの経営者が、貸してくれたの。だから私も雇われママ」

「素敵な店ね」

「どうかしら。全然、お金になんかならないわ。道楽みたいなものよ。商売っけがないせいか、お客さんも少なくて」

「千間堂のご両親はお元気？」

「父は去年、死んだわ。母は元気よ。でも私とはもう縁が切れたも同然ね。ほとんど会ってないの」

「お子さん、いるんでしょう？」

「二人。年子でね。高一の息子と中学三年の娘。下の娘は、どこか昔の響子ちゃんに似てるわ」

「ピーンと棒みたいに突っ張ってるの？」

ううん、と彼女は笑いながら、ゆっくり首を横に振った。「純粋で素直な子よ。いまに、渉みたいな男の子と恋愛するんじゃないか、って思ってるの。そうなってほしいわ」

勢津子はそっと身体《からだ》を動かし、CDプレーヤーをセットした。まもなくダイアナ・ロスとシュープリームスの『ラブ・チャイルド』が流れてきた。私たちはしばらくの間、曲に耳を傾け、時間と空間が亀裂《きれつ》を作り、そこから小さな細い流れがゆるやかに水を満たしつつ、自分たちを過去に引き戻していくのを感じていた。

「響子ちゃん、結婚は？」勢津子がふと顔を上げて聞いた。私はうなずいた。

「三十まで独身だったけど……夫は精神科の医者なんです。私はカウンセラー。夫の勤める病院で、心身症患者のカウンセリングをしてるの。新入社員や大学の新入生たちを相手に……ね」

私は何故《なぜ》、自分が精神科方面に進んだのか、その理由を勢津子に言わなかった。あの事件の後、当然のごとく受験に失敗し、伯母の家を引き払って東京の実家に移り住んだ。やっと大学の心理学科に合格したのは、その翌年のことである。以後、ずっと心理学専門に勉強を続けてカウンセラーになったのは、他ならぬ渉との関係が大きな影響を与えたからだった。私は人間の心にしか興味を覚えなかった。それ以外のものは、私にとって何もかもが、自分の傍を吹き過ぎていくだけの……吹き過ぎてしまえば、もう次の瞬間には忘れてしまえる、ただのそよ風のようなものでしかなかった。

「響子ちゃんは優秀だったものね」勢津子は覚えのある、あの品のいい微笑を浮かべて、しきりとうなずいた。「それで？　子供は？」

「息子が一人」私はそう言って、煙草《たばこ》をくわえた。勢津子がライターで火をつけてくれた。「まだ七つだから、今日は実家に預けてきたの。両親が仕事人間だから、子供はほったらかし。どんな子に育つことやら」

「仙台にはお仕事で?」

「違います」私は煙草を指にはさんだままカウンターに肘《ひじ》をつき、正面から彼女を見つめた。「勢津子さんに会いに来たの」

勢津子はわずかに眉《まゆ》を八の字に曲げ、泣きそうな顔をして私を見た。

「勢津子さんに会いたかったの」私はゆっくりと繰り返した。「仙台にも来てみたかった。無伴奏にももう一度、行ってみたかった。この二十年間、ずっとそう思ってたの。でも仙台に来る勇気はなかった。本当は私、意気地なしなんです。もっと若いころに仙台に来ていたら、きっと道路の真ん中で泣き出してたかもしれない」

「今はもう泣かない?」

「来年で四十だもの」私はうるみ始めようとしている目をそらしながら、煙を深く吸った。「泣きたくても、道路の真ん中では泣けないわ」

勢津子はやわらかく笑った。彼女は空になった自分のグラスに氷を入れ、ウィスキーを注ぎ、オンザロックにしてそれを飲み始めた。

「渉ちゃんが生きてたら……そしてあなたと結婚してたら、どうなってたかしら、ってよく考えたわ。ねえ、昔、私が言ったこと、覚えてない? 二人とも、さっさとアパートを借りて一緒に住んでしまいなさいよ、ってそう言ったの」

覚えてます、と私は言った。

「弟はあなたのことが本当に好きだったのよ。私はよくそのことを聞かされたわ。きっと幸せになれたのにね。何かがちょっとしたことで狂ったのね。あの子は神経の細い子だったから。私も細かったけど、実はあの子のほうが私なんかより、ずっと繊細だったのね。何も死ななくてもよかったのに、って今でも思う。生きてれば、きっといいことがあるのに。あの子に負けずに神経が細かった私が、現にこうやってそのことを証明できるようになった、っていうのに」

勢津子が荒木との恋に疲れて自殺未遂した時のことを思い出しながら、私は深くうなずいた。勢津子は唇を軽く舐《な》め、私を見ると、ねえ、響子ちゃん、と言った。「今でもわからないことがあるの。あの子は何故、死んだのかしら」

忘れていたはずの不吉な心臓の鼓動が蘇《よみがえ》った。私は顔色が変わったのを見咎《みとが》められないよう注意しながら、できるだけゆっくりと首を横に振った。「わかりません」

そうよね、と勢津子は溜息《ためいき》まじりに言った。「人が死のうとする時の本当の理由なんか、本人以外、わかるはずがないものかもしれないわね」

私は途切れ途切れに息を吐き出した。それまで抑えていた心の嘔吐感《おうとかん》がこみあげてくるのを感じた。それは、死んでいた火山が、突然、何かの刺激を受けて胎動を始め、マグマを天に向かって噴き上げようとしている時の感じにも似ていた。

エマを死に追いやった責任……祐之介にエマを殺すに到《いた》らせた責任……の一端は、まぎれもなく自分にある。渉を自殺に追い込んだ責任も自分にある。その罪を償うべき時が来ている。すべてを明らかにする時が来ている。

私はいま一度、何故、自分が仙台に足を運んだのか、自問してみた。感傷に浸るためだけに来たわけではなかった。感傷にならいつでも浸れた。ローリング・ストーンズを聴き、バッハを聴けば、私はいつどこにいても、たやすくあの時代に戻れたのだ。

私が仙台に来て、勢津子を探し出し、勢津子に会おうと心に決めたのは、勢津子にすべてを語って楽になろう、と思ったからではなかったか。あの事件はすでに時効であり、今なら勢津子とあの秘密めいた世界を共有することができる……そう思っていたのではないか。

私が口を開こうとした時、勢津子のほうが先に「実はね」と切り出した。彼女がその話を始めなかったら、私はすべてを打ち明けていただろう。

私は告白するチャンスを失ったのだ。永遠に。

「祐之介さんは五年前、出所したのよ」勢津子はあっさりと、まるで実の弟が長い外国旅行から帰国したかのような口調で言った。「彼はずっと模範囚だったの。刑期が大幅に軽減されてね。しばらくは東京で一人暮らししながら、何かの工場に勤めてたみたいだけど、今は沖縄にいるわ。去年だったかしら。結婚した、っていう絵葉書が来たの。奥さんは沖縄の人で子連れの再婚。いっぺんに子供が三人もできたそうよ。仲良く二人でおみやげ屋さんを経営してるんですって。是非、そのうち遊びに来てほしい、って書いてあったわ」

「祐之介さんとは……あれ以来……？」

「ええ。一度も会ってない。でも時々、手紙を書いたの。彼からも返事が来たわ。私も彼も、手紙の内容は渉の思い出話ばっかりだった。会いたいと思ってるの。とっても。でも、どうなのかしら。会わないほうがいいのかもしれない。連絡先、わかるわ。……もし……響子ちゃんが連絡したいのなら、教えてあげられるのよ。どうする？」

私は曖昧《あいまい》に微笑んだだけで、教えてほしい、とは言わなかった。過去を抹殺し、新しく生き始めた祐之介の幸せを、心の中で祝福しただけだった。

何も言うべきではない、と私は思った。もう、過去をむしかえす必要はない。私さえ黙っていれば、勢津子の残された人生は、穏やかなぬくもりに満ちたものになる。彼女は美しく老いていき、子供の受験や恋愛問題などに首をつっ込み、夫と口喧嘩《くちげんか》する、ごく普通の幸福な母親になっていくのだろう。あと十年、十五年もたてば、カメラに向かい、孫を両腕に抱いて日差しの中で目を細める平凡なおばあさんになっているのかもしれない。そうなろうとしている人間に、事実起こったことを、それが事実だというそれだけの理由で、いたずらに正確に伝えてやるだけの勇気は私にはなかった。

どれだけ悲惨な事実も、時間がたてば必ず色褪《いろあ》せてくる。色褪せた記憶の中に閉じ込められたものは、そっとしておけば、いつしかそこに新しい色が色づき始める。勢津子が自分で言うように、彼女は彼女が受け止めたあの事件を立派に乗り越えてきた。そして今、勢津子が私に対して望んでいるのは、過去の事実を掘り起こす作業ではない。勢津子が苦しまずに思い返すことのできる、形を変えた過去……それを共有することでしかないのだ。

言うべきではない、と私は再び強く思った。そしてそう思うことで、私は渉と自分がある一時期、誰よりも強く結びついていたことを再確認し、虚《むな》しい喜びに浸った。

「いつまで仙台に？」勢津子が聞いた。明日の午後には帰ります、と私は答えた。

「もしよかったら、明日、うちに遊びに来ない？　主人を紹介するわ」

ありがとう、と私は言った。「でも、その時間はないと思うの。お墓参りに行きたいから」

「渉……の？」

「ええ。それからエマの」

そうね、と勢津子は寂しく微笑んだ。「エマちゃんのお墓には、私、お彼岸になると欠かさずお線香をあげに行ってるのよ」

「エマ、きっと怒ってるわ」私は言った。「私がずっとお墓参りにも行かなかったから。それに……」

「何？」

なんでもない、と私はごまかし、グラスに口をつけた。涙が滲《にじ》んだ。エマ。エマ。その名を人に向かって口にするのは久しぶりだった。エマは犠牲者だったに違いないが、同時に物語の主人公でもあった。エマなしでは、渉や祐之介や私の、あの物語は始まりもせず、また終わりもしなかった。エマは常に、あのささやかな奇怪なドラマの中心にいて、物語を急速に終焉《しゅうえん》に向かわせるという役割を担《にな》っていたのだ。

「エマちゃんも、生きてたら来年で四十歳になってたのね」勢津子がカウンターの上で頬づえをついた。「子だくさんの、きっぷのいいおかみさんになってたかもしれない」

「案外、世界を股《また》にかけて飛び回るキャリアウーマンになってたかもしれないですよ。さもなくば、選挙に出馬して、軽く当選しちゃうような、逞《たくま》しい社会運動家」

私がそう言うと、勢津子は笑った。私たちはそれからしばらく、目をうるませながらエマの話をし、自分たちの話をし、酒を飲み続けた。夜は更《ふ》けていったが、過去に向けた時間の流れはそのまま続いていた。

私は、伯母のことを思い出し、伯母が飼っていたモグのことを思い出した。伯母は、私が二浪して大学に合格した翌年の冬、縁あってやもめのヴァイオリニストと結婚し、大阪に移り住んだ。モグも一緒だった。

幸せな結婚だったと聞いている。だが、伯母は結婚して二年目の冬、心不全を起こして他界した。モグも伯母の後を追うようにして、その年の夏、老衰で死んだ。

二時をまわったころ、私は腰をあげた。勘定を支払おうとすると、勢津子はとんでもない、と言って断った。私はそれに甘え、店の出口に向かった。

「聞くのを忘れてた」私は振り返った。「無伴奏はあのまんまですか」

まさか、と言って勢津子は微笑んだ。「とっくの昔になくなったわ。閉店してから、十年近くたつんじゃないかしら」

「あのビルもなくなったの？」

「きれいさっぱりよ。今は確か、新しいピカピカの雑居ビルになってるはず。行っても、無伴奏がどこにあったのか、その面影もないくらい」

そう、と私は言い、うなずいた。「みんな、変わっちゃうんですね」

「でも私は、あそこがなくなってくれて半分、ほっとしてるの。そうでしょ？　いまだにあの店があのまんまの形であったとしたら、私、中に入るたびに悲しくなって、気が狂いそうになってたと思うわ」

私たちは店の戸口のところで向かい合った。会えてよかった、と勢津子が言った。私もです、と私は答えた。

勢津子は小刻みに唇を震わせ、今にも泣きそうな顔をしたが、涙は見せなかった。私たちは微笑《ほほえ》みながら握手し合った。彼女の手は冷たくて、しっとりと湿っていた。

国分町界隈《かいわい》は、まだざわざわと賑《にぎ》わっていた。私は酔客をタクシーに乗せようとするホステスたちの間をすり抜けながら、東一番丁に出て、藤崎デパートの手前の角を曲がり、アーケード街に入った。そのあたりまで来ると、さすがに行き交う人間は少なかった。自分の靴音が怖いくらいにあたりに響き渡った。

嵯峨露府《さかろふ》の看板が見えてきた。七夕の午後、私とエマ、渉、祐之介が四人で入って、ハリネズミのケーキを食べたあのケーキ屋だ。店の外装は大きく変わっていたが、雰囲気は同じだった。私は店の前に立ち止まり、深呼吸し、酔って現実感を失った人のように半分口を開けたまま、店を見上げた。近くを三人連れの学生ふうの男たちが通り過ぎた。男たちは全員、ひどく酔っており、足もとがおぼつかなかった。右端にいる男が、少し渉に似ているような気がしたが、単なる錯覚だったかもしれない。

私は再び歩き始めた。次の角を左に曲がった。五十メートルほど行ってから、また引き返した。かつて無伴奏があったビル……あの白茶けて煤《すす》けた三階建てのビルはどこにも見当たらず、代わりに大型の真新しいファッションビルがあるばかりだった。ビルの入口に近づき、中を覗《のぞ》いた。狭い階段が地下に向かって伸びているのが見えた。造りこそ違え、それはかつて、地下に降りる時に使っていた階段と、ほぼ同じ位置にあるように思えた。地下は喫茶レストランになっていた。

私は道を隔てた小さなブティックのシャッターに背をもたせかけ、煙草《たばこ》に火をつけた。煙の向こうに幻影が拡《ひろ》がった。無伴奏のドアを開け、煙草の脂《やに》で臭くなった狭い階段を上りながら、今にも渉や祐之介やエマ、レイコやジュリーが外に出て来そうな気がした。私は目を閉じ、今、自分が目にしている見たこともないよそよそしい建物を追い払った。閉じた瞼《まぶた》の中に、古いモノクロフィルムの世界が浮き上がった。そしてそこに、かつての無伴奏が蘇った。

記憶に残る嗅覚《きゆうかく》に、あの店に漂っていた安物のコーヒーの匂《にお》いが蘇った。煙草の匂いが蘇った。バッハの『ブランデンブルク協奏曲』、パッヘルベルの『カノン』が蘇った。

店の片隅に、むずかしい顔をした自分が座っている。ノートを拡げ、何かを一生懸命に書きつけている。そこにいる私は、何故《なぜ》かココア色のショートコートを着たままだ。足には茶色の編み上げブーツ。エムエフをくわえ、煙草をつけると、ドアが開き、エマと祐之介と渉が中に入ってくる。私は彼らを振り返って微笑する。渉は相変わらずユダヤ人みたいだ。渉が私の隣に座る。パッヘルベルの『カノン』が流れてくる。

響子、と彼は言う。私はドキドキしながら彼を見る。

響子……。

私は我に返って目を開けた。初秋の冷たくかわいた風が吹き過ぎ、私の耳もとで小さく唸《うな》った。街の濡《ぬ》れたようなネオンが遠くに見えた。渉の姿は消えていた。エマや祐之介の姿も、無伴奏という名の店も、何もかもが消えていた。

私は煙草を吸い終わるまでそこに立ち尽くし、吸殻を丁寧に路上で踏みつぶしてから、大きく息を吸った。そしてもう一度、ただの四角い箱のようになってしまったビルを見上げると、ホテルに向かって歩き出した。

かつての仲間で今もつきあいがあるのは、ジュリーだけだ。ジュリーは一浪して東京の美術大学に合格し、卒業してからすぐに、二つ年上の画家の卵と結婚した。今、彼女は夫と二人、東京郊外の家に住んでいて、自分も絵を描くかたわら、主に夫の個展の手伝いをして暮らしている。私たちは年に一度は会う。会って軽く飲みに行く。彼女は、健康上の理由から、酒はあまり飲まなくなったが、煙草だけはいまだによく吸う。そして昔話はあまりしない。私たちがするのは、住宅ローンの返済の仕方や、ゴルフの話、絵の話、健康の話、飼っている犬猫の話……そんな他愛のない話ばかりだ。

滅多にないことだが、それでも時々、私たちはそれらの話の合間に昔のことを口にする。レイコの話題が出ると、決められたセリフのように、「あの子、どこでどうしてるんだろうね」と言い合う。そしてジュリーは今でも、レイコのことを「爬虫類《はちゆうるい》みたいな女」と言い、レイコの物真似《ものまね》をしてみせる。私はそのたびに、大声で笑う。笑った後で、目がうるむ。
だが、ジュリーの前で泣いたことはない。

あとがきにかえて

二年以上前のことになるだろうか。ある編集者と都内のワンショットバーで飲んでいた時のことだ。次に書く長編小説について、あれこれと打合せしていたのだが、そこで偶然、仙台の話題が出た。

私は父親の仕事の関係で、子供のころから関西、東北……と移り住み、一九六七年に仙台の高校に編入した。予備校時代を経て、再び東京に出て来たのは七〇年の春である。

一方、彼もまた、大学時代を仙台で過ごした。卒業後、しばらく仙台の街にとどまっていた彼が上京したのは、一九六九年の終わりごろだったと言う。つまり六七年から六九年までの二年間、私と彼は同じ街に住んでいた、ということになるわけだ。

それまで彼が仙台に住んでいたことは知っていたが、私よりいくらか年長である彼と自分が、同じ時期に仙台に暮らしていたとは考えてもみなかった。互いに大いに驚き、話が盛りあがったのは言うまでもない。私たちは、当時の町並みのことや、学園紛争の話、学生たちが通っていた喫茶店の名前、流行《はや》っていた本、音楽、映画の話などを持ち出しては、時間のたつのを忘れて喋《しゃべ》り合った。

どちらかというと下戸《げこ》で寡黙《かもく》な彼は、珍しくマティニを三杯も飲み、饒舌《じょうぜつ》だった。呑兵衛《のんべえ》の私はと言えば、マティニを五杯飲んだ記憶がある。

結局、その晩、彼と話した仙台の話は、私の中の創作意欲を激しくかきたてることとなった。いつか、あの時代、あの街を素材に使った小説を書いてみよう。書かなければいけない。そう思いつつ、書き始める準備を少しずつ進め始めたのは、その直後のことだ。

だが、他の仕事が山積みになっていたため、すぐにはとても書き出せる状態ではなかった。ならば、ちょうどいい。たっぷりと時間をとって、気分を昂揚《こうよう》させ、昂揚しきったころに、おもむろに書き始めよう。そう思った。

昨年の九月から執筆を開始したのだが、途中、他の仕事が重なったりして、思うように時間が取れず、結局、書き上げることができたのは、今年の二月末になってからのことになった。

本書には、大それたテーマは何もない。時代の総括などということも、頭から考えなかった。私はただひたすら、かつての自分を思い出し、かつての自分をモデルとして使いながら、時代をセンチメンタルに料理し、味わってみようと試みた。

こんなことを作者みずからが言うのは、なんだか口はばったいのだけれど、本書はとても楽しく書くことができた。楽しくて楽しくて、できるならば、ずっと書き続けていたい、と思ったほどだった。書くことを生業《なりわい》にしてからというもの、これほど楽しんで書けた作品は他にないと言っていい。

主人公に自分とほぼ等身大の人間を設定し、しかも一人称形式で小説を書いたのは、初めてのことである。しかもこれまで書いてきたミステリの形式を大幅に逸脱した。成功するかどうか、不安はあったが、結果はすべて大らかに受け止めよう、と初めから決めていたところがあった。楽しく書けたのは、そのせいだったかもしれない。

一度でいいから、長編を書き終えた後で、「ああ、楽しかった」と言ってみたい、と常々思っていた。今回は、まさにその通りになった。それだけでも、存外の幸せである。

本書のタイトルにもなった「無伴奏」という喫茶店は、今はなくなってしまったが、当時、実際に仙台にあった店である。もし、「無伴奏」の経営者だった方が、どこかで本書を目にしていたら、この場を借りて、心から感謝の意を申し上げたい。あの店がなかったら、私はこの物語を作り出すことができなかった。

また、登場してくる二人の女の子……ジュリーとレイコ……には、実在のモデルがいる。二人とも私にとって、大好きな友達だった。二人がこの小説を読んで、当時のことを思い出し、懐《なつ》かしんでくれればいいと願っている。

だが、その他の登場人物については、言うまでもなくすべて作者の想像の産物である。そのことはここで改めてお断りしておく。

最後になるが、本書を生み出すために、長い間、変わらぬ応援をしてくださった、集英社の新福正武さんに、もう一度、ありがとう、の言葉を送りたい。あのワンショットバーで彼が珍しくマティニを三杯も飲まなかったら、この小説は生まれなかった。

本書が少しでも多くの読者に歓迎され、忘れかけていたことを思い出す手助けになるよう祈りつつ……。

一九九〇年七月

小池真理子

解　説

石田衣良

興奮して眠れなくなってしまった。

この解説を書くために、久しぶりに『無伴奏』を読んだのだ。おもしろかった。勢いがついてとまらなくなってしまった。そこで『恋』を読み、それでもとまらずに『欲望』を読んだ。それがこの明けがたである。

小説はなんて、いいものだろうと思った。才能とセンスに恵まれた作者が、長い期間をかけて死ぬ思いで書きあげた作品を、あたたかなベッドのなかで夢中になって読めるのである。こんなに快適な楽しみはない。

もし、あなたが小池真理子の「恋・三部作」を一冊も読んでいないのなら、ぜひこの『無伴奏』から手にとってほしい。最初の数ページに目をとおせば、きっとわかるだろう。この作品は作者にとって、特別な一冊なのだ。それを書くことによって、作家の在りかた自体が変わってしまう一冊。作家の一生のなかで、数冊しか出会うことのない作品なのである（ただし、それは幸福な作家の場合。一冊の人もいれば、生涯出会わない人もいる）。

この小説について語るまえに、初めてぼくが『無伴奏』を読んだときに時間をもどそう。あれは『恋』が第百十四回の直木賞を受賞した直後だから、九十六年春のことだった。ぼくはすれっからしの本読みで、受賞作はいつも眉《まゆ》につばをつけて眺めていた。だいたいの場合、麗々しく店頭ポスターなどで飾られた山積みの受賞作よりも、その直前に書かれ、作者の名を世に響かせた出世作を読んだほうがおもしろいことが多い。往々にして成長の加速度は完成度の高さよりも、鮮やかな印象を読者の心に残すのである。ほとんどは先に文庫になっていたりするので、単行本を買うよりははずれても損失だってすくない。

銀座の旭屋《あさひや》で平積みになった『恋』を横目に、ぼくは『無伴奏』の文庫を買って帰った。早速、その夜、読んだ。ミステリーも好きだけれど、普通の小説のほうがもっと好きなぼくには、ぴったりだった。どれくらいおもしろかったかというと、翌日また同じ書店にいき『恋』を手にとったのである。今度はまっすぐレジにむかった。つまらない先入観を捨て、小池さんの受賞作を読みたくてたまらなくなったのだ。

そのころ、ぼくはまだ小説を書いてはいなかった。その年の初夏には、自分が小説を書き始めるなんて想像もしていなかった。『無伴奏』は、ただ本を読むのがむやみにおもしろかった最後の時期に出会った、幸福な本の一冊だったのである。

この作品の舞台は六十年代後半の仙台である。現在の大学生には想像もできないだろうが、日本中の大学・高校（ときには中学さえ）で学生運動の嵐《あらし》が吹き荒れていたのだ。ぼくは作者より八歳したなので、この熱狂にはのり遅れている。高校生になった七十年代のなかばには、サーフィンとディスコの時代になっていた。ちぇっ、おもしろくないなあと、生まれるのが遅かったことを後悔したくらいだ。

この時代をあつかう作者の筆づかいは鮮やかだ。なにより仙台という街のサイズと質感がいい。高校生の憂鬱《ゆううつ》と初恋の苦さを前面に描きながら、背景はクリアに澄んで清潔感を失わない。読みながら、頭のなかであの街を歩きまわるのが実に楽しかった。

物語の主人公は十七歳の女子高生・野間響子である。仙台の女子高で制服廃止闘争委員長に選ばれた「ゲバルトローザ」だ。ここで大切な舞台になっているのは、名曲喫茶「無伴奏」である。レコードが高価だった昔、ステレオの再生装置を備えて、コーヒー一杯でいくらでもクラシックをきくことができる特殊な喫茶店が、日本にはあったのである。

作者の耳のよさも特筆しておくべきだろう。音楽をつかうと妙に力がはいって、そこだけ素材感が違ってしまう人もいるけれど、小池さんはそうはならない。最初に生垣を抜けてボーイフレンドの下宿にいくとき、どこからかストーンズの『サティスファクション』が流れてくる場面がある。このシーンなど確かにミックの声がきこえた気がするほどだ。

ほかにもジェームズ・ブラウンの『マンズ・マンズ・ワールド』、プロコルハルムの『青い影』、ビージーズは（『ナイトフィーバー』ではまだなく）『ワールド』を歌っている。その時代を生きていなかったぼくでさえ、なつかしさに全身をもっていかれそうになる選曲だ。クラシックでは、パッヘルベルの『カノン』とチャイコフスキーの『悲愴《ひそう》』が効果的である。前者はこれから始まる響子の恋が、決して相手をつかまえられない遁走《とんそう》に終始することを暗示し、後者はチャイコフスキーの性的志向によって男の隠された部分がにおわされている。

この作品のタイトルにもなったJ・S・バッハの『無伴奏チェロ組曲』だが、あの喫茶店でかかっていたのは誰の演奏だったのだろうか。順当なところなら、パブロ・カザルスの名演だけれど、ふくよかなピエール・フルニエという線もある。松脂《まつやに》が飛ぶようだと日本で人気だったヤノシュ・シュタルケルかもしれない。

ちなみにこの作品を読んでちょっときいてみようと思った人に、ぼくの推薦盤をあげておこう。古楽器派のさくさくと歯切れのいい演奏なら、日本の鈴木秀美。モダン楽器なら北の大地の暗さを思わせる濃厚なアレクサンドル・クニャーゼフ。どちらも演奏録音ともに優秀です。この音楽をきかずに一生を終わるのはもったいないので、ぜひどうぞ。

『無伴奏』は初恋と処女喪失の物語でもある。響子が名曲喫茶で出会うのは四歳年うえの大学生・堂本渉《わたる》だ。彫りの深い顔立ちをした青年は、響子になぜか「ユダヤ人」の印象を残す。裏切りのユダだ。こうして巧妙に張り巡らされた伏線にも目をとめてほしい。カフェには渉の親友・関祐之介《ゆうのすけ》とガールフレンドのエマもいる。安定していた三人の関係は、響子が加わることでひずみを増して、崩壊していくのだ。

「恋・三部作」のモチーフは、すべて同じである。小池さんにとって、恋愛は鋭いナイフなのだ。ある女性が心と身体《からだ》のすべてをかけて恋をするほど危険なことはない。隠されていたすべての真実が、恋のひと突きによって腹を裂かれ、むきだしの臓物が腐臭を放つことになる。そこでは性はより深い精神の交合へむかうためのステップにすぎず、その扉を開いたあとには幾重にも折り重なった精神と欲望の迷路が広がっている。

もちろんテーマが同じだから一冊だけで済ませておこうなんて、貧しい考えをもってはいけない。『無伴奏』の響子、『恋』の布美子、『欲望』の類子。それぞれの作品の主人公は、高校生、大学生、社会人へと年を重ねて成長していく。世界を見る目も、人間関係も、たぎるような肉欲も、年齢に応じて深まっていくのだ。

『無伴奏』で少女の性の清らかなエロティシズムに打たれた人なら、『欲望』の成熟した女性のぬめりを読み逃すのはもったいない。不倫相手と「会うたびに狂ったように肌を合わせ、飽きずに歓喜の声をあげて」いるのだ。そこは小池作品なので、女がほんとうに愛しているのは、事故で性的不能になってしまった別の青年なのだけれど。

小池さんは「あとがきにかえて」でこういう。この作品は「楽しくて楽しくて、できるならば、ずっと書き続けていたい、と思ったほどだった。〜しかもこれまで書いてきたミステリの形式を大幅に逸脱した」。

その気もちわかると、ぼくはうなずいてしまった。ぼくが『娼年《しょうねん》』を書いたときと、まったく同じなのだ。それまで書いていたミステリー的な要素をはずして、望むままに書く。結果を恐れずに、のびのびと世界を広げていく。それがある作家を新しいステージに引きあげる契機になり、代表作となる三連峰の記念すべき最初の頂となる。
今、あなたが手にしているのは、幸福な作者の幸福な作品だ。
それがどれほどメランコリックな幸福か。
これから『無伴奏』を読むあなたが、うらやましくてならない。

（平成十七年二月、作家）

この作品は平成二年七月集英社より、平成六年九月集英社文庫より刊行された。

夜ごとの闇の奥底で

小池真理子著

雪の降る山中のペンションに閉じこめられたフリーライター。閉塞状況の中、狂気が狂気を呼び、破局に至る長編サイコサスペンス。

柩の中の猫

小池真理子著

芸術家と娘と家庭教師、それなりに平穏だった三人の生活はあの女の出現で崩れさった。悲劇的なツイストが光る心理サスペンス。

水無月の墓

小池真理子著

もう逢えないはずだったあの人なのに……。生と死、過去と現在、夢と現実があやなす、妖しくも美しき世界。異色の幻想小説8編。

欲望

小池真理子著

愛した美しい青年は性的不能者だった。決してかなえられない肉欲、そして究極のエクスタシー。あまりにも切なく、凄絶な恋の物語。

蜜月

小池真理子著

天衣無縫の天才画家・辻堂環が死んだ——。無邪気に、そして奔放に、彼に身も心も委ねた六人の女の、六つの愛と性のかたちとは？

恋

直木賞受賞

小池真理子著

誰もが落ちる恋には違いない。でもあれは、ほんとうの恋だった——。痛いほどの恋情を綴り小池文学の頂点を極めた直木賞受賞作。

小池真理子著 浪漫的恋愛

月下の恋は狂気にも似ている……。禁断の恋の果てに自殺した母の生涯をなぞるように、激情に身を任す女性を描く、濃密な恋物語。

小池真理子著 水の翼

木口木版画家の妻の前に現れた美しい青年。真実の美を求め彼の翼が広げられたとき永遠のはずの愛が終わる……。恋愛小説の白眉。

藤田宜永著 鋼鉄の騎士（上・下）

日本推理作家協会賞受賞
日本冒険小説協会特別賞受賞

第二次大戦直前のパリ。左翼運動に挫折した子爵家出身の日本人青年がレーサーへの道を激走する！ 冒険小説の枠を超えた超大作。

藤田宜永著 虜

密室に潜んだ夫は、僅かな隙間から盗み見た禁断の光景に息を呑んだ。それぞれの欲情に溺れていく、奇妙に捩れた〝夫婦〟の行方は。

藤田宜永著 邪恋

大人の官能がここまで赤裸々に描かれたことがあっただろうか――。下肢を失った女と義肢装具士の濃密な恋。これぞ恋愛小説の白眉。

小川洋子著 薬指の標本

標本室で働くわたしが、彼にプレゼントされた靴はあまりにもぴったりで……。恋愛の痛みと恍惚を透明感漂う文章で描く珠玉の二篇。

新潮文庫最新刊

村上春樹著　**海辺のカフカ**（上・下）

田村カフカは15歳の日に家出した。姉と並んだ写真を持って。世界でいちばんタフな少年になるために。ベストセラー、待望の文庫化。

篠田節子ほか著　**恋する男たち**

安らぐ恋、恐ろしい恋、理不尽な恋、淡く切ない恋……。女性作家六人が織りなす男たちのラブストーリーズ、さまざまな恋のかたち。

小池真理子著　**無伴奏**

愛した人には思いがけない秘密があった――。一途すぎる想いが引き寄せた悲劇を描き、『恋』『欲望』への原点ともなった本格恋愛小説。

玄侑宗久著　**水の舳先**

温泉施設に集まる重病人たちと僧侶の交流を通じ、多様な宗教観にたつ人間の病と死を描いて究極の癒しを問う、衝撃のデビュー作。

神崎京介著　**化粧の素顔**

言葉より赤裸々に、からだは本音をさらけだす――。理想の相手を求める男が、六人の女との経験で知る性愛の機微。新感覚恋愛小説。

三浦しをん著　**格闘する者に○《まる》**

漫画編集者になりたい――就職戦線で知る、世間の荒波と仰天の実態。妄想力全開で描く格闘の日々。才気あふれる小説デビュー作。

無《む》伴《ばん》奏《そう》

新潮文庫　こ-25-9

平成十七年三月一日発行

著者　小《こ》池《いけ》真《ま》理《り》子《こ》

発行者　佐藤隆信

発行所　株式会社 新潮社

郵便番号　一六二―八七一一
東京都新宿区矢来町七一
電話　編集部(〇三)三二六六―五四四〇
読者係(〇三)三二六六―五一一一
http://www.shinchosha.co.jp

価格はカバーに表示してあります。

乱丁・落丁本は、ご面倒ですが小社読者係宛ご送付ください。送料小社負担にてお取替えいたします。

印刷・錦明印刷株式会社　製本・錦明印刷株式会社

© Mariko Koike 1990　Printed in Japan

ISBN4-10-144020-4 C0193